專為初學者設計！

自學日語會話
看完這本就能說！

減輕日語學習負擔，祕訣在於句型！

學習外國語常常會是與單字奮鬥的過程。單字知道多了，自然可以應對的範圍也隨之變廣，但是只有背單字的話就可以跟人聊天了嗎？雖然只用單字也勉強可以溝通，但那會是非常艱辛的對話。想要從只會說單字進步到正常的會話，需要懂得如何結合單字、造出句子，讀者會在本書學到的便是將單字連結起來的句子架構，也就是所謂的句型。

会社まで迎えに来てほしい。　希望能到公司迎接我。
テスト、早く終わってほしい。　希望考試快點結束。
みんなによろしく伝えてほしい。　希望你可以幫我向大家問好。

從這些例句可以看的出來，句型指的是說話或是寫文章時會規則性的出現的表現方式。即使只知道「～てほしい」一種句型，只要將單字套入句子裡，就可以像這樣依照各種不同情形表達想說的話。比起傻呼呼的將句子整句背起來，或是追究每個文法的用法來寫句子，這種方式顯得更有效率。

每個日語初學者都必學的句型

本書收錄233個初學者必學的基本句型，以日語考試中最具代表性的測驗「日本語能力試驗JLPT」來說的話約為N3的水準，對於已跨出日文學習的第一步、想要正式進入日語會話的學習者來說，本書再適合不過。大部分日語學習者都曾透過初級教科書學習過基礎的會話，不過各位讀者有自信說自己已經將其內容消化為自己的實力了嗎？即使是簡單的句型，也要好好地理解如何使用，才能成為各位的日語會話能力的基礎。若腦子裡剩下的日語只有模糊的文法，那麼現在就是學習會話的正確時機。

反覆練習會話，需要正確的訓練方法

想要在實際的會話中結合單字與句型來造句，必然需要能夠在一瞬間就造出句子的實力。為了讓讀者可以快速熟悉句型，本書設計重點就是能夠讓讀者能夠自然地反覆練習所教的句型。會話是與對方的話語往來，因此速度與正確性非常重要，所以才會需要訓練到能夠琅琅上口的地步。

常有人充滿熱情地開始日語學習，卻在過程中因為要背誦的事物太多，感覺不到自己的進步，而慢慢失去信心。雖然夢想僅是夢想，但若是繼續堅持下去，總有一天會實現的。希望本書對於各位走向夢想的路上有所幫助。

使用方法

本書以有一點日語基礎，想要開始挑戰會話的初學者為對象。若想要把自己的想法用日語表現，則本書需要這樣活用。

第一階段 **確認想要學習的句型**

透過目錄確認想要學習的句型。即使已經學過的句型，也建議先不要貿然跳過，先確認好自己已將學過的內容消化成自己的實力後再繼續下一步。

第二階段 **邊看書邊大聲地唸出來**

先將MP3聽到熟悉為止，再一邊看著書，一邊跟著大聲地念，這樣可以幫助你更快速地理解書本的內容。身邊有書本或是練習用小冊子時，可以一邊聆聽MP3一邊重複練習每一個句子。

第三階段 **活用訓練用小冊子**

有空就用訓練用小冊子與MP3練習，複習到可以説出日語的表現方式為止。

第四階段 **嘗試自己用日語造句**

全都讀完後請再回到第一個句型，這次試著將單字置入句型裡來造出自己的句子。若是時常練習自己的表現方式，則在實際狀況中也能游刃有餘地使用。

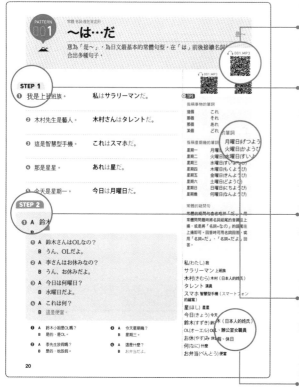

QR碼隨刷隨聽MP3
用智慧型手機掃描此處的QR碼即可下載及撥放本頁的音檔，左邊的QR碼為附有中文的中日對照MP3，右邊的QR碼則是只有日文的版本。

STEP 1 透過核心表現熟悉基本句型
熟悉可活用句型的代表性句子。因為是最基本且是日常的表現方式，只要置換單字，就可完美地自由運用日常會話。

STEP 2 依據不同狀況熟悉句型用法
該區域包含適用各句型的實際對文。在第4個對話句中會有以中文呈現的部分，你可以試試看運用剛學到的句型自己做出正確的句子。

TIPS
整理文法說明與常用表現方式，並將日本文化等多元的提示置於此區塊中。

單字
本頁出現的單字皆整理在這裡，不需多查字典。

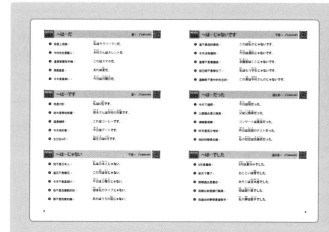

訓練用小冊子
隨書附贈的小冊子裡載有所有的核心句型與例句，方便讀者上下班、或是等候他人時可以利用空閒學習。小冊子內的漢字皆有加上注音假名，也附有QR碼以便讀者隨時掃描聆聽日本人的正統發音，熟悉日常會話的核心句型。

Part 02 常見的文章基本架構句型

目錄

Part 03 脫離初學者：動詞型態別句型

Unit 09　「動詞基本形」的句型

Unit 10 「動詞ます形」的句型

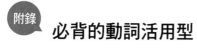

必背的各大品詞
基礎句型

日常生活中的會話，常常會以某人或是事物的特徵、狀態、屬性以及行動為話題，因此理所當然會使用到相對應的名詞、形容詞與動詞。Part 1 會將最基本的名詞、「な」形容詞、「い」形容詞、動詞的基本形、否定形、過去式、過去否定式分為常體及敬語全部列出，讓各位讀者可集中練習。

Unit 01

「名詞」的句型

常體 名詞 現在肯定形

〜は…だ

是〜

意為「是〜」，為日文最基本的常體句型。在「は」前後接續名詞便可以組合出多種句子。

🎧 001.MP3　🎧 001J.MP3

STEP 1

❶ 我是上班族。　　　　　**私は**サラリーマン**だ。**

❷ 木村先生是藝人。　　　**木村さんは**タレント**だ。**

❸ 這是智慧型手機。　　　**これは**スマホ**だ。**

❹ 那是星星。　　　　　　**あれは星だ。**

❺ 今天是星期一。　　　　**今日は月曜日だ。**

STEP 2

❶ A　鈴木さんはOLなの？
　　B　うん、OLだよ。

❷ A　李さんはお休みなの？
　　B　うん、お休みだよ。

❸ A　今日は何曜日？
　　B　水曜日だよ。

❹ A　これは何？
　　B　這是便當。

❶ A　鈴木小姐是OL嗎？
　　B　是的，是OL。

❷ A　李先生放假嗎？
　　B　是的，他放假。

❸ A　今天星期幾？
　　B　星期三。

❹ A　這是什麼？
　　B　お弁当だよ。

🔵 TIPS

指稱事物的單詞

這個	これ
那個	それ
那個	あれ
某個	どれ

指稱星期幾的單詞

星期一	月曜日(げつようび)
星期二	火曜日(かようび)
星期三	水曜日(すいようび)
星期四	木曜日(もくようび)
星期五	金曜日(きんようび)
星期六	土曜日(どようび)
星期日	日曜日(にちようび)
星期幾	何曜日(なんようび)

常體的疑問句

常體的疑問句會省略掉「だ」。用常體問問題時將名詞結尾的音調往上揚，或是將「名詞+なの」的語尾往上揚即可。回答時可用名詞回答，或用「名詞+だ」、「名詞+だよ」回答。

私(わたし) 我

サラリーマン 上班族

木村(きむら) 木村 (日本人的姓氏)

タレント 演員

スマホ 智慧型手機 (スマートフォン的縮寫)

星(ほし) 星星

今日(きょう) 今天

鈴木(すずき) 鈴木 (日本人的姓氏)

OL(オーエル) OL、辦公室女職員

お休(やす)み 休假、休日

何(なに) 什麼

お弁当(べんとう) 便當

PATTERN
002

敬語 名詞 現在肯定形

〜は…です

是〜

「是〜」的敬語版本。在「は」前後接續名詞便可以組合出多種句子。

⌕ 002.MP3　⌕ 002J.MP3

STEP 1

❶ 我是O型。 | 私はO型です。

❷ 鈴木是學校的前輩。 | 鈴木さんは学校の先輩です。

❸ 這是咖啡。 | これはコーヒーです。

❹ 今天有約會。 | 今日はデートです。

❺ 生日在4月。 | 誕生日は4月です。

TIPS

指稱月份的單詞

1月	1月(いちがつ)
2月	2月(にがつ)
3月	3月(さんがつ)
4月	4月(しがつ)
5月	5月(ごがつ)
6月	6月(ろくがつ)
7月	7月(しちがつ)
8月	8月(はちがつ)
9月	9月(くがつ)
10月	10月(じゅうがつ)
11月	11月(じゅういちがつ)
12月	12月(じゅうにがつ)
幾月	何月(なんがつ)

晴空塔(スカイツリー)
東京晴空塔在2012年啟用，為世界最高的電塔，比東京鐵塔高兩倍。可説是東京觀光的中心。

STEP 2

❶ A 木村さんはカメラマンですか。
　 B はい、カメラマンです。

❷ A あれは何ですか。
　 B スカイツリーです。

❸ A 誕生日は何月ですか。
　 B 9月です。

❹ A 李先生是英語老師嗎？
　 B はい、英語の先生です。

❶ A 鈴木是攝影師嗎？
　 B 是的，是攝影師。

❷ A 那是什麼？
　 B 那是晴空塔。

❸ A 你生日在幾月？
　 B 9月。

❹ A 李さんは英語の先生ですか。
　 B 是的，是英語老師。

O型(がた) O形
学校(がっこう) 學校
先輩(せんぱい) 前輩
コーヒー 咖啡
デート 約會
誕生日(たんじょうび) 生日
カメラマン 攝影師
スカイツリー 晴空塔（位於東京的電塔）
英語(えいご) 英語
先生(せんせい) 老師

PATTERN 003

常體 名詞 現在否定形

〜は…じゃない

不是〜

「不是〜」的常體版本，在「は」前後接續名詞便可以組合出多種句子。雖「じゃない」和「ではない」同義，但是「じゃない」較口語。

🎧 003.MP3　🎧 003J.MP3

STEP 1

❶ 我不是日本人。　私は日本人じゃない。

❷ 這花不是櫻花。　この花は桜じゃない。

❸ 今天不是星期六。　今日は土曜日じゃない。

❹ 他不是我喜歡的型。　彼は私のタイプじゃない。

❺ 那不是我家的貓。　あれはうちの猫じゃない。

⊕ **TIPS**

「君の」的「の」意為「〜的東西」。

「〜よ」用以強調自己的意見，「〜よね」則有「是吧？」、「對吧？」這樣向對方確認的意思。詳細內容可參考句型225、226。

STEP 2

❶ A このバイク、君の？
　 B ううん、僕のじゃないよ。

❷ A あれ、みかんなの？
　 B ううん、みかんじゃないよ。

❸ A 明日、面接だよね？
　 B ううん、明日じゃないよ。あさってだよ。

❹ A 飲み会、今日なの？
　 B ううん、不是今天喔。

❶ A 這機車是你的嗎？
　 B 不，這不是我的。

❷ A 那是橘子嗎？
　 B 不，不是橘子。

❸ A 明天有面試吧？
　 B 不，不是明天，是後天。

❹ A 今天有聚餐嗎？
　 B 不，今日じゃないよ。

日本人(にほんじん) 日本人
花(はな) 花
桜(さくら) 櫻花
土曜日(どようび) 星期六
彼(かれ) 他
タイプ 類型
うち 我（家）
猫(ねこ) 貓
バイク 機車
君(きみ) 你
僕(ぼく) 我（男性用的一人稱）
みかん 橘子
明日(あした) 明天
面接(めんせつ) 面試
あさって 後天
飲(の)み会(かい) 聚餐

PATTERN
004

敬語 名詞 現在否定形

〜は…じゃないです

不是〜

「不是〜」的敬語版本。在「は」前後接續名詞便可以組合出多種句子。

🎧 004.MP3　🎧 004J.MP3

STEP 1

① 這不是我的東西。　　これは私のじゃないです。

② 今天沒有遲到。　　今日は遅刻じゃないです。

③ 這裡不是會議室。　　会議室はここじゃないです。

④ 我已經不是學生了。　　私はもう学生じゃないです。

⑤ 這輛車不是中村先生的。　　この車は中村さんのじゃないです。

🔵 TIPS

會話運用

敬體	ではありません
↓	ではないです
	じゃありません
常體	じゃないです

指稱場所的代名詞

這裡	ここ
那裡	そこ
那裡	あそこ
哪裡	どこ

STEP 2

① A 入り口はここですか。
　 B いいえ、ここは入り口じゃないです。

② A ジョンさんはアメリカ人ですか。
　 B いや、アメリカ人じゃないです。カナダ人ですよ。

③ A 試合は3時からですか。
　 B いや、3時からじゃないです。4時からです。

④ A 山田さんはお医者さんですか。
　 B いいえ、他不是醫師。

① A 這裡是入口嗎？
　 B 不，這裡不是入口。

② A 約翰先生是美國人嗎？
　 B 不，不是美國人，是加拿大人。

③ A 比賽是3點開始嗎？
　 B 不，不是3點開始，是4點開始。

④ A 山田先生是醫師嗎？
　 B 不，お医者さんじゃないです。

遅刻(ちこく) 遲到
会議室(かいぎしつ) 會議室
もう 現在
学生(がくせい) 學生
車(くるま) 車
中村(なかむら) 中村（日本人的姓氏）
入(い)り口(ぐち) 入口
アメリカ人(じん) 美國人
いや 不
カナダ人(じん) 加拿大人
試合(しあい) 比賽
3時(さんじ) 3點
〜から 從〜
4時(よじ) 4點
山田(やまだ) 山田（日本人的姓氏）
お医者(いしゃ)さん 醫師

PATTERN 005

常體 名詞 過去肯定形

〜は…だった

過去是〜

「過去是〜」的常體版本。在「は」前後接續名詞便可以組合出多種句子。

🎧 005.MP3　🎧 005J.MP3

STEP 1

❶ 今天下過雨。	**今日は雨**だった。
❷ 父親過去是公務員。	**父は公務員**だった。
❸ 演唱會很棒。	**コンサートは最高**だった。
❹ 昨天是英文考試。	**昨日は英語のテスト**だった。
❺ 我的初戀是佐藤。	**私の初恋は佐藤君**だった。

🔵 **TIPS**

家人稱呼
向別人提及父親的事情時，成人以「父（ちち）」稱呼，小孩則說「パパ」或是「お父（とう）さん」，也會講「お父（とう）ちゃん」。

外來語
日語會話中很常出現外來語，外來語發音正確，整體的發音才會順利。建議可聆聽本書提供的MP3一起練習。

STEP 2

❶ A 1位は誰だったの？
　 B 佐藤さんだったよ。

❷ A 会費はいくらだったの？
　 B 1500円だったよ。

❸ A 昨日はお休みだったの？
　 B ううん、出勤だったよ。

❹ A 今天的點心是什麼？
　 B いちごケーキだったよ。

❶ A 第一名是誰？
　 B 是佐藤先生。

❷ A 會費多少錢呢？
　 B 1500日圓。

❸ A 昨天休假嗎？
　 B 不，是上班日。

❹ A 今日のおやつは何だった？
　 B 是草莓蛋糕。

雨(あめ) 比
父(ちち) 父親
公務員(こうむいん) 公務員
コンサート 演唱會
最高(さいこう) 棒、讚
昨日(きのう) 昨天
テスト 測驗
初恋(はつこい) 初戀
佐藤(さとう) 佐藤（日本人的姓氏）
1位(いちい) 第一名
誰(だれ) 誰
会費(かいひ) 會費
いくら 多少（錢）
1500円(せんごひゃくえん)
1500日圓
出勤(しゅっきん) 上班
おやつ 點心
いちご 草莓
ケーキ 蛋糕

敬語 名詞 過去肯定形

〜は…でした

過去是〜

「過去是〜」的敬語版本。在「は」前後接續名詞便可以組合出多種句子。

006.MP3　006J.MP3

STEP 1

❶ 8月是暑假。　　　　**8月は夏休み**でした。

❷ 前天下了雪。　　　　**おとといは雪**でした。

❸ 那裡過去是書店。　　**あそこは昔本屋**でした。

❹ 母親以前是銀行的　　**母は銀行員**でした。
　　職員。

❺ 我過去的夢想是當　　**私の夢は歌手**でした。
　　歌手。

TIPS

家人稱呼

向別人提及母親的事情時，成人以「母（はは）」稱呼，小孩則以「ママ」或是「お母（かあ）さん」稱呼，也可以説「お母（かあ）ちゃん」。

STEP 2

❶ A 日本語の試験はいつでしたか。
　　B 6月13日でした。
❷ A ホテルは1泊いくらでしたか。
　　B 7000円でした。
❸ A プレゼントは何でしたか。
　　B 財布でした。
❹ A 今日のお昼は何でしたか。
　　B 是炸豬排。

❶ A 日語考試在何時？
　　B 6月13日。
❷ A 旅館住一晚多少錢？
　　B 7000日圓。
❸ A 禮物是什麼？
　　B 是錢包。
❹ A 今天中午吃了什麼？
　　B 豚カツでした。

8月(はちがつ) 8月
夏休(なつやす)み 暑假
おととい 前天
雪(ゆき) 雪
昔(むかし) 過去、以前
本屋(ほんや) 書店
母(はは) 母親
銀行員(ぎんこういん) 銀行員
夢(ゆめ) 夢想
歌手(かしゅ) 歌手
日本語(にほんご) 日本語
試験(しけん) 考試
いつ 何時
6月(ろくがつ) 6月
13日(じゅうさんにち) 13日
ホテル 旅館
1泊(いっぱく) 1晩
7000円(ななせんえん) 7000日圓
プレゼント 禮物
財布(さいふ) 錢包
お昼(ひる) 午餐、白天
豚(とん)カツ 炸豬排

25

〜は…じゃなかった

不是〜

「不是〜」的常體版本。在「は」前後接續名詞便可以組合出多種句子。與「ではなかった」意思相同，但更為口語。

🎧 007.MP3　　🎧 007J.MP3

STEP 1

❶ 他不是有錢人。　　　彼はお金持ちじゃなかった。

❷ 地下鐵沒有載滿客人。　　地下鉄は満員じゃなかった。

❸ 田中先生不是犯人。　　田中さんは犯人じゃなかった。

❹ 停車費不是免費。　　駐車料金は無料じゃなかった。

❺ 這裡過去不是醫院。　　ここは前は病院じゃなかった。

⊕ TIPS

時間

1點	1時(いちじ)
2點	2時(にじ)
3點	3時(さんじ)
4點	4時(よじ)
5點	5時(ごじ)
6點	6時(ろくじ)
7點	7時(しちじ)
8點	8時(はちじ)
9點	9時(くじ)
10點	10時(じゅうじ)
11點	11時(じゅういちじ)
12點	12時(じゅうにじ)

STEP 2

❶ A　今日も残業だったの？
　B　ううん、残業じゃなかったよ。

❷ A　今日、会議じゃなかったの？
　B　うん、今日じゃなかったの。明日なの。

❸ A　2時から試験じゃなかったの？
　B　うん、2時からじゃなかったよ。3時からだった。

❹ A　昨日休みだったの？
　B　ううん、不是休假。

❶ A　今天也加班了嗎？
　B　不，不是加班。

❷ A　今天沒有開會嗎？
　B　嗯，不是今天，是明天。

❸ A　考試不是2點開始嗎？
　B　嗯，不是2點開始，3點才開始。

❹ A　昨天休假嗎？
　B　不，休みじゃなかったよ。

お金持(かねも)ち 有錢人
地下鉄(ちかてつ) 地鐵
満員(まんいん) 滿員
田中(たなか) 田中（日本人的姓氏）
犯人(はんにん) 犯人
駐車料金(ちゅうしゃりょうきん) 停車費
無料(むりょう) 免費
前(まえ)は 以前
病院(びょういん) 醫院
残業(ざんぎょう) 加班

敬語 名詞 過去否定形

〜は…じゃなかったです

不是〜

「不是〜」的敬語版本。在「は」前後接續名詞便可以組合出多種句子。

🎧 008.MP3　🎧 008J.MP3

STEP 1

❶ 今天不是打工日。 | **今日は バイト**じゃなかったです。

❷ 聚餐不是從6點開始。 | **飲み会は6時から**じゃなかったです。

❸ 這不是社長的簽名。 | **これは社長のサイン**じゃなかったです。

❹ 這鑽石不是真品。 | **このダイヤは本物**じゃなかったです。

❺ 我五年前不是護士。 | **5年前は看護師**じゃなかったです。

➕ TIPS

會話運用

敬體	ではありませんでした
	ではなかったです
↓	じゃありませんでした
常體	じゃなかったです

STEP 2

❶ A 今日、給料日でしたか。
　B いいえ、給料日じゃなかったです。

❷ A アンケート調査は今日まででしたか。
　B いいえ、今日までじゃなかったです。

❸ A 待ち合わせは新宿駅だったんですか。
　B いいえ、新宿駅じゃなかったですよ。上野駅でした。

❹ A 金さんの夢は野球選手だったんですか。
　B いいえ、不是棒球選手，是足球選手。

❶ A 今天是發薪日嗎？
　B 不，不是發薪日。

❷ A 問卷調查是到今天為止嗎？
　B 不，不是到今天為止。

❸ A 約定的場所是新宿站嗎？
　B 不，不是新宿站，是上野站。

❹ A 金先生過去的夢想是當棒球選手嗎？
　B 不，野球選手じゃなかったです。サッカー選手でした。

バイト 打工（「アルバイト」的縮寫）
飲(の)み会(かい) (有酒的)聚餐、酒會
社長(しゃちょう) 社長
サイン 簽名
ダイヤ 鑽石（「ダイヤモンド」的縮寫）
本物(ほんもの) 真品
5年(ごねん) 5年
看護師(かんごし) 護士
給料日(きゅうりょうび) 發薪日
アンケート 問卷調查
調査(ちょうさ) 調查
〜まで 到〜為止
待(ま)ち合(あ)わせ 約定（的場所）
新宿駅(しんじゅくえき) 新宿站
上野駅(うえのえき) 上野站
野球(やきゅう) 棒球
選手(せんしゅ) 選手
サッカー 足球

Unit 02

「な形容詞」的句型

常體「な」形容詞 現在肯定形

〜は…だ

是〜

「是〜」的常體版本。在「は」與「だ」之間置入「な」形容詞的詞幹，即可用來說明某人或物的模樣、性質、形態等。所謂「な」形容詞的詞幹就是詞尾沒有「だ」也沒有「な」的形態。

 009.MP3　 009J.MP3

STEP 1

❶ 今天很悠閒。　　　今日はひまだ。

❷ 我很會唱歌。　　　私は歌が得意だ。

❸ 田中先生很親切。　田中さんは親切だ。

❹ 這裡交通便利。　　ここは交通が便利だ。

❺ 冬天海邊很安靜。　冬の海はとても静かだ。

STEP 2

❶ A 花火大会、にぎやかだね。
　 B そうだね。

❷ A 肌がすごくきれいだね。
　 B ありがとう。

❸ A 卒業、残念だね。
　 B 本当にね。

❹ A どんな果物が好き？
　 B 我喜歡桃子。

❶ A 花火大會真熱鬧呢。
　 B 是啊。

❷ A 皮膚真漂亮啊。
　 B 謝謝。

❸ A 好遺憾要畢業了。
　 B 真的。

❹ A 你喜歡什麼水果？
　 B 私は桃が好き。

TIPS

用常體問問題

在常體中常常會省略「だ」。用常體提出疑問時，將「だ」去掉僅剩下詞幹，並將尾音上揚，或是將「な」形容詞的尾音上揚來表示詢問即可。回答時也只要使用詞幹就足夠。

• 喜歡水果嗎？
　果物が好き？
　果物が好きなの？

• 喜歡水果。
　果物が好き。
　果物が好きだよ。

歌(うた) 歌曲
得意(とくい)だ 擅長
親切(しんせつ)だ 親切
交通(こうつう) 交通
便利(べんり)だ 便利
冬(ふゆ) 冬天
海(うみ) 海邊
とても 非常
静(しず)かだ 安靜
花火大会(はなびたいかい)
花火大會
にぎやかだ 人多、擁擠
肌(はだ) 皮膚
すごく 非常
きれいだ 漂亮、乾淨
ありがとう 謝謝
卒業(そつぎょう) 畢業
残念(ざんねん)だ 遺憾、可惜
本当(ほんとう)に 真的
どんな 哪種
果物(くだもの) 水果
好(す)きだ 喜歡
桃(もも) 桃子

敬語「な」形容詞 現在肯定形

～は…です

是～

「是～」的敬語版本。在「は」與「だ」之間置入「な」形容詞的詞幹，即可用來表現某物的模樣、性質、形態等。

🎧 010.MP3　🎧 010J.MP3

STEP 1

❶ 加班很辛苦。　　**残業は大変です。**

❷ 便利商店很便利。　　**コンビニは便利です。**

❸ 我不喜歡牛奶。　　**私は牛乳が嫌いです。**

❹ 李先生字寫得很漂亮。　　**李さんの字はきれいです。**

❺ 韓國泡菜很有名。　　**韓国のキムチは有名です。**

> ⊕ **TIPS**
>
> 「な」形容詞的名詞修飾形
> 要用「な」形容詞修飾名詞，寫成「詞幹」+「な」+名詞即可。
>
> 真面目+な+人（誠實的人）
> 立派+な+ビル（雄偉的大樓）
> きれい+な+夜景
> （美麗的夜景）

STEP 2

❶ A どんな人が好きですか。
　 B 私は真面目な人が好きです。

❷ A 木村さんは中国語が上手ですね。
　 B いや、まだまだです。

❸ A ここがうちの会社のビルです。
　 B へえ～、立派なビルですね。

❹ A 南山塔好氣派。
　 B そうですね。きれいな夜景ですね。

❶ A 你喜歡什麼樣的人呢？
　 B 我喜歡誠實的人。

❷ A 木村先生的中文說得真好。
　 B 沒有啦，還差的遠了。

❸ A 這裡是我們公司的大樓。
　 B 哇！真是非常了不起的大樓。

❹ A 南山タワーは素敵ですね。
　 B 是啊！夜景很漂亮。

大変(たいへん)だ 辛苦
コンビニ 便利商店
牛乳(ぎゅうにゅう) 牛奶
嫌(きら)いだ 討厭
字(じ) 字
韓国(かんこく) 韓國
キムチ 泡菜
有名(ゆうめい)だ 有名
真面目(まじめ)だ 誠實
人(ひと) 人
中国語(ちゅうごくご) 中文
まだ 尚未
会社(かいしゃ) 公司
ビル 大樓
立派(りっぱ)だ 雄偉、很好的
南山(ナムサン)タワー 南山塔
素敵(すてき)だ 氣派
夜景(やけい) 夜景

常體「な」形容詞 現在否定形

〜は…じゃない

不是〜

「不是〜」的常體版本。於「は」與「じゃない」之間置入「な」形容詞的詞幹，即可表現多種否定形。雖然意思相同，「じゃない」比「ではない」更加口語。

 011.MP3　 011J.MP3

STEP 1

❶ 機車不安全。　　バイク**は安全**じゃない。

❷ 弟弟還沒有打起精神。　　弟**はまだ元気**じゃない。

❸ 不太喜歡口香糖。　　ガム**はあまり好き**じゃない。

❹ 英語不是很好。　　英語**はあまり上手**じゃない。

❺ 錢沒有比朋友重要。　　お金**は友だちより大切**じゃない。

➕ TIPS

男女關係表現

男朋友	彼氏(かれし)
前男友	元彼(もとかれ)
女朋友	彼女(かのじょ)
前女友	もとかの

〜じゃない

若將「〜じゃない」的尾部上揚，會變成「不是嗎？」的意思，雖是在詢問對方，但話者已確定自己是對的。

• 名詞+じゃない？
　今日、テストじゃない？
　（今天不是考試嗎？）

•「な」形容詞的詞幹+じゃない？
　英語は上手じゃない？
　（英語不是很好嗎？）

STEP 2

❶ A 明日はひま？
　 B ううん、ひまじゃないよ。
❷ A 君の机はきれい？
　 B ううん、きれいじゃないよ。
❸ A 彼氏は真面目な方？
　 B ううん、あまり真面目じゃないよ。
❹ A このカメラ、便利？
　 B ううん、不是很方便，是很不方便。

❶ A 明天很閒嗎？
　 B 不，不閒。
❷ A 你的書桌乾淨嗎？
　 B 不，不乾淨。
❸ A 男朋友算誠實的嗎？
　 B 不，不太誠實。
❹ A 這相機方便使用嗎？
　 B 不，便利じゃないよ。不便だよ。

安全(あんぜん)だ 安全
弟(おとうと) 弟弟
元気(げんき)だ 健康、有精神
ガム 口香糖
あまり 不太
お金(かね) 錢
友(とも)だち 朋友
〜より 比起〜
大切(たいせつ)だ 重要
机(つくえ) 書桌
彼氏(かれし) 男朋友
〜方(ほう) 算是〜、比起來比較接近〜
カメラ 相機
不便(ふべん)だ 不方便

敬語「な」形容詞 現在否定形

〜は…じゃないです

不是〜

「不是〜」的敬語版本。於「は」與「じゃないです」之間置入「な」形容詞的詞幹，即可表現多種否定形。

🎧 012.MP3　🎧 012J.MP3

STEP 1

❶	鋼琴彈得不會很糟。	ピアノは**下手**じゃないです。
❷	這小鎮不安靜。	この町は**静か**じゃないです。
❸	這沙發不舒適。	このソファーは**楽**じゃないです。
❹	運動不是很擅長。	スポーツは**あまり得意**じゃないです。
❺	派對還不是很熱鬧。	パーティーは**まだにぎやか**じゃないです。

⊕ TIPS

會話運用

敬體	ではありません
	ではないです
↓	じゃありません
常體	じゃないです

STEP 2

❶ A バスは不便ですか。
　 B いいえ、不便じゃないです。

❷ A ぶどうが好きですか。
　 B いいえ、あまり好きじゃないです。

❸ A そのスーツケースは丈夫ですか。
　 B いいえ、あまり丈夫じゃないです。

❹ A 金さんは料理が上手ですか。
　 B いいえ、不是很會。

ピアノ 鋼琴
下手(へた)だ 不擅長
町(まち) 小鎮、村子
ソファー 沙發
楽(らく)だ 舒服
スポーツ 運動
パーティー 派對
バス 巴士
ぶどう 葡萄
スーツケース 旅行箱（Suitcase）
丈夫(じょうぶ)だ 堅固
料理(りょうり) 煮飯、料理

❶ A 巴士不方便嗎？
　 B 不，不會不方便。

❷ A 你喜歡葡萄嗎？
　 B 不，不是很喜歡。

❸ A 那個旅行箱很堅固嗎？
　 B 不，不是很堅固。

❹ A 金先生很會煮飯嗎？
　 B 不，上手じゃないです。

常體「な」形容詞 過去肯定形

〜は…だった

過去是〜

「過去是〜」的常體版本。於「は」與「だった」之間置入「な」形容詞的詞幹，即可表現多樣的過去式。

🎧 013.MP3　🎧 013J.MP3

STEP 1

❶ 風很舒爽。　　　　　風はさわやかだった。

❷ 我對數學不擅長。　　私は数学は苦手だった。

❸ 今天真的很辛苦。　　今日は本当に大変だった。

❹ 金先生的結婚典禮　　金さんの結婚式は華やかだっ
　很華麗。　　　　　た。

❺ 沙拉吧的蔬菜很新　　サラダ・バーの野菜は新鮮だっ
　鮮。　　　　　　　た。

⊙ TIPS

家族稱呼

日本一般家庭對年長家人如爺爺、奶奶、爸爸與媽媽皆不會使用敬語。向別人提及年長家人時，亦不使用敬語。

STEP 2

❶ A 山田さんのメモはどうだった？
　B すごく複雑だったよ。

❷ A 漢字のテスト、どうだった？
　B 簡単だったよ。

❸ A おじいちゃん、大丈夫だったの？
　B まあね、大丈夫だったよ。

❹ A 久しぶりだね。元気だった？
　B うん、過得很好。

❶ A 山田先生的筆記如何？
　B 非常複雜呢。

❷ A 漢字考試如何？
　B 很簡單呢。

❸ A 爺爺，還好嗎？
　B 嗯，還好。

❹ A 好久不見，過得好嗎？
　B 嗯，元気だったよ。

風(かぜ) 風
さわやかだ 爽快、舒適
数学(すうがく) 數學
苦手(にがて)だ 沒有自信、不擅長
結婚式(けっこんしき) 結婚典禮
華(はな)やかだ 華麗
サラダ・バー 沙拉吧
野菜(やさい) 蔬菜
新鮮(しんせん)だ 新鮮
メモ 筆記
複雑(ふくざつ)だ 複雜
漢字(かんじ) 漢字
簡単(かんたん)だ 簡單、容易
おじいちゃん 爺爺
大丈夫(だいじょうぶ)だ 沒問題
久(ひさ)しぶりだ 好久不見

敬語「な」形容詞 過去肯定形

〜は…でした

過去是〜

「過去是〜」的敬語版本。於「は」與「でした」之間置入「な」形容詞的詞幹，即可表現多樣的過去式。

🎧 014.MP3　　🎧 014J.MP3

STEP 1

❶ 我過去很幸福。　　私はとても幸せでした。

❷ 被解雇真的很遺憾。　　リストラは残念でした。

❸ 準備面試很辛苦。　　面接の準備は大変でした。

❹ 那家店的麵包過去很有名。　　あの店のパンは有名でした。

❺ 高中時很喜歡搖滾樂。　　高校の時はロックが好きでした。

> **🔵 TIPS**
>
> コスプレ
> 「コスプレ（角色扮演）」為「コスチューム（衣服）」與「プレイ（遊戲）」的合成字，意旨模仿動畫或漫畫角色，或是藝人穿著的活動。最近網路遊戲角色的「コスプレ」也陸續可見。
>
> 家人稱呼
> 自己的妹妹稱為「妹(いもうと)」，別人的妹妹為「妹(いもうと)さん」。稱呼弟弟也是如此，自己的弟弟稱為「弟(おとうと)」，別人的弟弟為「弟(おとうと)さん」。

STEP 2

❶ A 契約はどうだったの？
　 B それが、今回はだめでした。

❷ A 妹さん、とても親切ですね。
　 B いや、昔はわがままでしたよ。

❸ A コスプレは、どうでしたか。
　 B とても素敵でした。

❹ A 駅前の公園はにぎやかですね。
　 B 以前很安靜的。

❶ A 契約談得如何？
　 B 那個啊，這次不太行。

❷ A 你妹妹好親切。
　 B 不，以前很任性的。

❸ A Cosplay怎麼樣？
　 B 非常帥氣。

❹ A 火車站前面的公園人好多。
　 B 前是静かでしたよ。

幸(しあわ)せだ 幸福
リストラ 解雇
準備(じゅんび) 準備
店(みせ) 店家
パン 麵包
高校(こうこう)の時(とき) 高中時
ロック 搖滾樂(Rock)
契約(けいやく) 契約
今回(こんかい) 這次
だめだ 不行
妹(いもうと) 妹妹
わがままだ 任性
コスプレ 角色扮演
駅前(えきまえ) 站前
公園(こうえん) 公園

常體「な」形容詞 過去否定形

〜は…じゃなかった

過去不是〜

「過去不是〜」的常體版本。於「は」與「じゃなかった」之間置入「な」形容詞的詞幹，即可表現多種過去否定形。雖然意思相同，「じゃなかった」比「ではなかった」更加口語。

 015.MP3　 015J.MP3

STEP 1

❶ 上週沒空閒。 　　　**先週**は**ひま**じゃなかった。

❷ 會場不是很漂亮。 　　**会場**は**きれい**じゃなかった。

❸ 我不討厭打掃化妝室。 **トイレ掃除**は**いや**じゃなかった。

❹ 不需要護照。 　　　　**パスポート**は**必要**じゃなかった。

❺ 連身裙不太華麗。 　　**ワンピース**は**あまり派手**じゃなかった。

⊕ TIPS

〜のこと

「〜のこと」為「〜的事」的意思，但是翻譯成中文時不做解釋也沒關係。

　あなたのことが好きです。
　（我喜歡你。）
　君のことが好き！
　（我喜歡你！）
　母のことが心配だ。
　（很擔心媽媽。）

STEP 2

❶ A バスケは得意だった？
　 B あまり得意じゃなかったよ。

❷ A ずっと猫が好きだったの？
　 B ううん、前はあまり好きじゃなかったよ。

❸ A 僕のこと、心配だった？
　 B ううん、心配じゃなかった。

❹ A ユリさん、すごくスリムだね。
　 B でも、以前不苗條。

❶ A 以前你對打籃球有自信嗎？
　 B 以前不太有自信。

❷ A 你一直都喜歡貓嗎？
　 B 不，以前不是很喜歡。

❸ A 你有擔心我嗎？
　 B 不，沒有擔心你。

❹ A 百合小姐好苗條。
　 B 但是，前はスリムじゃなかったよ。

先週(せんしゅう) 上週
会場(かいじょう) 會場、會議場地
トイレ 化妝室
掃除(そうじ) 打掃
いやだ 討厭
パスポート 護照
必要(ひつよう)だ 必須
ワンピース 連身裙
派手(はで)だ 華麗
バスケ 籃球（「バスケットボール」的縮寫）
ずっと 一直、繼續
心配(しんぱい)だ 擔心
スリムだ 苗條、薄

敬語「な」形容詞 過去否定形

〜は…じゃなかったです

過去不是〜

「過去不是〜」的敬語版本。於「は」與「じゃなかったです」之間置入「な」形容詞的詞幹，即可表現多種過去否定形。

🎧 016.MP3　🎧 016J.MP3

STEP 1

❶ 計算不簡單。　　　　　**計算**は**簡単**じゃなかったです。

❷ 小時候身體不好。　　　**子供の頃**は**丈夫**じゃなかったです。

❸ 我以前不喜歡古典樂。　**クラシック**は**好き**じゃなかったです。

❹ 那位歌手以前不是很有名。　　**あの歌手**は**あまり有名**じゃなかったです。

❺ 這資料以前不是很重要。　　　**この書類**は**あまり重要**じゃなかったです。

🔘 TIPS

會話運用

敬體	ではありませんでした
	ではなかったです
↓	じゃありませんでした
常體	じゃなかったです

STEP 2

❶ A　出張は大変でしたか。
　 B　いいえ、大変じゃなかったです。

❷ A　昔から料理が上手だったんですか。
　 B　いいえ、昔はあまり上手じゃなかったです。

❸ A　夕べのパーティーのドレス、地味でしたか。
　 B　いいえ、地味じゃなかったですよ。

❹ A　子供の頃から玉ねぎが嫌いだったんですか。
　 B　いいえ、以前不討厭。

❶ A　出差很辛苦嗎？
　 B　不，不辛苦。

❷ A　以前就很會煮飯嗎？
　 B　不，之前不太會煮。

❸ A　昨晚派對穿的洋裝很俗氣嗎？
　 B　不，不會俗氣。

❹ A　小時候開始就討厭洋蔥嗎？
　 B　不，昔は嫌いじゃなかったです。

計算(けいさん) 計算
子供(こども)の頃(ころ) 小時候
クラシック 古典音樂
書類(しょるい) 紙本資料
重要(じゅうよう)だ 重要
出張(しゅっちょう) 出差
夕(ゆう)べ 昨晚
ドレス 洋裝
地味(じみ)だ 俗氣、樸素
玉(たま)ねぎ 洋蔥

Unit 03

「い形容詞」的
句型

常體「い」形容詞 現在肯定形

〜は…い

是〜

「是〜」的常體版本。於「は」與「い」之間置入「い」形容詞的詞幹，即可表現模樣、性質、形態等。不只「〜は」，也可以用「〜が」造出同樣意思的句子。

 017.MP3　 017J.MP3

STEP 1

❶ 今天很冷。　　　　　今日は寒い。

❷ 日語很有趣。　　　　日本語は楽しい。

❸ 她眼睛很大。　　　　彼女は目が大きい。

❹ 田中學長很帥氣。　　田中先輩はかっこいい。

❺ 這個手機吊飾很可愛。　このストラップはかわいい。

⊕ TIPS

常體表現

用常體提出疑問時，只要將尾音上揚即可。
　A：今日、寒い？♪
　（今天冷嗎？）
　B：うん、寒いよ。↘
　（嗯，冷。）

多樣的禮物表現

生日或是祝賀時的禮物為「プレゼント」，旅行回來或是拜訪他人時送的禮物為「おみやげ」，符合禮節的禮物稱為「贈り物（おくりもの）」。

STEP 2

❶ A はい、おみやげよ。
　 B わ〜! うれしい。
❷ A 今朝は早いね。
　 B うん、会議の準備でね。
❸ A 着メロ、いいね。
　 B 私の大好きな曲なの。
❹ A 拉麵，好吃嗎？
　 B うん、おいしい。

❶ A 來！這是伴手禮。
　 B 哇〜! 好開心。.
❷ A 今天早上比較早來喔？
　 B 嗯，因為要準備會議。
❸ A 手機鈴聲很好聽呢。
　 B 這是我最喜歡的歌曲。
❹ A ラーメン、おいしい？
　 B 嗯，好吃。

寒(さむ)い 冷
楽(たの)しい 有趣
彼女(かのじょ) 女朋友
目(め) 眼睛
大(おお)きい 大
かっこいい 帥氣
ストラップ 手機吊飾
かわいい 可愛
おみやげ 禮物、伴手禮
うれしい 開心
今朝(けさ) 今天早上
早(はや)い 早、快
会議(かいぎ)
着(ちゃく)メロ 手機鈴聲（「着信メロディー（來電音樂）」的縮寫）
いい 好
大好(だいす)きだ 非常喜歡
曲(きょく) 歌曲
ラーメン 拉麵
おいしい 好吃

敬語「い」形容詞 現在肯定形

〜は…いです

是〜

「是〜」的敬語版本。於「は」與「いです」之間置入「い」形容詞的詞幹，即可表現模樣、性質、形態等。

 018.MP3　 018J.MP3

STEP 1

① 英語好難。　　　　　**英語は難しいです。**

② 遊戲很有趣。　　　　**ゲームは面白いです。**

③ 我的運動鞋很舊。　　**僕の運動靴は古いです。**

④ 因為感冒所以喉嚨痛。　**風邪でのどが痛いです。**

⑤ 今天的橘子很便宜。　**今日はみかんが安いです。**

TIPS

日本人常使用的形容詞

日本人最常使用的形容詞為①「かわいい」②「おいしい」③「すごい」。

在日常會話中，可以於前面加入「めっちゃ（非常、很）」或「チョー（超）」，成為「めっちゃかわいい（很可愛）」、「チョーおいしい（超好吃）」。

STEP 2

① A 今日も暑いですね。
　 B そうですね。
② A 金選手、新記録ですよ。
　 B すごいですね。
③ A 田中さんは何がいいですか。
　 B 私は何でもいいです。
④ A 臉色很不好呢。
　 B ええ、朝から調子が悪いんです。

① A 今天也很熱。
　 B 是啊。
② A 金選手，又創下新紀錄了。
　 B 非常了不起呢。
③ A 田中先生想要什麼呢？
　 B 我什麼都可以。
④ A 顔色が悪いですね。
　 B 是的，早上開始狀況就很不好。

難(むずか)しい 困難
ゲーム 遊戲
面白(おもしろ)い 有趣
運動靴(うんどうぐつ) 運動鞋
古(ふる)い 舊、老舊
風邪(かぜ) 感冒
のど 喉嚨
痛(いた)い 痛
安(やす)い 便宜
暑(あつ)い （天氣）熱
新記録(しんきろく) 新紀錄
すごい 了不起
何(なん)でも 不論什麼
顔色(かおいろ) 臉色
悪(わる)い 不好
朝(あさ) 早上
調子(ちょうし) 狀態
調子(ちょうし)が悪(わる)い
狀態不好

常體「い」形容詞 現在否定形

～は…くない

不是～

「不是～」的常體版本。於「は」與「くない」之間置入「い」形容詞的詞幹，即可表現各種否定形。

🎧 019.MP3　🎧 019J.MP3

STEP 1

❶ 上課中不會想睡覺。　　授業中は眠くない。

❷ 香菸對身體不好。　　タバコは体によくない。

❸ 這間房間不明亮。　　この部屋は明るくない。

❹ 那支隊伍實力不強。　　あのチームは強くない。

❺ 我的頭髮不太長。　　私の髪はあまり長くない。

TIPS

よくない
「いい（好）」的否定形不是「いくない」，而是「よくない」。

指示語 (こそあど)
這個	この
那個	その
那個	あの
哪個	どの

會話中常用的縮語
「めんどくさい」為「面倒（めんどう）くさい」的縮語。

STEP 2

❶ A　この財布、高いの？
　 B　ううん、高くないよ。

❷ A　会社から家は近いの？
　 B　ううん、近くないよ。1時間だよ。

❸ A　残業はめんどくさい？
　 B　ううん、めんどくさくないよ。

❹ A　今日は寒いね。
　 B　でも、比昨天不冷。

❶ A　這錢包貴嗎？
　 B　不，不貴。

❷ A　公司離家近嗎？
　 B　不，不近。需要一小時。

❸ A　加班麻煩嗎？
　 B　不，不麻煩。

❹ A　今天好冷。
　 B　但是，昨日よりは寒くないよ。

授業中(じゅぎょうちゅう)上課中
眠(ねむ)い 想睡覺
タバコ 香菸
体(からだ)身體
よい 好
部屋(へや)房間
明(あか)るい 明亮
チーム 隊伍
強(つよ)い 強
髪(かみ)頭髮
長(なが)い 長
高(たか)い 貴、高
家(いえ)家
近(ちか)い 近
1時間(いちじかん) 1小時
めんどくさい 麻煩

PATTERN 020

敬語「い」形容詞 現在否定形

〜は…くないです

不是〜

「不是〜」的敬語版本。於「は」與「くないです」之間置入「い」形容詞的詞幹，即可表現各種否定形。雖然意思相同，「〜くありません」比起「〜くないです」更接近口語。

🎧 020.MP3　　🎧 020J.MP3

STEP 1

❶ 發燒沒有太嚴重。　　**熱**は**高**くないです。

❷ 水泡菜不辣。　　**水キムチ**は**辛**くないです。

❸ 現在肚子不痛了。　　もう**おなか**は**痛**くないです。

❹ 這碗湯不好喝。　　**このスープ**は**おいし**くないです。

❺ 東京與廣島距離沒有很近。　　**東京から広島まで**は**近**くないです。

💬 TIPS

〜くない

若講「〜くない」的時候把尾音上揚，會變成「不是嗎？」的意思，雖是在詢問對方，但話者已確定自己是對的。

これ、高くない？
（這個不是很貴嗎？）
このスープ、おいしくない？
（這碗湯不是很好喝嗎？）

STEP 2

❶ A　部活は楽しいですか。
　 B　いいえ、楽しくないです。

❷ A　そのチョコケーキは甘いですか。
　 B　いいえ、そんなに甘くないです。

❸ A　その荷物、重くないですか。
　 B　はい、重くないです。

❹ A　この音楽、うるさいですか。
　 B　いいえ、不會吵。

❶ A　社團活動有趣嗎？
　 B　不，很無趣。

❷ A　那個巧克力蛋糕很甜嗎？
　 B　不，沒那麼甜。

❸ A　那個行李不重嗎？
　 B　是的，不會重。

❹ A　這音樂會吵嗎？
　 B　不，うるさくないです。

熱(ねつ) 發燒
水(みず)キムチ 水泡菜
辛(から)い 辣
おなか 肚子
スープ 湯
東京(とうきょう) 東京（地名）
広島(ひろしま) 廣島（地名）
部活(ぶかつ) 社團
チョコケーキ 巧克力蛋糕
甘(あま)い 甜
そんなに 那麼的
荷物(にもつ) 行李
重(おも)い 重
音楽(おんがく) 音樂
うるさい 吵鬧

常體「い」形容詞 過去肯定形

〜は…かった

過去是〜

「過去是〜」的常體版本。於「は」與「かった」之間置入「い」形容詞的詞幹，即可表現各種過去式。

🎧 021.MP3　🎧 021J.MP3

STEP 1

❶ 這個月非常忙碌。　　**今月**はすごく**忙**しかった。

❷ 他跑步速度非常快。　　**彼**はとても**足**が**速**かった。

❸ 檔案整理很困難。　　**ファイルの整理**は**難**しかった。

❹ 這瓶紅酒有點便宜。　　**このワイン**はちょっと**安**かった。

❺ 新產品的客訴很多。　　**新製品**は**クレーム**が**多**かった。

💬 TIPS

悪い

「悪（わる）い」雖意為「不好」，但也有「認錯」、「對不起」等意思。
　頭が悪い（頭腦不好）
　私が悪かった。（我做錯了）
　悪いね！（對不起！）

よかった

「いい」的過去式不是「いかった」，而是「よかった（好、慶幸）」。
「かっこいい（帥氣）」的過去式亦適用此規則，為「かっこよかった（曾經帥氣）」。

STEP 2

❶ A　バスケ部の山田君、かっこよかったね。
　 B　そうだったね。

❷ A　ごめん、私が悪かった。
　 B　もう大丈夫だよ。

❸ A　トラック、危なかったね。
　 B　うん、無事でよかった。

❹ A　旅行、どうだった？
　 B　非常開心。

❶ A　籃球社團的山田很帥吧？
　 B　是啊。

❷ A　對不起，我錯了。
　 B　已經沒關係了。

❸ A　卡車很危險呢。
　 B　嗯，還好沒事。

❹ A　這趟旅行如何？
　 B　とても楽しかった。

今月(こんげつ) 這個月
忙(いそが)しい 忙碌
足(あし)が速(はや)い 跑步速度快
ファイル 檔案
整理(せいり) 整理
ワイン 紅酒
ちょっと 有點
新製品(しんせいひん) 新產品
クレーム 客訴
多(おお)い 多
バスケ部(ぶ) 籃球社團
ごめん 抱歉
悪(わる)い 做錯
トラック 卡車
危(あぶ)ない 危險
無事(ぶじ)だ 平安
旅行(りょこう) 旅行

敬體「い」形容詞 過去肯定形

〜は…かったです

過去是〜

「過去是〜」的敬語版本。於「は」與「かったです」之間置入「い」形容詞的詞幹，即可表現各種過去式。

 022.MP3　 022J.MP3

STEP 1

❶ 演唱會很壯觀。 　　コンサートはすごかったです。

❷ 首爾非常寬闊。 　　ソウルはすごく広かったです。

❸ 冰咖啡很冰涼。 　　アイスコーヒーは冷たかったです。

❹ 今天的風很強勁。 　　今日は風が強かったです。

❺ 小時候身體不好。 　　子供の頃は体が弱かったです。

TIPS

新幹線

時速可達到約320公里的新幹線是在1964年由東京至大阪的區間開始，漸漸開通至全國範圍的交通系統。現在已成為日本人的日常生活的一部份，從九州南端的鹿兒島一路連結至北海道的旭川市。

STEP 2

❶ A 今の映画、すごくこわかったですね。
　 B そうですね。

❷ A 新幹線はどうでしたか。
　 B となりの席の人がうるさかったです。

❸ A あそこのバイキング、おいしかったですね。
　 B ええ。でも、ちょっと高かったですね。

❹ A インド旅行はどうでしたか。
　 B 咖哩很好吃。

❶ A 今天看的電影很恐怖吧。
　 B 是啊。

❷ A 新幹線如何？
　 B 坐我旁邊的人很吵。

❸ A 那裡的吃到飽餐廳好吃吧？
　 B 是的，但有點貴。

❹ A 印度旅行如何？
　 B カレーがおいしかったです。

ソウル 首爾
広(ひろ)い 寬闊
アイスコーヒー 冰咖啡
冷(つめ)たい 冷
弱(よわ)い 虛弱
映画(えいが) 電影
こわい 恐怖
新幹線(しんかんせん) 新幹線（日本的高速列車）
となり 旁邊
席(せき) 座位
バイキング 自助餐
インド 印度
カレー 咖哩

常體「い」形容詞 過去否定形

～は…くなかった

過去不是～

「過去不是～」的常體版本。於「は」與「くなかった」之間置入「い」形容詞的詞幹，即可表現各種過去否定形。

♩ 023.MP3　♩ 023J.MP3

STEP 1

❶ 他的房間不大。　　彼の部屋は広くなかった。

❷ 昨天到深夜才想睡。　昨日は夜遅くまで眠くなかった。

❸ 6月的北海道不冷。　6月の北海道は寒くなかった。

❹ 這個月的營業額不太好。　今月の売り上げはあまりよくなかった。

❺ 健康檢查沒有檢查出哪裡不好。　健康診断でどこも悪くなかった。

ⓘ TIPS

やさしい

「やさしい」會因漢字不同而意思不同。「易しい」是容易，「優しい」則為和藹。

STEP 2

❶ A ライオン、どうだった？
　B あまりこわくなかったよ。

❷ A 田中さんの髪、短かった？
　B ううん、短くなかったよ。

❸ A スペイン語の発音、易しかった？
　B ううん、易しくなかったよ。

❹ A このネクタイ、高かったの？
　B ううん、不貴。

❶ A 獅子如何？
　B 沒有很恐怖。

❷ A 田中先生頭髮很短嗎？
　B 不，沒有很短。

❸ A 西班牙語發音簡單嗎？
　B 不，不簡單。

❹ A 這條領帶貴嗎？
　B 不，高くなかったよ。

夜遅(よるおそ)く 深夜
北海道(ほっかいどう) 北海道（地名）
売(う)り上(あ)げ 銷售、銷售額
健康診断(けんこうしんだん) 健康檢查
ライオン 獅子
短(みじか)い 短
スペイン語(ご) 西班牙語
発音(はつおん) 發音
易(やさ)しい 簡單
ネクタイ 領帶

敬體「い」形容詞 過去否定形

〜は…くなかったです

過去不是〜

「過去不是〜」的敬語版本。於「は」與「くなかったです」之間置入「い」形容詞的詞幹，即可表現各種過去否定形。雖然意思相同，「くなかったです」比「くありませんでした」更口語。

024.MP3　　024J.MP3

STEP 1

❶ 今天天氣不好。 今日は天気がよくなかったです。

❷ 客戶沒有很遠。 取引先はあまり遠くなかったです。

❸ 約會不是很開心。 デートは楽しくなかったです。

❹ 這本小說不有趣。 この小説は面白くなかったです。

❺ 今年的春天不溫暖。 今年の春はあまり暖かくなかったです。

TIPS

有名的日本小說

日本小說因為文章坦率感性，所以在台灣也受到很多人喜愛。最暢銷的小說包含村上春樹的「挪威的森林」，還有村上龍、江國香織、吉本芭娜娜等作家的作品。東野圭吾、松本清張的推理小說也很有趣。

STEP 2

❶ A 駅前のカフェ、うるさかったですか。
　 B いいえ、そんなにうるさくなかったです。

❷ A 社長のスピーチは長かったですか。
　 B いいえ、長くなかったです。

❸ A マラソンの参加者は多かったですか。
　 B いいえ、あまり多くなかったです。

❹ A 昨日は忙しかったですか。
　 B いいえ、不是很忙碌。

❶ A 車站旁邊的咖啡廳很吵嗎？
　 B 不，沒有那麼吵。

❷ A 社長的演講很長嗎？
　 B 不，不會很長。

❸ A 有很多人參加馬拉松嗎？
　 B 不，沒有很多。

❹ A 昨天很忙碌嗎？
　 B 不，あまり忙しくなかったです。

天気(てんき) 天氣
取引先(とりひきさき) 客戶
遠(とお)い 遠
小説(しょうせつ) 小說
今年(ことし) 今年
春(はる) 春天
暖(あたた)かい 溫暖
カフェ 咖啡廳
スピーチ 演講、演說
マラソン 馬拉松
参加者(さんかしゃ) 參加者

Unit 04

「動詞」的句型

PATTERN 025

常體 動詞 現在肯定形

〜（う段）

做〜

「う段」包括「う、く、す、つ、ぬ、ふ、む、ゆ、る」。「做〜」的常體版本。單單使用動詞即可呈現事物的動作或是作用等各種表現。亦可用以呈現未來的意願，中文譯為「要做〜」。

🎧 025.MP3　🎧 025J.MP3

STEP 1

❶ （要）去機場。　　空港に行く。

❷ （要）讀報紙。　　新聞を読む。

❸ （要）買電腦。　　パソコンを買う。

❹ （要）吃糖果。　　お菓子を食べる。

❺ （要）踢足球。　　サッカーをする。

💡 TIPS

常體表現

想要用常體提問時，尾音上揚即可。

　A：これ、食べる？
　　（要吃這個嗎？）
　B：うん、食べる。(嗯，想吃)

簡訊電子郵件

通常看到「メール」可以默認是電子郵件的意思，但用手機發送的簡訊也可以稱做「メール」。需要限定為電子郵件時可以寫做「Eメール」。

STEP 2

❶ A 何か食べる？
　 B うん、うどんがいい。

❷ A 後でメールするね。
　 B オッケー！

❸ A テレビのニュース、見る？
　 B うん、見るよ。

❹ A 要喝咖啡嗎？
　 B うん、飲む。

❶ A 要吃什麼嗎？
　 B 嗯，吃烏龍麵好了。

❷ A 之後再給你發訊息。
　 B OK！

❸ A 你想看電視新聞嗎？
　 B 嗯，想看。

❹ A コーヒー、飲む？
　 B 嗯，想喝。

空港(くうこう) 機場
行(い)く 去
新聞(しんぶん) 報紙
読(よ)む 閱讀
パソコン 電腦
買(か)う 購買
お菓子(かし) 甜食
食(た)べる 吃
する 做
何(なに)か 什麼
うどん 烏龍麵
後(あと)で 之後
メールする 寄電子郵件、傳簡訊
オッケー OK
テレビ TV
ニュース 新聞
見(み)る 看
飲(の)む 喝

PATTERN **026**

敬語 動詞 現在肯定形

～ます

做～

「做～」的敬語版本。也就是動詞「ます」形，可呈現事物的動作或是作用等各種表現。也可以用來呈現未來的意願。

 026.MP3　 026J.MP3

 STEP 1

❶ （要）喝生啤酒。　　**生ビール**を飲みます。

❷ （要）寫報告。　　　**レポート**を書きます。

❸ （要）與朋友玩。　　**友だち**と遊びます。

❹ （要）在每天早上6　**毎朝6時**に起きます。
　　點起床。

❺ （要）在圖書館念　　**図書館**で勉強します。
　　書。

STEP 2

❶ A 何時に帰りますか。
　 B 7時に帰ります。

❷ A お茶、入れますね。
　 B ありがとう。

❸ A ワイン、飲みますか。
　 B はい、飲みます。

❹ A 週末は何をしますか。
　 B 和朋友看電影。

❶ A 幾點回家？
　 B 7點回家。

❷ A 我去幫你泡茶。
　 B 謝謝。

❸ A 你要喝紅酒嗎？
　 B 是的，要喝。

❹ A 週末要做什麼？
　 B 友だちと映画を見ます。

TIPS

例外動詞

「帰（かえ）る」看起來雖是一段動詞，實際上運用時卻是五段動詞。像這樣看起來是一段動詞但運用時卻是五段動詞的動詞，則稱為例外動詞。

帰(かえ)る（回去）→
帰ります
知(し)る（知道）→知ります
走(はし)る（跑）→走ります
要(い)る（要）→要ります
入(はい)る（進入）→
入ります

泡茶/煮咖啡

若要表現這些動作的話，要使用那些動詞呢？正確答案是「入（い）れる」。雖然該詞主要是用以表示「放入」的意思，但也有「泡茶」、「沏茶」等意思。

泡茶　お茶を入れる
泡咖啡　コーヒーを入れる

生(なま)ビール 生啤酒
レポート 報告
書(か)く 寫
遊(あそ)ぶ 玩
毎朝(まいあさ) 每天早上
起(お)きる 起床
図書館(としょかん) 圖書館
勉強(べんきょう)する 念書
何時(なんじ) 幾點
帰(かえ)る 回家
お茶(ちゃ) 茶
入(い)れる 泡（茶）
週末(しゅうまつ) 週末

～ない

不做～

「不做～」的常體版本，也就是動詞「ない」形，可用來呈現各種否定形。
現在形也可以用來呈現未來的意願。

 027.MP3　 027J.MP3

STEP 1

❶ 我（將）不看早晨
連續劇。

私は朝ドラは見ない。

❷ 再也不打工了。

もうバイトはしない。

❸ 玄關的門打不開。

玄関のドアが開かない。

❹ 即使悲傷也（將）
不哭。

悲しくてももう泣かない。

❺ 工作不容易做完。

なかなか仕事が終わらない。

> **TIPS**
>
> 動詞「ない」形
> 語尾以「う」結尾之動詞「ない」形為「～わない」而不是「～あない」。
>
> 思(おも)う(思考)→ 思わない
> 笑(わら)う(笑)→ 笑わない
> 会(あ)う(見面)→ 会わない
> 買(か)う(購買)→ 買わない

STEP 2

❶ A うちに行かない？
B 行く行く。

❷ A ねえ、水泳できる？
B ううん、できない。

❸ A あきちゃん、もう食べないの？
B うん、おなかいっぱい。

❹ A 会社、辞めるの？
B いや、不會辭職。

❶ A 不去我們家嗎？
B 要去要去。

❷ A 哪，你會游泳嗎？
B 不，不會。

❸ A 小秋，不再吃了嗎？
B 嗯，吃飽了。

❹ A 公司，你要辭掉嗎？
B 不，辭めないよ。

朝(あさ)ドラ 早晨連續劇（「朝ドラマ」的縮語）
玄関(げんかん) 玄關
ドア 門
開(あ)く 打開
悲(かな)しい 悲傷
泣(な)く 哭
なかなか 不容易
仕事(しごと) 工作、業務
終(お)わる 結束
水泳(すいえい) 游泳
できる 可以
おなかがいっぱい 吃飽
辞(や)める 辭職

敬語 動詞 現在否定形

～ません

不做～

「不做～」的敬語版本，也就是動詞「ない」形的敬體。現在形亦有呈現未來的意志的意思。雖然也有「～ないです」這種講法，但是「～ません」更常見。

🎧 028.MP3　🎧 028J.MP3

STEP 1

❶ 不需要陳舊的資料。　　**古い資料は**要りません。

❷ 菸再也不抽了。　　**もうタバコは**吸いません。

❸ 那兩個人不會再見面了。　　**あの二人はもう**会いません。

❹ 會議很難召開。　　**会議はなかなか**始まりません。

❺ 在印度不吃豬肉。　　**インドでは豚肉は**食べません。

🔵 TIPS

すみません

「すみません」有「失禮了」、「對不起」的意思。為動詞「済（す）ます（解決、結束）」的現在否定形，直譯的話是由於無法為對方解決事情，而感到抱歉。

STEP 2

❶ A　会社でユニフォームを着ますか。
　 B　いいえ、着ません。

❷ A　中国語がわかりますか。
　 B　いいえ、全然わかりません。

❸ A　冷たいビールでも飲みませんか。
　 B　ええ、いいですね。

❹ A　よくゲームセンターに行きますか。
　 B　いいえ、不去。

❶ A　在公司會穿制服嗎？
　 B　不，不穿。

❷ A　你會中文嗎？
　 B　不，完全不會。

❸ A　要不要來一杯冰啤酒？
　 B　嗯，好啊。

❹ A　常去遊樂場嗎？
　 B　不，行きません。

資料(しりょう) 資料
要(い)る 需要
吸(す)う 吸
二人(ふたり) 兩人
会(あ)う 見面
始(はじ)まる 開始
豚肉(ぶたにく) 豬肉
ユニフォーム 制服
着(き)る 穿
分(わ)かる 知道
全然(ぜんぜん) 完全
ビール 啤酒
よく 常常、非常
ゲームセンター 遊樂場、娛樂室

PATTERN **29**

常體 動詞 過去肯定形

～た

做了～

「做了～」的常體版本，也就是動詞的過去式。

🎧 029.MP3　🎧 029J.MP3

STEP 1

❶ 剛剛抵達機場。　　　**今空港に**着いた。

❷ 和客戶連絡了。　　　**取引先に**連絡した。

❸ 喝了一整晚的酒。　　**一晩中お酒を**飲んだ。

❹ 今天又上班遲到了。　**今日も会社に**遅れた。

❺ 啊～肚子好餓。　　　**あ～、おなか**すいた。

> **TIPS**
>
> 着くvs 着る
>
> 「着（つ）く」意為「到達」，但是因為漢字相同，所以常有人和意為「穿」的「着（き）る」搞混。兩個皆為常使用的動詞，請務必記清楚。
>
> おなかすいた
>
> 若要表現肚子餓時，則將「すく」換成過去式「すいた」變成「おなかすいた～！（肚子好餓～！）」即可。

STEP 2

❶ A　試験勉強した？
　 B　うん、まあね。

❷ A　宝くじに当たったよ！
　 B　マジで？うそ！

❸ A　彼と仲直りしたの。
　 B　よかったね。

❹ A　ダイエットしたの？
　 B　うん、5キロやせたよ。

❶ A　有準備考試嗎？
　 B　嗯，馬馬虎虎。

❷ A　彩券中獎了！
　 B　真的？騙人！

❸ A　和男朋友和好了。
　 B　太好了。

❹ A　減肥了嗎？
　 B　嗯，減了5公斤。

今(いま) 現在
着(つ)く 到達
連絡(れんらく)する 聯繫
一晩中(ひとばんじゅう) 一整晚
お酒(さけ) 酒
遅(おく)れる 遲到
おなかがすく 肚子餓
まあね 馬馬虎虎
宝(たから)くじ 彩券
当(あ)たる 中獎
マジ 真的
うそ 謊話
仲直(なかなお)り 和解
ダイエット 減肥
キロ 公斤(kg)
やせる （體重）減掉、瘦

51

敬語 動詞 過去肯定形

～ました

做了～

「做了～」的敬語版本，也就是動詞過去式的敬體。

🎧 030.MP3　🎧 030J.MP3

STEP 1

① 寫了企劃書。　　　　**企画書を**書きました。

② 電話轉接過去了。　　**お電話、**かわりました。

③ 真的非常努力在做　　よくがんばりました**ね。**
　　呢。

④ 搭公車去公司。　　　**会社までバスで**行きました。

⑤ 前幾天麻煩您了。　　**先日はお世話に**なりました。

TIPS

富士山

日本最有名的山即是富士山。富士山（3776公尺）比台灣的玉山（3952公尺）、雪山（3886公尺）稍低一些，一般的登山客會先搭乘巴士至2400公尺高的地方後再開始爬山。爬到一半還可以投宿山莊，隔天早上可以在富士山欣賞日出。不過要注意富士山僅於六月上旬到九月下旬開放登山。

STEP 2

① A コンビニで何を買いましたか。
　 B ジュースを買いました。

② A 休みの日に何をしましたか。
　 B 富士山に登りました。

③ A テニスの試合は勝ちましたか。
　 B いいえ、敗けました。

④ A 昨日、何時に寝ましたか。
　 B 12點就睡了。

① A 在便利商店買了什麼？
　 B 買了果汁。

② A 休假日做了什麼？
　 B 去爬了富士山。

③ A 網球比賽贏了嗎？
　 B 不，輸了。

④ A 昨天幾點睡呢？
　 B 12時に寝ました。

企画書(きかくしょ) 企劃書
電話(でんわ) 電話
かわる 轉接
がんばる 認真做
先日(せんじつ) 前幾天
お世話(せわ)になる 麻煩
ジュース 果汁
休(やす)みの日(ひ) 休假日
富士山(ふじさん) 富士山
登(のぼ)る 登
テニス 網球
勝(か)つ 贏
敗(ま)ける 輸
寝(ね)る 睡覺

常體 動詞 過去否定形

～なかった

沒有做～

「沒有做～」的常體版本，也就是動詞「ない」形的過去式。

 031.MP3　　 031J.MP3

STEP 1

❶ 今天沒下雨也沒下雪。

今日は雨も雪も降らなかった。

❷ 我不知道這家店。

この店のことは知らなかった。

❸ 沒在咖啡裡放砂糖。

コーヒーに砂糖を入れなかった。

❹ 以前對股票沒興趣。

昔は株式に興味を持たなかった。

❺ 沒有在申請書上寫名字。

申し込み書に名前を書かなかった。

⊙ TIPS

「ない」活用

「ない」形因以「い」結尾，因此可以套用「い」活用。

行かない（不去）
行かなかった（沒去）
行かなくて（因為沒去）

外來語縮寫

讓我們來整理看看到這裡為止出現的外來語縮寫。

• 智慧型手機: スマホ(スマートフォン)
• 鑽石: ダイヤ(ダイヤモンド)
• 籃球: バスケ(バスケットボール)
• 手機鈴聲: 着(ちゃく)メロ(着信(ちゃくしん)メロディー)
• 巧克力蛋糕: チョコケーキ(チョコレートケーキ)
• 個人電腦: パソコン(パーソナルコンピュータ)
• 早晨連續劇: 朝(あさ)ドラ(朝ドラマ)
• 百貨公司: デパート(デパートメントストア)

STEP 2

❶ A 展示会に行ったの？
　 B ううん、行かなかったよ。

❷ A 夕べも飲んだの？
　 B ううん、飲まなかったよ。

❸ A 田中さん、今日会社休んだの？
　 B ううん、休まなかったよ。

❹ A デパートで何か買ったの？
　 B ううん、什麼都沒買。

❶ A 你有去展覽嗎？
　 B 不，我沒去。

❷ A 昨晚又喝了嗎？
　 B 不，沒有喝。

❸ A 田中先生，今天公司休息嗎？
　 B 不，沒休息。

❹ A 在百貨公司有買了什麼嗎？
　 B 不，何も買わなかったよ。

降(ふ)る 下
砂糖(さとう)砂糖
入(い)れる 放入
株式(かぶしき)股票
興味(きょうみ)興趣
持(も)つ 持有
申(もう)し込(こ)み書(しょ)申請書
名前(なまえ)名字
展示会(てんじかい)展覽
休(やす)む 休息
デパート 百貨公司
何(なに)も 什麼都（沒有）

敬語 動詞 過去否定形

〜ませんでした

沒有做〜

「沒有做〜」的敬語版本，也就是動詞「ない」形的敬體過去式。雖然也有人會講「〜なかったです」，但是「〜ませんでした」更常見。

 032.MP3　 032J.MP3

STEP 1

❶ 沒有儲存資料。　　データを保存しませんでした。

❷ 在KTV一首歌都沒唱。　　カラオケで一曲も歌いませんでした。

❸ 沒有報告這件東西。　　この件は報告しませんでした。

❹ 沒有確認重要的地方。　　大事なところをチェックしませんでした。

❺ 那間公司我沒有交履歷表。　　あの会社には履歴書を出しませんでした。

TIPS

保存する
直譯的話雖然是「保存」，但正確意思是使用電腦時，將資料或檔案「儲存」的意思。因為這是容易出錯的詞，因此請多加注意。

カラオケ
「カラオケ」為「からっぽのオーケストラ（空空的管弦樂團）」之縮寫。原本日本電視台的歌謠節目當歌手在唱歌時是沒有樂團伴奏的，僅會撥放已錄好音的伴奏讓歌手跟著唱歌，因此延伸出這個詞。

STEP 2

❶ A　アイデア会議をしましたか。
　 B　いいえ、しませんでした。

❷ A　昨日、うちに帰りませんでしたか。
　 B　はい、徹夜で残業をしました。

❸ A　田中さんは昨日の飲み会に来ましたか。
　 B　いいえ、来ませんでした。

❹ A　パーティーに鈴木さんを呼びましたか。
　 B　いいえ、沒有叫他來。

データ 資料
保存(ほぞん)する 儲存
カラオケ 卡拉OK
一曲(いっきょく)一首歌
歌(うた)う 唱歌
件(けん)件
報告(ほうこく)する 報告
大事(だいじ)だ 重要
ところ 地方、部分
チェックする 確認、檢查
履歴書(りれきしょ)履歷
出(だ)す 拿出、提出
アイデア 點子
徹夜(てつや)徹夜
呼(よ)ぶ 呼叫

❶ A　腦力激盪會議召開了嗎？
　 B　不，沒開。

❷ A　昨天沒回家嗎？
　 B　是的，熬夜加班了。

❸ A　田中先生昨天有來公司聚餐嗎？
　 B　不，沒有來。

❹ A　你有叫鈴木先生參加派對嗎？
　 B　不，呼びませんでした。

常見的文章基本架構句型

我們在對話時常常會好奇誰在何時、何地做了什麼，使得疑問詞成為與他人交談時非常常見的詞彙。而疑問句中除了疑問詞之外，常常還會有各種助詞來強調一句話的主體，也會有可以使句子更加生動的副詞。讀者除了可以在Part 2中學到這些會話的基礎架構之外，這裡也會一起介紹只要置入名詞，就可將自己的想法或狀態表現出來的句型。

Unit 05

各式各樣的
疑問句句型

PATTERN
033

疑問句 01

〜は何ですか

〜是什麼？

「〜は何（なん）ですか」為好奇某事物「是什麼」的時候會使用的敬體疑問句。用常體問時講「〜は何（なに）？」即可。

🎧 033.MP3　　🎧 033J.MP3

STEP 1

❶ 那是什麼？ | **それ**は何ですか。

❷ 喜歡的運動是什麼呢？ | **好きなスポーツ**は何ですか。

❸ 現在煩惱的是什麼呢？ | **今の悩み**は何ですか。

❹ 喜歡的水果是什麼呢？ | **好きな果物**は何ですか。

❺ 興趣是什麼呢？ | **趣味**は何ですか。

➕ TIPS

「何」的發音

「何」後面接續「た」、「だ」、「な」之時會發音成「なん」。

名前は何(なに)？
（叫什麼名字？）
これは何(なん)ですか。
（這是什麼？）
何(なに)が何(なん)だか
（什麼是什麼啊？）

但是，「何食べる？」為「何を食べる」省略助詞的表現方式，因此不發音成「なん」。

STEP 2

❶ A　お昼のメニューは何ですか。
　 B　ピザです。

❷ A　これ、何？
　 B　九州のおみやげだよ。

❸ A　この子犬の名前は何？
　 B　ブラウニーだよ。

❹ A　報告的題目是什麼？
　 B　日本の祭りです。

❶ A　午餐菜色是什麼？
　 B　是披薩。

❷ A　這是什麼？
　 B　九州的土產。

❸ A　這隻小狗叫什麼名字？
　 B　是布朗尼。

❹ A　レポートのテーマは何ですか。
　 B　日本的節慶。.

悩(なや)み 苦惱
趣味(しゅみ) 興趣
お昼(ひる) 午餐
メニュー 菜單、菜色
ピザ 披薩
九州(きゅうしゅう) 九州
子犬(こいぬ) 小狗
テーマ 主題、題目
日本(にほん) 日本
祭(まつり) 節慶、慶典

PATTERN
034

何～

幾～？

好奇某事物的「數量、大小、範圍多少」時使用的疑問句句型。接續各式的量詞即可。

🎧 034.MP3　🎧 034J.MP3

STEP 1

❶ 啤酒要買幾瓶？　　ビールは何本買う？

❷ 營業部門在幾樓？　　営業部は何階なの？

❸ 來台灣幾年了？　　台湾に来て何年ですか。

❹ 手機號碼多少？　　ケータイ番号は何番ですか。

❺ 到這裡花幾分鐘？　　ここまで何分かかりましたか。

⊕ TIPS

各種單位的問法

幾瓶	何本(なんぼん)
幾樓	何階(なんかい)
幾年	何年(なんねん)
幾號	何番(なんばん)
幾分	何分(なんぷん)
幾次	何回(なんかい)
幾點	何時(なんじ)
幾位	何人(なんにん)
幾分	何点(なんてん)

手機

手機有很多種講法，「携帯電話（けいたいでんわ）」、「携帯（けいたい）」、「ケータイ」、「ケイタイ」都可以。最近常見的智慧型手機稱為「スマホ」，但一樣也可以使用前述的「ケイタイ」等講法。

STEP 2

❶ A 海外旅行、何回行った？
　 B 2回だよ。

❷ A 終電は何時？
　 B 11時半だよ。

❸ A お子さんは何人ですか。
　 B 3人です。

❹ A 英語考試考幾分？
　 B 80点だったよ。

❶ A 海外旅行去幾次了？
　 B 兩次。

❷ A 最後一班電車是幾點？
　 B 11點半喔。

❸ A 你有幾個小孩呢？
　 B 3個。

❹ A 英語のテスト、何点だった？
　 B 80分喔。

営業部(えいぎょうぶ) 營業部門
来(く)る 來
ケータイ 手機
番号(ばんごう) 號碼
かかる 花（時間）
海外(かいがい) 海外
旅行(りょこう) 旅行
終電(しゅうでん) 最後一班電車
お子(こ)さん（別人的）子女
3人(さんにん) 3人
80点(はちじゅってん) 80分

PATTERN
035

疑問句 03

〜は誰ですか

〜是誰？

「〜は誰（だれ）ですか」是好奇某人的身分時使用的疑問句句型。雖然本身是敬體，但需要重視禮儀時會講「〜はどなたですか？」，而朋友之間講「〜は誰？」就可以了。

🎧 035.MP3　　🎧 035J.MP3

STEP 1

❶ 那個人是誰？　　　**あの人**は誰ですか。

❷ 尊敬的人是誰？　　**尊敬する人**は誰ですか。

❸ 喜歡的歌手是誰？　**好きな歌手**は誰ですか。

❹ 鈴木先生是哪一位？　**鈴木さん**はどなたですか。

❺ 音樂老師是哪一位？　**音楽の先生**はどなたですか。

🔵 TIPS

拜訪、問候

・ごめんください：不好意思，有人在嗎？（去拜訪某家庭時，呼叫對方家裡的人）

・おじゃまします：打擾了。（進去別人家拜訪時）

・失礼（しつれい）します：失禮了。（進去別人辦公室拜訪時）

STEP 2

❶ A　ねえ、親友は誰？
　 B　エミちゃんよ。

❷ A　ごめんください。
　 B　は〜い、どなた？

❸ A　次の方はどなたですか。
　 B　はい、私です。

❹ A　あの女生是誰？
　 B　会社の同僚です。

❶ A　欸，你最好的朋友是誰？
　 B　是惠美喔。

❷ A　不好意思。
　 B　來了〜是哪位啊？

❸ A　下一位是誰？
　 B　是，是我。

❹ A　彼女は誰ですか。
　 B　是公司同事。

尊敬（そんけい）する 尊敬
どなた 哪一位
親友（しんゆう）摯友、好朋友
次（つぎ）下一個
方（かた）位
同僚（どうりょう）同事

疑問句 04

〜はいつですか

〜是何時？

好奇某事物是「什麼時候開始」時會使用的疑問句敬體。

036.MP3　　036J.MP3

TIPS

日本大學生的行事曆
日本的學期比台灣晚一個月開始。
・第一學期：4月～7月底
・暑假：8月～9月
・第二學期：10月～2月底
・寒假：12月底開始兩週間
・春假：3月
・畢業典禮：3月

STEP 1

❶ 生日是何時？　　誕生日はいつですか。

❷ 結婚典禮是何時？　　結婚式はいつですか。

❸ 定期休假日在何時？　　定休日はいつですか。

❹ 何時打工？　　バイトはいつですか。

❺ 何時會發表合格？　　合格発表はいつですか。

STEP 2

❶ A 中間テストはいつ？
　 B 4月22日だよ。

❷ A ダイエットはいつから？
　 B 昨日からだよ。

❸ A 卒業はいつですか。
　 B 来年の3月です。

❹ A 何時海外出張？
　 B あさってからです。

❶ A 期中考是何時？
　 B 4月22日。

❷ A 減肥是何時開始的？
　 B 昨天開始。

❸ A 何時畢業？
　 B 明年3月。

❹ A 海外出差はいつからですか。
　 B 後天開始。

定休日(ていきゅうび) 定期休假日
合格(ごうかく) 合格
発表(はっぴょう) 發表
中間(ちゅうかん)テスト 期中考
22日(にじゅうににち) 22日
来年(らいねん) 明年
海外出張(かいがいしゅっちょう)
海外出差

いくつ～か

～有幾個？、～幾歲？

好奇某物的個數「有幾個」、或某人年齡「幾歲」時會使用的疑問句句型。
若要更有禮貌地詢問對方幾歲時，會用「おいくつ」，而跟關係親密的人詢
問時只要講「いくつ？」即可。

 037.MP3　 037J.MP3

STEP 1

❶ 飲料要買幾瓶？　　　　飲み物はいくつ買いますか。

❷ 需要幾張椅子？　　　　いすはいくつ必要ですか。

❸ 有幾個失誤？　　　　　ミスはいくつありましたか。

❹ 木村先生幾歲？　　　　木村さんはおいくつですか。

❺ 你幾歲？　　　　　　　きみ、いくつ？

> **TIPS**
>
> 計算數量時的講法
> 計算數量時的日文講法有兩種。
>
> 一個　一(ひと)つ / 1個(いっこ)
> 兩個　二(ふた)つ / 2個(にこ)
> 三個　三(みっ)つ / 3個(さんこ)
> 四個　四(よっ)つ / 4個(よんこ)
> 五個　五(いつ)つ / 5個(ごこ)
> 六個　六(むっ)つ / 6個(ろっこ)
> 七個　七(なな)つ / 7個(ななこ)
> 八個　八(やっ)つ / 8個(はっこ)
> 九個　九(ここの)つ /
> 　　　9個(きゅうこ)
> 十個　十(とお) / 10個(じゅっこ)
> 幾個　いくつ / 何個(なんこ)

STEP 2

❶ A　りんごはいくつ買う？
　 B　五つ。

❷ A　今年でいくつになりますか。
　 B　ちょうど30です。

❸ A　返品はいくつありましたか。
　 B　九つでした。

❹ A　要訂幾個便當？
　 B　うん、50個ね。

❶ A　蘋果要買幾個？
　 B　5個。

❷ A　今年幾歲了？
　 B　正好30歲。

❸ A　退貨有幾個了？
　 B　9個。

❹ A　お弁当はいくつ注文しますか。
　 B　嗯，50個。

飲(の)み物(もの) 飲料
いくつ 幾個、幾歲
いす 椅子
ミス 錯誤、失誤
ある 有（限事物）
おいくつ 幾歲
りんご 蘋果
～になる 成為
ちょうど 正好
30(さんじゅう) 30
返品(へんぴん) 退貨
注文(ちゅうもん)する 訂購
50個(ごじゅっこ) 50個

疑問句 06

～はいくらですか

～多少錢？

好奇某物「價格多少」時可使用的敬體句型，常體為「～はいくら？」。

 038.MP3　 038J.MP3

STEP 1

❶ 房租多少？　　　　**家賃**はいくらですか。

❷ 這個一件多少？　　**これはひとつ**いくらですか。

❸ 價格多少？　　　　**値段**はいくらですか。

❹ 手續費多少錢？　　**手数料**はいくらですか。

❺ 全部多少錢？　　　**全部で**いくらですか。

STEP 2

❶ A 缶コーヒー、いくら？
　 B 100円だよ。

❷ A りんごはいくらですか。
　 B 四つで300円です。

❸ A 送料はいくらでしたか。
　 B 200円でした。

❹ A このシャツはいくらですか。
　 B 1500円です。

❶ A 罐裝咖啡多少錢？
　 B 100日圓。

❷ A 蘋果多少錢？
　 B 4個300日圓。

❸ A 運費多少錢？
　 B 200日圓。

❹ A 這件襯衫多少錢？
　 B 1500日圓。

TIPS

百位數的講法

100	ひゃく
200	にひゃく
300	さんびゃく
400	よんひゃく
500	ごひゃく
600	ろっぴゃく
700	ななひゃく
800	はっぴゃく
900	きゅうひゃく

金額的講法

10日圓	10円(じゅうえん),
100日圓	100円(ひゃくえん),
一千日圓	1000円(せんえん),
一萬日圓	10,000円 (いちまんえん)
十萬日圓	100,000円 (じゅうまんえん),
百萬日圓	1,000,000円 (ひゃくまんえん)

家賃(やちん) 住房租金
値段(ねだん) 價格
手数料(てすうりょう) 手續費
全部(ぜんぶ)で 全部
缶(かん)コーヒー 罐裝咖啡
100円(ひゃくえん) 100日圓
300円(さんびゃくえん) 300日圓
送料(そうりょう) 運費
200円(にひゃくえん) 200日圓
シャツ 襯衫

どうして〜の？

為什麼〜？

好奇某現象的「原因為何」時使用的常體句型。也可使用意思相同的「なんで」、「なぜ」，但「なぜ」給人的感覺會較生硬。要用敬語詢問時則為「どうして〜ですか」。

🎧 039.MP3　🎧 039J.MP3

STEP 1

❶	為什麼對我說謊？	どうして**私にうそをついたの？**
❷	為什麼這麼慢？	どうして**こんなに遅かったの？**
❸	為什麼這麼任性？	どうして**そんなにわがままなの？**
❹	為什麼這裡沒有人？	なんで**ここに誰もいないの？**
❺	為什麼不說話？	なんで**何も言わないの？**

⊕ TIPS

日本小學生的未來期望

過去針對日本小學生進行過的未來期望調查結果如下：
・男生
　①足球選手②醫師③棒球選手
　④遊戲相關工作⑤廚師
・女生
　①醫師②糕點師③幼稚園老師
　④獸醫師⑤老師

STEP 2

❶ A どうして先に帰ったの？
　 B 急用ができたの。
❷ A なんで会社辞めるの？
　 B 転職するんだよ。
❸ A プロジェクトは中止だ！
　 B えっ、なんでなの？
❹ A 昨天為什麼休假？
　 B 体の具合いが悪かったの。

❶ A 為什麼先回家了？
　 B 因為有急事。
❷ A 為什麼辭職了？
　 B 因為要轉職。
❸ A 專案中止！
　 B 咦？為什麼？
❹ A どうして昨日休んだの？
　 B 身體不舒服。

うそをつく 說謊
遅(おそ)い 遲到
言(い)う 說
先(さき)に 先
急用(きゅうよう) 急事
できる 發生
転職(てんしょく)する 轉職
プロジェクト 專案
中止(ちゅうし) 中止
具合(ぐあ)い 狀態

疑問句 08

〜はどれですか

〜是哪個？

好奇眾多事物中的「哪一個」是想找尋某個或某種事物時會使用的敬語句型。常體說法為「〜はどれ？」。

 040.MP3　 040J.MP3

STEP 1

❶ 推薦產品是哪個？ おすすめはどれですか。

❷ 松田先生的帽子是哪個？ 松田さんの帽子はどれですか。

❸ 最好喝的酒是哪個？ 一番おいしいワインはどれですか。

❹ 課長的雨傘是哪支？ 課長のかさはどれですか。

❺ 最暢銷的推理小說是哪本？ ベストセラーの推理小説はどれですか。

TIPS

西裝的日語

本頁出現的「背広（せびろ）」也就是「西裝」日語中還有一個更通俗的講法「スーツ」。兩者意思幾乎相同，但大部分的日本年輕人都更習慣使用後者。要注意的是「背広（せびろ）」通常不會被用來指女性的西裝，但「スーツ」是可以男女通用的，這點建議要好好記著。

STEP 2

❶ A 好きなジュースはどれですか。
　 B あ、これです。
❷ A セール中の背広はどれなの？
　 B これよ、これ。
❸ A 部長のコートはどれですか。
　 B あれですよ。
❹ A 午餐的甜點是哪個呢？
　 B アイスクリームです。

❶ A 喜歡的果汁是哪個？
　 B 啊，這個。
❷ A 打折中的西裝是哪件？
　 B 就是這個。

❸ A 部長的外套是哪件？
　 B 那件。
❹ A ランチのデザートはどれですか。
　 B 是冰淇淋。

おすすめ 推薦
どれ 哪個
帽子(ぼうし) 帽子
一番(いちばん) 最好、第一
課長(かちょう) 課長
かさ 雨傘
ベストセラー 暢銷產品
推理小説(すいりしょうせつ) 推理小說
セール中(ちゅう) 打折中
背広(せびろ) 西裝
部長(ぶちょう) 部長
コート 外套
ランチ 午餐
デザート 甜點
アイスクリーム 冰淇淋

疑問句 09

PATTERN 041

～はどこですか
～在哪裡？

好奇場所「在哪裡」時，使用的敬語句型。常體句型為「～はどこ？」。

🎧 041.MP3　　🎧 041J.MP3

STEP 1

❶ 公車站在哪裡？	**バス停**はどこですか。	
❷ 出生地在哪裡？	**出身地**はどこですか。	
❸ 簡報資料在哪裡？	**プレゼンの資料**はどこですか。	
❹ 食品賣場在哪裡？	**食品売り場**はどこですか。	
❺ 第二攤聚會的店在哪裡？	**二次会の店**はどこですか。	

⊕ **TIPS**

日本首都的人口

東京的人口在2020年現在大約為1400萬人，當中有許多從日本各地移居至東京的人。日本的行政地區除了北海道、東京都、大阪府、京都府之外，另還有43個縣。

STEP 2

❶ A トイレはどこ？
　 B すぐそこだよ。
❷ A 鈴木さん、どこ？
　 B ちょっと経理部へ。
❸ A 免税店はどこですか。
　 B あそこです。
❹ A 現在在哪裡？
　 B エレベーターの中です。

❶ A 廁所在哪裡。
　 B 就在那裡。

❷ A 鈴木先生在哪？
　 B 去了一下經理部。

❸ A 免税店在哪？
　 B 在那裡。

❹ A 今、どこですか。
　 B 在電梯裡。

バス停(てい) 公車站
どこ 哪裡
出身地(しゅっしんち) 出身地
プレゼン 簡報
食品(しょくひん) 食品
売(う)り場(ば) 賣場
二次会(にじかい) 第二攤聚會
すぐそこ 就在那裡
経理部(けいりぶ) 經理部
免税店(めんぜいてん) 免税店
エレベーター 電梯
中(なか) 中間、裡面

PATTERN 042
～はどっちですか

～在哪邊？

好奇方向「在哪邊」時或是兩個可能性中的「哪一個」時，使用的敬語句型。「どっち」為常體，「どちら」為其敬語表現。「どちら」亦是「どこ（哪裡）」的敬語。

 042.MP3　 042J.MP3

STEP 1

❶ 1號出口在哪邊？　　**1番出口**はどっちですか。

❷ 往橫濱那裏是哪一邊？　　**横浜方面**はどっちですか。

❸ 決勝戰贏的是哪方？　　**決勝戦で勝ったの**はどっちですか。

❹ 好吃的店在哪邊？　　**おいしいお店**はどっちですか。

❺ 你住的地方在哪？　　**お住まい**はどちらですか。

TIPS

指示代名詞（方向）

這邊	こっち(こちら)
那邊	そっち(そちら)
那邊	あっち(あちら)
哪邊	どっち(どちら)

STEP 2

❶ A 市役所はどっち？
　B 左だよ。

❷ A 展示会場はどっちですか。
　B あっちです。

❸ A バスと電車と、速いのはどっちですか。
　B 今はバスの方が速いですよ。

❹ A 果汁與可樂哪個比較便宜？
　B コーラだよ。

❶ A 市政府在哪邊？
　B 在左邊。

❷ A 展覽會場在哪邊？
　B 在那邊。

❸ A 巴士和電車哪個比較快？
　B 現在的話是巴士比較快。

❹ A ジュースとコーラと、安いのはどっち？
　B 是可樂喔。

1番出口(いちばんでぐち) 1號出口
横浜(よこはま) 橫濱（地名）
方面(ほうめん) 方向
決勝戦(けっしょうせん) 決勝戰
お住(す)まい 住處
市役所(しやくしょ)
左(ひだり) 左邊
展示会場(てんじかいじょう) 展覽會場
電車(でんしゃ) 電車
速(はや)い 速度快
～の方(ほう) ～邊
コーラ 可樂

どう〜か

要怎麼辦？

好奇「怎樣的方式」才好，「如何做」才好時使用的句型。「どう」的敬語
表現為「いかか」。

🎧 043.MP3　　🎧 043J.MP3

STEP 1

❶	這條白色裙子如何？	この白いスカート、どうですか。
❷	現在開始要怎麼辦？	これからどうしますか。
❸	要如何到區公所？	区役所までどう行きますか。
❹	這道料理要怎麼吃？	この料理はどう食べますか。
❺	再喝一杯如何？	もう一杯いかがですか。

⊕ TIPS

「こそあど」的用法

這樣こう
那樣そう
那樣ああ
如何どう

こうですか。（這樣嗎？）
そうですね。（是那樣呢。）
ああします。
（我會那樣做的。）
どうする？（怎麼辦？）

STEP 2

❶ A 風邪はどうですか。
　 B もう大丈夫です。
❷ A 気分はいかがですか。
　 B 最高です。
❸ A 再契約、どうだった？
　 B うまくいったよ。
❹ A 這張海報如何？
　 B いいね。

❶ A 感冒好點沒？
　 B 現在好多了。
❷ A 心情如何呢？
　 B 很好。
❸ A 再次簽約進行得如何？
　 B 很順利。
❹ A このポスター、どう？
　 B 很好。

白(しろ)い 白色
スカート 裙子
これから 現在開始、未來
区役所(くやくしょ) 區公所
もう一杯(いっぱい) 再一杯
いかが 如何
気分(きぶん) 心情
再契約(さいけいやく) 再次簽約
うまくいく 事情進展順利
ポスター 海報

どんな～ですか

是怎麼樣的～呢？

好奇某件事物或是人物有著「怎麼樣」的特徵時使用的敬語句型。「どんな」的後面直接接續名詞。

 044.MP3　 044J.MP3

STEP 1

❶	這是怎麼樣的遊戲呢？	これはどんなゲームですか。
❷	義大利是怎麼樣的地方呢？	イタリアはどんな所ですか。
❸	憂鬱症是怎麼樣的疾病呢？	うつ病はどんな病気ですか。
❹	父親是怎麼樣的人呢？	お父さんはどんな方ですか。
❺	環保車是怎麼樣的車呢？	エコカーはどんな車ですか。

TIPS

「こそあど」用法

這樣	こんな（こういう）
那樣	そんな（そういう）
那樣	あんな（ああいう）
怎樣	どんな（どういう）

こういうゲーム、大好き！
（超喜歡這種遊戲！）
山田さんはどういう人？
（山田先生是怎麼樣的人？）

日本的環保運動
・エコカー：環保車（汙染較少的汽車）
・エコバッグ：環保袋（可重複使用的購物袋）
・エコクッキング：環料理（依據有計畫性的食譜，購買適量的食材、食用適量分量的重視健康的飲食文化）

STEP 2

❶ A このお菓子はどんな味なの？
　B さつまいも味よ。

❷ A 山田君の彼女はどんな人？
　B おしゃれな人だよ。

❸ A ここはどんなレストランですか。
　B スパゲッティがおいしい所です。

❹ A 浴衣是怎麼樣的衣服呢？
　B 夏に着る着物です。

❶ A 這甜點是怎麼樣的味道？
　B 地瓜味。

❷ A 山田的女朋友是怎樣的人？
　B 穿著很時尚的人。

❸ A 這裡是怎麼樣的餐廳呢？
　B 義大利麵很好吃的地方。

❹ A 浴衣はどんな服ですか。
　B 夏天穿的和服。

イタリア 義大利
所(ところ) 地方、場所
うつ病(びょう) 憂鬱症
病気(びょうき) 疾病
エコカー 環保車、親環境車
味(あじ) 味道
さつまいも 地瓜
おしゃれだ 時尚、洗鍊的外表
レストラン 餐廳
スパゲッティ 義大利麵
浴衣(ゆかた) 浴衣（日本傳統服飾）
服(ふく) 衣服
夏(なつ) 夏天
着物(きもの) 和服（日本傳統服飾）

どの～

哪個～

詢問是「哪個」事物時使用的句型。後面直接接名詞即可。

🎧 045.MP3　🎧 045J.MP3

STEP 1

❶ 牆壁要漆什麼顏色好呢？

壁はどの色にしますか。

❷ 哪輛車是金先生的車呢？

どの車が金さんのですか。

❸ 哪副眼鏡適合我呢？

どの眼鏡が私に似合いますか。

❹ 鈴木家在哪邊呢？

鈴木さんの家はどの辺ですか。

❺ 沙拉上面要灑什麼醬料呢？

サラダにどのソースをかけますか。

💬 TIPS

「こそあど」用法

這	この
那	その
那	あの
哪個	どの

この色にする。
（我要用這個顏色）
その車は誰の？
（那台車是誰的？）
あの辺は静かだ。
（那附近很安靜）
どのバスに乗ったの？
（你搭了哪個巴士？）

STEP 2

❶ A どのキーホルダーがいいかな？
　 B どれもかわいいね。

❷ A どの人が犯人だと思いますか。
　 B 私はこの人だと思います。

❸ A 教材はどの本にしますか。
　 B この本にします。

❹ A 哪個蛋糕好吃呢？
　 B それ、おいしいよ。

❶ A 哪個鑰匙圈好呢？
　 B 每個都很可愛呢。

❷ A 你認為誰是犯人呢？
　 B 我認為是這個人。

❸ A 教材要用哪本書呢？
　 B 我會用這本書。

❹ A どのケーキがおいしいかな？
　 B 那個很好吃。

壁(かべ) 牆壁
色(いろ) 顏色
眼鏡(めがね) 眼鏡
似合(にあ)う 適合
辺(へん) 邊、附近
サラダ 沙拉
ソース 醬料
かける 加上
キーホルダー 鑰匙圈
思(おも)う 認為
教材(きょうざい) 教材
本(ほん) 書

PATTERN 046

疑問句 14

〜はどのくらいですか

〜是到什麼程度呢？

好奇某事物的數量、大小、範圍等「至什麼程度」時使用的句型。也可以講「どれぐらい」。表示「程度」的單詞可使用「くらい」與「ぐらい」，兩者沒有差別。

 046.MP3　 046J.MP3

STEP 1

❶	本月銷售額多少？	今月の売り上げはどのくらいですか。
❷	配送期間多長？	配送期間はどのくらいですか。
❸	租金多貴？	レンタル料金はどのくらいですか。
❹	費用多貴？	費用はどれくらいですか。
❺	尺寸多大？	サイズはどれくらいですか。

⊕ TIPS

日本的產品品質保存期限
・ 賞味期限（有效日期）：產品適合食用的期限
・ 消費期限（消費期限）：即使使用產品也不會對健康或是安全有影響的經認證之最終消費期限

STEP 2

❶ A 賞味期限はどのくらいですか。
　 B 1年です。
❷ A 審査結果が出るまであとどのくらいですか。
　 B あと30分ぐらいです。
❸ A 待ち時間はどれくらいですか。
　 B 10分です。
❹ A 日語學多久了？
　 B 2年ぐらい。

❶ A 有效日期多長？
　 B 一年。
❷ A 審查結果還要多久才會出來？
　 B 大概還要花30分鐘左右。
❸ A 要等多久呢？
　 B 10分鐘左右。
❹ A 日本語を勉強してどのくらいなの？
　 B 兩年程度。

〜くらい(ぐらい) 程度
配送(はいそう) 配送
期間(きかん) 期間
レンタル料金(りょうきん)
租金、租賃金
費用(ひよう) 費用
サイズ 尺寸
賞味期限(しょうみきげん)
有效日期
消費期限（しょうひきげん）
消費期限
1年(いちねん) 一年
審査結果(しんさけっか) 審查結果
出(で)る 出來
あと 之後
30分(さんじゅっぷん) 30分鐘
待(ま)ち時間(じかん) 等待時間

Unit 06

一定要知道的
基礎助詞句型

助詞 01

～から…まで

從～到～

「從哪裡到～」、「從何時至～」等意思，表現空間的範圍的句型。

🎧 047.MP3　　🎧 047J.MP3

STEP 1

❶	從明天到後天要出差。	明日からあさってまで出張です。
❷	家裡到公司走路30分鐘。	自宅から会社まで歩いて30分です。
❸	這本書從頭到尾都不有趣。	この本は最初から最後まで面白くない。
❹	10點到2點有研討會。	10時から2時までセミナーがあります。
❺	從桌球到足球等球類運動都很有自信。	卓球からサッカーまで球技は得意だ。

🔵 TIPS

從東京的品川站搭新幹線到大阪的新大阪站所需的費用和時間

「のぞみ」指定席：14720日圓
（2小時35分）
「ひかり」指定席：14400日圓
（3小時）
「こだま」指定席：14400日圓
（4小時）
自由座皆為13870日圓。

STEP 2

❶ A 明日の面接は何時からですか。
　 B 11時からです。

❷ A 銀行は何時までですか。
　 B 4時半までです。

❸ A 東京から大阪まで新幹線でどのぐらいかかるの？
　 B 2時間半ぐらいかかるよ。

❹ A 從機場到旅館會搭什麼？
　 B リムジンバスです。

---

❶ A 明天面試幾點開始？
　 B 11點開始。

❷ A 銀行開到幾點？
　 B 4點半。

❸ A 從東京到大阪坐新幹線要多久？
　 B 大約兩小時半。

❹ A 空港からホテルまで何に乗りますか。
　 B 機場接駁巴士。

自宅(じたく) 自宅
歩(ある)く 步行
最初(さいしょ) 最初
最後(さいご) 最終
セミナー 研討會
卓球(たっきゅう) 桌球
球技(きゅうぎ) 球技
銀行(ぎんこう) 銀行
４時半(よじはん) 4點半
大阪(おおさか) 大阪（地名）
乗(の)る 搭乘
リムジンバス 機場接駁巴士

PATTERN 048

～までに

至～之前

表示某個動作的時間期限的句型。「～まで」表一定期間內持續的行為、動作、事件等範圍，「～までに」則表示期限。

 048.MP3　 048J.MP3

STEP 1

❶	星期三之前交報告。	水曜日までにレポートを出します。
❷	兩點之前交計畫書。	2時までに企画書を提出します。
❸	星期五前會還跟你借的錢。	借りたお金は金曜日までに返します。
❹	我最晚在剩下10分鐘之前會到5號門。	10分前までに5番ゲートに行きます。
❺	畢業前找到工作。	大学卒業までに就職先を決めます。

TIPS

日本人的結婚年齡。

與台灣一樣，日本的結婚年齡越來越晚。日本男性平均結婚年齡為30.5歲，女性為28.8歲，生涯未婚的人也正漸漸增加。根據2019年的調查結果，50歲以前沒結過婚的男性約23.4%，女性約占14.1%。

STEP 2

❶ A ユタカはいつ結婚するの？
　 B 30才までにしたいよ。

❷ A ダイエット中なの？
　 B うん、夏までに絶対やせるよ！

❸ A 先生、明日相談に行きますね。
　 B じゃ、2時までにね。

❹ A ねえ、会議はいつ終わるの？
　 B 五點前會結束。

❶ A 裕香打算何時結婚？
　 B 想30歲之前結婚。

❷ A 正在減肥嗎？
　 B 嗯，夏天之前絕對要減掉！

❸ A 老師，明天我會找你談事情。
　 B 好啊，兩點前來找我。

❹ A 哪，會議何時結束？
　 B 5時までには終わるよ。

提出(ていしゅつ)する 提出
借(か)りる 借
返(かえ)す 還、償還
5番(ごばん)ゲート 5號門
大学(だいがく) 大學
就職先(しゅうしょくさき)
工作場所
決(き)める 決定
結婚(けっこん)する 結婚
30才(さんじゅっさい) 30歲
したい 想做
絶対(ぜったい) 絕對、一定
相談(そうだん) 談事情

PATTERN 049

〜の

〜的、〜樣的事物

意為「〜的、〜樣的事物」，若前方置入名詞，則成為「某人的事物」的意思，若置入動詞，則表示「〜的事物、〜的行為」的意思。

STEP 1

 049.MP3　 049J.MP3

❶ 這本筆記本是林先生的。
このノートは林さんのです。

❷ 我喜歡一個人在家。
私は一人で家にいるのが好きだ。

❸ 登山後吃便當很快樂。
山に登って弁当を食べるのは楽しい。

❹ 跟他人比較是不好的事。
他人と比較するのはよくない。

❺ 我很喜歡唱歌也喜歡跳舞。
私は歌うのも、踊るのも大好きです。

TIPS

「の」的意思

置入名詞與名詞間時為「的」的意思，也可以代表「〜東西」。

林さんのノート（林先生的筆記本）
林さんの（林先生的東西）

STEP 2

❶ A　金さんの趣味は何ですか。
　 B　一人で映画を見るのが趣味です。

❷ A　会議の資料は？
　 B　あっ、いけない。持ってくるのを忘れました。

❸ A　1年で日本語をマスターするのは無理かな？
　 B　いや、できると思うよ。

❹ A　那支手機是誰的？
　 B　ユミの。

❶ A　金先生興趣是什麼？
　 B　我的興趣是獨自看電影。

❷ A　會議資料呢？
　 B　啊！糟糕，我忘了帶過來了。

❸ A　1年內精通日文會很勉強嗎？
　 B　不，我認為可以。

❹ A　あのケータイは誰の？
　 B　由美的。

ノート 筆記本
一人(ひとり)で 獨自
いる 有（人或事物）
山(やま)に登(のぼ)る 登山
他人(たにん) 其他人
比較(ひかく)する 比較
踊(おど)る 跳舞
いけない 糟糕！（發生壞事時使用的語句）
持(も)ってくる 帶來
忘(わす)れる 忘記
マスターする 精通
無理(むり) 不可能

75

PATTERN 050

助詞 04

〜しか(…)ない

只有〜、只能做〜

表示除了某事物以外的任何事物都沒有、或是不對的句型。

🎧 050.MP3　🎧 050J.MP3

STEP 1

❶ 現在只剩靠走道的位置。　今は通路側の席しかない。

❷ 冰箱只剩牛奶。　冷蔵庫の中に牛乳しかない。

❸ 那個人只喝啤酒。　彼はビールしか飲まない。

❹ 我的商量對象只有由美。　私の相談相手はユミしかいない。

❺ 我只看動作片。　私はアクション映画しか見ない。

⊕ TIPS

すし

日本的代表飲食「寿司（すし）」是將海鮮置於用醋調味過的白飯上的料理。受歡迎的壽司有「マグロの赤身[あかみ]（鮪魚背肉）」、「サーモン（鮭魚）」、「イクラ（鮭魚卵）」、「ホタテ（扇貝）」、「あなご（星鰻）」、「ウニ（海膽）」、「エビ（蝦子）」與「イカ（魷魚）」等。以美味聞名的鮪魚共分為九個部位，最好吃的部位為「大トロ（腹肉）」、「赤身（背肉）」、「カマ（頭頸肉）」。

STEP 2

❶ A　みんな教室にいますか。
　 B　いいえ、山田さんしかいません。
❷ A　お寿司をよく食べますか。
　 B　いいえ、私は玉子しか食べません。
❸ A　もうすぐでスピーチ大会の締め切りだね。
　 B　うん、2日しか残ってないよ。
❹ A　英会話教室は家の近くにあるの？
　 B　うん、走路的話只要10分鐘。

❶ A　所有人都在教室嗎？
　 B　不，只有山田先生而已。
❷ A　常吃壽司嗎？
　 B　不，我只吃玉子燒。
❸ A　現在演講比賽快要結束了呢。
　 B　嗯，只剩兩天了。
❹ A　英語會話補習班在你家附近嗎？
　 B　嗯，歩いて10分しかかからないよ。

通路側(つうろがわ) 靠走道
冷蔵庫(れいぞうこ) 冰箱
相手(あいて) 對象
アクション 動作
みんな 所有
教室(きょうしつ) 教室
お寿司(すし) 壽司
玉子(たまご) 雞蛋
もうすぐ 快要
スピーチ大会(たいかい) 演講比賽
締(し)め切(き)り 截止
2日(ふつか) 兩天
残(のこ)る 剩下
英会話(えいかいわ) 英語會話
近(ちか)く 附近

助詞 05

〜だけ

只有〜

意為「只有」、「僅」，表示這就是全部、其他皆非的句型。

 051.MP3　 051J.MP3

STEP 1

❶ 行李只有這些。　　荷物はこれだけです。

❷ 打工只做了一個月。　　一ヶ月だけ、バイトをした。

❸ 我長時間都只看著你。　　長い間、君だけを見ていたよ。

❹ 只用豆腐就減肥成功。　　豆腐だけでダイエットに成功した。

❺ 那間美容院一個月只休息一次。　　あの美容院は月に一度だけ休みます。

TIPS

日本的最低時薪

有不少人會想去日本打工度假，大家應該很好奇日本打工的最低時薪吧？2019年10月開始，東京增加到1013日圓，成為日本全國時薪漲最多的地方。反之，時薪最低的地方為鳥取、高知與長崎等，為790日圓。日本高薪的打工為補習班講師（平均1279日圓）、會議工作人員（平均1232日圓）、柏青哥店職員（平均1172日圓）等。此外，便利商店為940日圓，速食店則為989日圓，比起台灣算是相當高了。

STEP 2

❶ A　いい曲だね。何の歌？
　 B　「世界に一つだけの花」という曲だよ。

❷ A　ビニール袋、もっと要りますか。
　 B　いいえ、これだけで十分です。

❸ A　在庫はどのぐらいありますか。
　 B　5つだけです。

❹ A　マラソン大会で用意するものは何ですか。
　 B　タオルだけです。

---

❶ A　這首歌真好聽，是什麼歌呢？
　 B　歌名是「世界上唯一的花」。

❷ A　塑膠袋，還需要嗎？
　 B　不，這個就夠了。

❸ A　庫存還有幾個？
　 B　只有5個。

❹ A　馬拉松比賽需要準備什麼呢？
　 B　只有毛巾。

〜だけ 只有、僅
一ヶ月(いっかげつ) 一個月
長(なが)い間(あいだ) 長期
豆腐(とうふ) 豆腐
成功(せいこう)する 成功
美容院(びよういん) 美容院
月(つき)に一度(いちど) 一個月一次
世界(せかい) 世界
ビニール袋(ぶくろ) 塑膠袋
もっと 更加、更為
十分(じゅうぶん) 足夠
在庫(ざいこ) 庫存
マラソン大会(たいかい) 馬拉松比賽
用意(ようい)する 準備
タオル 手巾、毛巾

〜ばかり…ている

一直做〜

「只做」、「一直做」為用來表示量或是次數很多的句型。

🎧 052.MP3   🎧 052J.MP3

STEP 1

❶ 老公一直玩遊戲。   **夫はゲーム**ばかり**している。**

❷ 弟弟一直看漫畫。   **弟は漫画**ばかり**読んでいる。**

❸ 與女友分手後一直喝酒。   **彼女と別れてお酒**ばかり**飲んでいる。**

❹ 太熱了，所以一直吃冰淇淋。   **暑くてアイスクリーム**ばかり**食べている。**

❺ 從早到晚都一直在看智慧型手機。   **朝から晩までスマホ**ばかり**見ている。**

TIPS

だけ vs ばかり

「〜だけ」意為「只有」，表示排除其他事物在外，僅有這個的意思。「ばかり」則為「程度」的意思，表示動作的反覆。除此之外，「ばかり」也可以用來代替「くらい」。

ゲームだけする
（不做其他事，只一直玩遊戲）
ゲームばかりする
（一直地玩遊戲）
3日ばかり会社を休んだ。
（公司休息三天）

STEP 2

❶ A 息子がうそばかりついて困っています。
   B それは大変ですね。

❷ A また朝からテレビばかり見てるの？
   B わかったよ。もう見ない。

❸ A クリスマスはカップルばかりだね。
   B うらやましいなあ。

❹ A 為什麼一直拍料理的照片啊！
   B ごめん、あと一枚だけね。

❶ A 兒子常常說謊讓我很困擾。
   B 那真的很辛苦呢。

❷ A 又從早上開始就一直看電視啊？
   B 知道了，不看了。

❸ A 聖誕節都只有情侶呢。
   B 好羨慕喔。

❹ A なんで料理の写真ばかり撮ってるの！
   B 抱歉，再拍一張就好。.

夫 (おっと) 老公
漫画 (まんが) 漫畫
別 (わか) れる 分手
朝 (あさ) から晩 (ばん) まで
從早到晚、一整天
息子 (むすこ) 兒子
困 (こま) る 尷尬、困擾
また 又
クリスマス 聖誕節
カップル 情侶
うらやましい 羨慕
写真 (しゃしん) 照片
撮 (と) る 拍照
一枚 (いちまい) 一張

〜より…の方が

比起〜更〜

「〜より…の方が」意為「比起〜更〜」，是用來表示比較程度的基準的句型。

 053.MP3　 053J.MP3

STEP 1

❶	媽媽年紀比爸爸大。	父より母の方が年上です。
❷	實物比照片可愛。	写真より実物の方がかわいい。
❸	我的個子比百合小姐高。	ユリさんより私の方が背が高い。
❹	我認為工作比結婚重要。	私は結婚より仕事の方が大切です。
❺	超市比百貨公司便宜。	デパートよりスーパーの方が安いです。

⊕ TIPS

比較表現

・パンよりケーキの方が高い。（蛋糕比麵包貴）

・電話よりメールの方が<u>もっと</u>便利だ。（電子郵件比電話更方便）

・私は猫より犬の方が<u>ずっと</u>かわいい。（比起貓咪我覺得狗更加可愛）

STEP 2

❶ A 今日も暑いね。
　 B うん、昨日よりもっと暑いね。

❷ A ねえ、オレンジ好き？
　 B ううん、オレンジよりみかんの方が好き。

❸ A ランチセット、どっちがいいかな？
　 B AセットよりBセットの方がおいしいよ。

❹ A 中田さんは焼酎が好きですか。
　 B いいえ、比起燒酒我更喜歡啤酒。

❶ A 今天也好熱。
　 B 嗯，比昨天還熱。

❷ A 欸，你喜歡柳橙嗎？
　 B 不，比起柳橙我更喜歡橘子。

❸ A 午餐定食哪個比較好？
　 B 比起A定食，B定食更好吃。

❹ A 中田先生喜歡燒酒嗎？
　 B 不，我是焼酎よりビールの方が好きです。

年上(としうえ) 年紀大
実物(じつぶつ) 實物
背(せ)が高(たか)い 個子高
スーパー 超市
オレンジ 柳橙
ランチセット 午餐定食
焼酎(しょうちゅう) 燒酒

〜ほど…ない

不如〜

意為「不如〜」、「比起，還不如〜」，表示基準比較的句型。

🎧 054.MP3　🎧 054J.MP3

STEP 1

❶ 東京不如札幌寒冷。

東京は札幌ほど**寒くない**です。

❷ 裙子不如褲子方便。

スカートはズボンほど**楽じゃない**。

❸ 今年夏天不如去年熱。

今年の夏は去年ほど**暑くない**。

❹ 壽司不如生魚片昂貴。

寿司は刺身ほど**高くない**。

❺ 小提琴不如大提琴大。

バイオリンはチェロほど**大きくない**。

TIPS

ほど vs より

兩者皆可用於比較語句中，一般來說，「ほど」後面要加否定句。

札幌は東京より寒い。（札幌比東京冷）
東京は札幌ほど寒くない。（東京不如札幌寒冷）
タクシーはバスより速い。（計程車比公車快）
バスはタクシーほどは速くない。（公車不如計程車快）

此外，「ほど」也有「以〜的程度」、「〜程度（次數）」的意思。

眠れないほど歯が痛い。（牙齒痛到睡不著）
彼女はまぶしいほどきれいだった。（那個女生耀眼地漂亮）
あのレストランには3回ほど行きました。（那家餐廳我去了三次）

STEP 2

❶ A このカレー屋さん、おいしいね。
　B 君のカレーほどおいしくないよ。

❷ A この頃どう？忙しい？
　B まあね。でも先月ほど忙しくはないよ。

❸ A この酢豚、おいしいね。
　B でも、ママの作った酢豚ほどじゃないよ。

❹ A 田中さん、ムードメーカだよね。
　B うん、我認為沒有像她一樣有趣的人了。

❶ A 這家咖哩餐廳很好吃。
　B 不如你做的咖哩好吃。

❷ A 最近如何？忙嗎？
　B 馬馬虎虎。但是不像上個月這麼忙。

❸ A 這糖醋肉好吃。
　B 但還是不如媽媽做的糖醋肉。

❹ A 田中小姐是會炒熱氣氛的人呢。
　B 嗯，她女ほど面白い人はいないと思うよ。

札幌(さっぽろ) 札幌
ズボン 褲子
去年(きょねん) 去年
刺身(さしみ) 生魚片
バイオリン 小提琴
チェロ 大提琴
カレー屋(や)さん 咖哩店
この頃(ごろ) 最近
先月(せんげつ) 上個月
酢豚(すぶた) 糖醋肉
ママ 媽媽
作(つく)る 製作
ムードメーカ 會炒熱氣氛的人

～とか…とか

或～

意為「或～」，「做～或做～」，將事物或動作並列時使用的句型。

 055.MP3　 055J.MP3

STEP 1

❶ 月底或年底都很忙。　月末とか年末とかは忙しい。

❷ 薪水用在房租或餐費。　給料は家賃とか、食費とかに使っている。

❸ 義大利麵或披薩等，我非常喜歡義大利料理。　パスタとかピザとか、イタリア料理が大好きだ。

❹ 休假時我會去散步或跑步。　休みの日には散歩とかジョギングをしている。

❺ 我買了鑰匙圈與手機吊飾當禮物。　おみやげにキーホルダーとかストラップを買った。

> **TIPS**
>
> ～とか
>
> 常常省略一個「とか」，而變成「～とか…」。
>
> 月末とか年末とかは忙しい。
> （月底或年底等很忙。）
> 月末とか年末は忙しい。
> （月底或年底很忙。）
> 月末とかは忙しい。
> （月底等很忙。）

STEP 2

❶ A　週末は何やってるの？
　 B　サッカーとか野球とかやってるよ。

❷ A　ヨーロッパ旅行でどこに行ったの？
　 B　ロンドンとかパリとかを見て回ったよ。

❸ A　春にはどんな花が咲きますか。
　 B　桜とか木蓮の花が咲きます。

❹ A　このポーチの中に何がありますか。
　 B　有化妝品或衛生紙。

❶ A　週末做什麼？
　 B　踢足球或打棒球。

❷ A　歐洲旅行去了哪裡？
　 B　去了倫敦和巴黎玩。

❸ A　春天會開什麼花？
　 B　會開櫻花或是木蓮花。

❹ A　這個袋子裡有什麼？
　 B　化粧品とかティッシュがあります。

月末(げつまつ) 月底
年末(ねんまつ) 年底
給料(きゅうりょう) 薪資、月薪
食費(しょくひ) 餐費
使(つか)う 使用、利用
パスタ 義大利麵
散歩(さんぽ) 散步
ジョギング 慢跑
やる 做
ヨーロッパ 歐洲
ロンドン 倫敦
パリ 巴黎
見(み)て回(まわ)る 參觀
咲(さ)く （花）開
木蓮(もくれん) 木蓮花
ポーチ 袋子 (pouch)
化粧品(けしょうひん) 化妝品
ティッシュ 衛生紙、化妝紙

～という

稱為～

意為「稱為～」、「稱做」～，表示同格或是說明內容時使用的句型。常體為「っていう」。正確而言是格助詞的「と」和動詞「言う」合成出來的的連語。

🎧 056.MP3   🎧 056J.MP3

STEP 1

❶ 這花叫作繡球花。　　これはあじさいという花です。

❷ 我住在叫作新川的地方。　　私は新川という所に住んでいます。

❸ 稱做芒果的水果有不可思議的味道。　　マンゴーという果物は不思議な味でした。

❹ 名為「雪國」的小說很有名。　　「雪国」という小説は有名です。

❺ 就活是「就職活動」的意思。　　就活は、「就職活動」という意味です。

STEP 2

❶ A　この人は誰ですか。
　 B　マイケル・ジャクソンという歌手です。

❷ A　「山下さん」っていう人、知ってる？
　 B　うん、知ってるよ。

❸ A　今でも水泳やってるの？
　 B　今は「水球」っていうの、やってるよ。

❹ A　あの、「アル中」は何ですか。
　 B　意思是「酒精中毒」。

❶ A　這個人是誰？
　 B　他是叫麥克・傑克森的歌手。

❷ A　你知道一位叫「山下先生」的人嗎？
　 B　嗯，知道。

❸ A　現在還在游泳嗎？
　 B　現在我在打水球。

❹ A　不好意思，「アル中」是什麼？
　 B　「アルコール中毒」という意味です。

💬 TIPS

日本常用的縮語

台灣最近也常把戲劇名稱或一些比較長的單字縮短，同樣地，日本亦常使用縮語。

・プリクラ：大頭貼
　（プリント・クラブ）
・カーナビ：開車導航
　（カーナビゲーション）
・就活（しゅうかつ）：找工作
　[就職活動(しゅうしょくかつどう)]
・婚活（こんかつ）：為了結婚而進行的活動[結婚活動（けっこんかつどう)]
・デパ地下：百貨公司的地下
　[デパートの地下]

雪国

「川端康成（かわばたやすなり）」於1968年以「雪国（ゆきぐに）」這個作品成為第一個獲得諾貝爾文學獎的日本人。

あじさい 繡球花

新川(シンチョン) 新川

住(す)む 居住

マンゴー 芒果

不思議(ふしぎ)だ 不可思議

雪国(ゆきぐに) 雪國

就活(しゅうかつ) 就職活動

就職活動(しゅうしょくかつどう)
就職活動

意味(いみ) 意思

マイケル・ジャクソン
麥克傑克森（美國歌手）

いまでも 即使是現在

水球(すいきゅう) 水球

アル中(ちゅう) 酒精中毒

アルコール 酒精

中毒(ちゅうどく) 中毒

～って

所謂～

「所謂的～」的涵義，為日常會話中常用的句型。也可使用同義的「と」、「といって」、「という」，「と」「というのは」、「という」等等。翻譯成中文時常常被省略。

 057.MP3　　 057J.MP3

STEP 1

❶ 我家的狗叫瓦利。
うちの犬はウォリーって言うの。

❷ 名為「I LOVE YOU」的歌曲是名曲。
「I LOVE YOU」って曲は名曲です。

❸ 説要去探病朋友就出去了。
友だちのお見舞いに行くって出てきた。

❹ 思春期的中學生真的很厲害。
思春期の中学生ってすごいですね。

❺ 你什麼時候決定了未來出路？
進路って、いつ決めたの？

⊕ TIPS

「って」的多種用法
・ウォリーって(=と)言うの。
　（叫作瓦利）
・「I LOVE YOU」って(=という)曲。
　（叫作I LOVE YOU的歌）
・お見舞いに行くって(=といって)出てきた。
　（(説要)去探病就出門了。）
・中学生って(=というのは)。
　（所謂的中學生是～）
・進路って(=は)。
　（未來出路是～）

STEP 2

❶ A 温泉って最高！
　B 本当！気持ちいいなあ。

❷ A 大事な話って何？
　B 私ね、高橋君に告白したの。

❸ A 赤ちゃんって、かわいいですね。
　B そうですね、天使みたいですね。

❹ A 慶州是怎樣的地方？
　B 1000年以上前の首都ですよ。

❶ A 温泉好棒！
　B 真的～！好舒服啊。

❸ A 嬰兒好可愛啊。
　B 是啊，好像天使。

❷ A 要跟我說什麼重要的事？
　B 我啊，我跟高橋告白了。

❹ A 慶州ってどんな所ですか。
　B 是超過1000年前的首都喔。

犬(いぬ) 狗
名曲(めいきょく) 名曲
お見舞(みま)い 探病
出(で)てくる 出來
思春期(ししゅんき) 思春期
中学生(ちゅうがくせい) 中學生
進路(しんろ) 未來出路
温泉(おんせん) 温泉
本当(ほんとう)だ 真的
気持(きも)ちいい 心情很好
話(はなし) 話
告白(こくはく)する 告白
赤(あか)ちゃん 小孩
天使(てんし) 天使
～みたいだ 像～
慶州(キョンジュ) 慶州（韓國的城市）
1000年(せんねん) 千年
以上前(いじょうまえ) 超過～前
首都(しゅと) 首都

Unit 07

讓句子更生動的基礎副詞句型

PATTERN 058

あまり〜ない

不太〜

「不太〜」為表現否定的句型。日常會話中「あまり」比「あんまり」更常出現。

 058.MP3　 058J.MP3

STEP 1

❶ 不太喜歡豬肉。

豚肉はあまり**好きじゃ**ないです。

❷ 這部動畫沒有什麼人氣。

このアニメはあまり**人気が**ない。

❸ 對於名牌精品沒有什麼興趣。

ブランド品にはあまり**関心が**ない。

❹ 不要太勉強自己。

あまり**無理し**ないでください。

❺ 請不要把頭髮剪得太短。

髪をあまり**短くし**ないでください。

TIPS

日本動畫電影票房排行榜

第一名 神隱少女（2001）
　　　 —獲得柏林影展「金熊獎」（2002）
　　　 —奧斯卡金像獎最佳長篇動畫（2003）

第二名 霍爾的移動城堡（2004）

第三名 魔法公主（1997）

第四名 崖上的波妞（2008）

第五名 風起（2013）

STEP 2

❶ A 新製品の開発はうまくいっていますか。
　 B いいえ、あまり進んでいません。

❷ A 日本の映画、よく見るの？
　 B ううん、あんまり見ないよ。

❸ A 健康診断の結果、大丈夫かな？
　 B あまり心配しないで。

❹ A コーヒーをよく飲みますか。
　 B いいえ、不太喝。

❶ A 新產品開發順利嗎？
　 B 不，不是很順利。

❷ A 常看日本電影嗎？
　 B 不，不太看。

❸ A 健康檢查結果還好嗎？
　 B 不要太擔心。

❹ A 常喝咖啡嗎？
　 B 不，あまり飲みません。

アニメ 動畫
人気(にんき)がない 沒有人氣
ブランド品(ひん) 名牌精品
関心(かんしん) 關心
無理(むり)する 勉強
〜ないでください 請不要
短(みじか)くする 使〜變短
開発(かいはつ) 開發
進(すす)む 進行

たぶん〜だろう

大概〜吧

意為「大概〜吧」的推測句型。除「〜だろう（吧）」之外，也可以使用「〜でしょう（吧）」、「〜と思う（我認為）」。

🎧 059.MP3　🎧 059J.MP3

STEP 1

❶ 明天大概會放晴吧。

明日はたぶん晴れるだろう。

❷ 李先生可能不會來吧。

李さんはたぶん来ないだろう。

❸ 這次應該沒有問題吧。

今度はたぶん大丈夫でしょう。

❹ 那個女生大概可以合格吧。

彼女はたぶん合格するでしょう。

❺ 他應該會成為警察官吧。

彼はたぶん警察官になるでしょう。

> ● TIPS
>
> 和雨相關的句子
>
> 濕氣特別高且常下雨的日本有許多和雨有關的句子。
> ・春雨 (はるさめ)：春雨
> ・梅雨 (つゆ)：梅雨
> ・にわか雨 (あめ)：驟雨
> ・天気雨 (てんきあめ)：太陽雨
> ・大雨 (おおあめ)：暴雨
> ・雨女 (あめおんな)：雨女（出門常常碰到下雨的女性）

STEP 2

❶ A 一日中雨なのかな。
　 B 午後からはたぶん止むと思うよ。

❷ A 山田さん、恋してるの？
　 B たぶんね。

❸ A 明日の誕生会には何人ぐらい来るの？
　 B たぶん6人かな。

❹ A 斎藤さんは今日も接待なの？
　 B 我認為應該是那樣。

❶ A 一整天都會下雨嗎？
　 B 我認為下午開始雨就會停。

❷ A 山田先生戀愛了嗎？
　 B 可能喔。

❸ A 明天生日派對會有幾個人來？
　 B 大概六位吧。

❹ A 齋藤先生今天又負責接待嗎？
　 B たぶんそうだと思うよ。

たぶん 大概、應該
晴(は)れる 放晴
今度(こんど) 這次
合格(ごうかく)する 合格
警察官(けいさつかん) 警察官
一日中(いちにちじゅう) 整天
雨(あめ) 雨
午後(ごご) 下午
止(や)む 停止
恋(こい)をする 陷入愛情、談戀愛
誕生会(たんじょうかい) 生日派對
接待(せったい) 接待

PATTERN
060

副詞 03

全然(〜)ない

完全沒有〜

「全然（ぜんぜん）」是意為「完全沒有」、「完全不〜」的否定表現句型。

🎧 060.MP3　　🎧 060J.MP3

● TIPS

練習をしませんでした
vs 練習をしていません

用日語説「沒有練習」時，會因為細微差別使得表現上有差異。若以結果來看完全沒有練習時，會用「練習をしませんでした」，若結果還是會練習，只是現在還沒去做時，則會用「練習をしていません」。

STEP 1

❶ 我長得一點也不像媽媽。　　私は母に全然似ていない。

❷ 對機械完全不瞭解。　　機械のことは全然わからない。

❸ 因為頭痛所以完全沒有食慾。　　頭痛で食欲が全然ない。

❹ 陳先生完全不會説日語。　　陳さんは日本語が全然話せません。

❺ 錢包裡完全沒錢。　　財布の中にお金が全然ありません。

STEP 2

❶ A ピアノの練習をしましたか。
　 B いいえ、全然していません。

❷ A 試験、どうだった？
　 B 難しくて全然わからなかった。

❸ A 冷蔵庫の中に何か食べるものある？
　 B 全然ないよ。

❹ A 剣道ができますか。
　 B いいえ、完全不會。

❶ A 鋼琴練習了嗎？
　 B 不，完全沒練。

❷ A 考試如何？
　 B 太難了，完全搞不懂。

❸ A 冰箱有可以吃的東西嗎？
　 B 完全沒有。

❹ A 你會劍道嗎？
　 B 不，全然できません。

機械(きかい) 機械
頭痛(ずつう) 頭痛
食欲(しょくよく) 食慾
話(はな)せる 會説
練習(れんしゅう) 練習
剣道(けんどう) 劍道

副詞 04

まだ〜ない

還沒〜

意為「還沒」，指還未達到某種狀態的句型。「まだ」後面不接否定形，而是肯定形句子時，意思亦為「還沒」。

 061.MP3　 061J.MP3

STEP 1

❶ 還沒吃午飯。　　　　**昼ご飯は**まだ**食べていない。**

❷ 還沒看本月號雜誌。　**今月号の雑誌は**まだ**読んでいない。**

❸ 作業還沒寫完。　　　**宿題は**まだ**終わっていません。**

❹ 不知道的漢字還有很多。　まだ**わからない漢字がたくさんある。**

❺ 還沒有回答我的求婚。　**プロポーズの返事は**まだ**です。**

⊕ TIPS

日本的漢字
日本政府制定的常用漢字有2136個字。常用漢字指的是於日本生活時比較常見的漢字，不少漢字會有多種讀法，不同讀法也算成一個漢字的話會變成4388種。

STEP 2

❶ A 佐藤さん、まだ来ないね。
　 B そうだね、どうしたんだろう。

❷ A 中村さんから連絡あった？
　 B まだないよ。

❸ A 大前さんは中国語が上手ですね。
　 B いや、まだまだです。

❹ A 試験の結果は出ましたか。
　 B いいえ、還沒出來。

❶ A 佐藤先生還沒來呢。
　 B 真的呢，發生什麼事了？

❷ A 中村先生跟我們聯絡了嗎？
　 B 還沒有。

❸ A 大前先生的中文講得很好呢。
　 B 沒有，還差地遠呢。

❹ A 考試結果出來了嗎？
　 B 不，まだ出ていません。

昼(ひる)ご飯(はん) 午飯
今月号(こんげつごう) 本月號
雑誌(ざっし) 雜誌
宿題(しゅくだい) 作業
たくさん 很多
プロポーズ 求婚
返事(へんじ) 回覆
中国語(ちゅうごくご) 中文

ちょうど〜

剛好〜

在數量、大小、時間等合乎基準時,用來表示話者覺得「剛好」、「正確」、「正好」。超乎期待時也可以使用。

 062.MP3　 062J.MP3

STEP 1

❶ 正好八點從旅館出來。

ちょうど8時にホテルを出た。

❷ 大小剛好呢。

ちょうどいい大きさですね。

❸ 費用正好是一萬日圓。

料金はちょうど1万円です。

❹ 剛好電車來了。

ちょうど電車が来ました。

❺ 現在剛好是玫瑰盛開的時候。

今はちょうどばらの盛りです。

▶ TIPS

錢的講法

1萬日圓	1万円(いちまんえん)
2萬日圓	2万円(にまんえん)
3萬日圓	3万円(さんまんえん)
4萬日圓	4万円(よんまんえん)
5萬日圓	5万円(ごまんえん)
6萬日圓	6万円(ろくまんえん)
7萬日圓	7万円(ななまんえん)
8萬日圓	8万円(はちまんえん)
9萬日圓	9万円(きゅうまんえん)
10萬日圓	10万円(じゅうまんえん)

形容詞的名詞形

若要將形容詞變為名詞,將語尾由「い」改為「さ」即可。

大(おお)きい(大)→
大きさ(大小)
長(なが)い(長)→
長さ(長度)
深(ふか)い(深)→
深さ(深度)
広(ひろ)い(廣)→
広さ(廣度)

STEP 2

❶ A 今何時ですか。
B ちょうど9時です。
❷ A サイズはどうですか。
B ちょうどぴったりです。
❸ A 待ち合わせに遅れませんでしたか。
B ええ、ちょうど間に合いました。
❹ A 台湾に来て何年になったの?
B 這個月就剛滿2年。

❶ A 現在幾點?
B 剛好九點。
❷ A 尺寸如何?
B 剛好合身。
❸ A 約會沒遲到吧?
B 是的,剛好準時。
❹ A 來台灣幾年了?
B 今月でちょうど2年だよ。

大(おお)きさ 大小
ばら 玫瑰
盛(さか)り 旺季、盛季
ぴったり 剛好符合
間(ま)に合(あ)う 趕上

89

もう〜

已經〜、再〜

已結束或達成某種狀態時，意為「已經」、「已」。也可以用來表示「再」增加。

🎧 063.MP3　🎧 063J.MP3

STEP 1

❶ 已經十二點了，所以我要睡了。
　もう12時だから寝るよ。

❷ 林先生已經來了。
　林さんはもう来ています。

❸ 不知不覺間已經年末了。
　いつの間にかもう年末になりました。

❹ 再來一杯如何？
　もう一杯どうですか。

❺ 請給我再大一點的耳機。
　もう少し大きいイヤホンをください。

STEP 2

❶ A ホテルの予約はしましたか。
　 B はい、もうしましたよ。

❷ A 設計図はもうできましたか。
　 B あともうちょっとです。

❸ A 新しいダイアリー、買ったの？
　 B うん、もう買ったよ。

❹ A 一緒にご飯食べない？
　 B 已經吃過了。

❶ A 已經預約旅館了嗎？
　 B 是，已經預約了。

❷ A 設計圖已經完成了嗎？
　 B 再一下就好了。

❸ A 買了新日記本了嗎？
　 B 嗯，已經買了。

❹ A 不一起吃飯嗎？
　 B もう食べたよ。

いつの間(ま)にか 不知不覺間
もう少(すこ)し 再一點
イヤホン 耳機
ください 請給我
予約(よやく) 預約
設計図(せっけいず) 設計圖
新(あたら)しい 新的
ダイアリー 日記本
一緒(いっしょ)に 一起
ご飯(はん) 飯
食(た)べない 不吃
食(た)べた 吃過了

90

Unit 08

天天用得上的接續名詞的句型

句型預覽

PATTERN 064

接續名詞 01

〜がいる

有〜

「有〜」的常體句型。表示人或動物等活著的生物的存在。

🎧 064.MP3　🎧 064J.MP3

STEP 1

❶ 我有兩個哥哥。　　**私には兄**が二人いる。

❷ 我們家沒有小孩。　　**うちには子供**がいない。

❸ 沙發上有貓咪。　　**ソファーの上に猫**がいます。

❹ 松本先生不在大廳。　　**松本さんはロビーに**いません。

❺ 我在班上曾有喜歡的人。　　**同じクラスに好きな人**がいました。

STEP 2

❶ A あき子ちゃん、ここにいたの？
　 B うん、休憩中よ。
❷ A 会議室に誰かいますか。
　 B 誰もいませんよ。
❸ A 動物園にパンダがいましたか。
　 B いいえ、いませんでした。
❹ A ねえ、彼氏いるの？
　 B ううん、いないよ。

❶ A 秋子，在這啊？　　　❸ A 動物園裡有貓熊嗎？
　 B 嗯，休息中。　　　　　 B 不，沒有。

❷ A 會議室裡有誰？　　　❹ A 欸，彼氏いるの？
　 B 什麼人都沒有。　　　　 B 不，沒有。

兄(あに) 哥哥
子供(こども) 小孩，子女
上(うえ) 上
ロビー 大廳
同(おな)じ 一樣
クラス 班
休憩中(きゅうけいちゅう) 休息中
誰(だれ)か 誰
誰(だれ)も 任何人都
動物園(どうぶつえん) 動物園
パンダ 貓熊(Panda)

〜がある

有〜

意為「有〜」的常體句型。表示物件或植物等不會動的事物存在。

🎧 065.MP3　　🎧 065J.MP3

STEP 1

❶ 我有夢想。　　　　　　**私には夢**がある。

❷ 沒有時間去銀行。　　　**銀行に行く時間**がない。

❸ 我有一個好的想法。　　**私にいい考え**があります。

❹ 我沒有要申告的。　　　**申告するもの**はありません。

❺ 這首歌過去很受年　　　**この曲は若者に人気**がありまし
　輕人歡迎。　　　　　た。

⊕ TIPS

「ある」活用

・敬體	あります（有）
・否定形	ない（沒有）
	ありません
	（沒有）
・過去式	あった（以前有）
	ありました
	（以前有）
・過去否定形	なかった
	（以前沒有）
	ありませんでした
	（以前沒有）

STEP 2

❶ A ねえ、お金ある？
　B ううん、ないよ。
❷ A あの、毛布ありますか。
　B もちろん、ありますよ。
❸ A お変りありませんか。
　B おかげさまで、元気です。
❹ A 以前有去機場的接駁巴士嗎？
　B はい、ありました。

❶ A 欸，你有錢嗎？
　B 不，沒有。
❷ A 那個，你有毯子嗎？
　B 當然有啊。
❸ A 最近還好嗎？
　B 託您的福我很好。
❹ A 空港行きのリムジンはありま
　　したか。
　B 是的，有。

時間(じかん) 時間
考(かんが)え 想法
申告(しんこく)する 申告
若者(わかもの) 年輕人
人気(にんき) 人氣
毛布(もうふ) 毯子
もちろん 當然
変(か)わり 變化
おかげさまで 託您的福
〜行(ゆ)き 往〜方向
リムジン 加長形的轎車或巴士

接續名詞 03

PATTERN 066

～が好きだ

喜歡～

「～が好（す）きだ」意為「喜歡～」、「喜好～」。「好きだ」是用來表現愛好或興趣的「な」形容詞，若要表現非常喜歡，則在「好きだ」前面加上「大」變為「大好きだ」。

STEP 1

❶ 我喜歡他。　　　　　　私は彼のことが好きだ。

❷ 我非常喜歡遊樂園。　　私は遊園地が大好きだ。

❸ 比起山我更喜歡海。　　私は山より海の方が好きです。

❹ 我不太喜歡冬天。　　　僕は冬はあまり好きじゃない。

❺ 我曾經喜歡圍棋。　　　僕は囲碁が好きでした。

 066.MP3　 066J.MP3

⊕ TIPS

「好きだ」活用

・敬語	好きです（喜歡）
・否定形	好きじゃない（不喜歡）
	好きじゃないです（不喜歡）
	好きじゃありません（不喜歡）
・過去式	好きだった（以前喜歡）
	好きでした（以前喜歡）
・過去否定形	好きじゃなかった（以前不喜歡）
	好きじゃなかったです（以前不喜歡）
	好きじゃありませんでした（以前不喜歡）

STEP 2

❶ A　どんな色が好き？
　 B　青色が好き。

❷ A　ダンス、好き？
　 B　いや、ダンスはあまり好きじゃないよ。

❸ A　スイーツは好きですか。
　 B　いいえ、甘い物は好きじゃありません。

❹ A　你喜歡哪個運動？
　 B　ゴルフが好きです。

❶ A　你喜歡哪個顏色？
　 B　我喜歡青色。

❷ A　跳舞，喜歡嗎？
　 B　不，我不是很喜歡跳舞。

❸ A　喜歡甜食嗎？
　 B　不，我不喜歡甜食。

❹ A　どんなスポーツが好きですか。
　 B　我喜歡打高爾夫。

遊園地(ゆうえんち) 遊樂場、遊樂園
山(やま) 山
囲碁(いご) 圍棋
青色(あおいろ) 青色
ダンス 舞、舞蹈
スイーツ 甜食、當作零食或甜點吃的甜洋菓子
甘(あま)い物(もの) 甜食
ゴルフ 高爾夫

94

接續名詞 04

〜は嫌いだ

討厭〜

意為「討厭」的句型。若要表現非常討厭的話，則在「嫌いだ」前面加上「大」變為「大嫌いだ」即可。

 067.MP3　 067J.MP3

STEP 1

❶ 我討厭愛說謊的人。　　うそつきは嫌いだ。

❷ 我非常討厭毛毛蟲。　　**毛虫**は大嫌いだ。

❸ 我討厭沒有時間觀念的人。　　**時間にルーズな人**は嫌いです。

❹ 我不討厭納豆。　　**僕は納豆**は嫌いじゃないです。

❺ 我以前討厭數學。　　**私は数学**が嫌いでした。

TIPS

「嫌いだ」活用

・敬語	嫌いです（討厭）
・否定形	嫌いじゃない（不討厭）
	嫌いじゃないです（不討厭）
	嫌いじゃありません（不討厭）
・過去式	嫌いだった（以前討厭）
	嫌いでした（以前討厭）
・過去否定形	嫌いじゃなかった（以前不討厭）
	嫌いじゃなかったです（以前不討厭）
	嫌いじゃありませんでした（以前不討厭）

納豆（なっとう）

納豆為用納豆菌將豆子發酵的日本傳統食，對身體很好，為日本長壽村中一定要吃的食物。在日本旅館吃飯時，會提供新鮮的納豆、生雞蛋與醬油。可以直接攪拌在一起吃下去，非常營養的喔。

STEP 2

❶ A ホラー映画、好き？
B ううん、嫌い。

❷ A あの歌手、どう？
B 歌が下手で嫌い。

❸ A ハムスターは好きですか。
B いいえ、前から嫌いでした。

❹ A チーズは嫌いですか。
B いいえ、不討厭。

❶ A 你喜歡恐怖電影嗎？
B 不，我討厭。

❷ A 那位歌手如何？
B 他不太會唱歌所以不喜歡。

❸ A 你喜歡倉鼠嗎？
B 從以前就討厭。

❹ A 你討厭起士嗎？
B 不，嫌いじゃないですよ。

うそつき 愛說謊的人

毛虫(けむし) 毛毛蟲

ルーズだ 鬆懈、鬆(loose)

時間(じかん)**にルーズだ**
沒有時間觀念

納豆(なっとう) 納豆（發酵豆子的日本傳統飲食）

ホラー映画(えいが)
恐怖電影、驚悚電影

ハムスター 倉鼠

前(まえ)**から** 從以前

チーズ 起士

接續名詞 05

～がいい

～比較好

意為「～比較好」，為表現話者覺得某事物比其他的選項更好時會使用的句型。敬語後面加上「です」，變為「～がいいです」即可。

🎧 068.MP3　🎧 068J.MP3

STEP 1

❶ 我覺得這個比較好。　**私はこれ**がいい。

❷ 我覺得大家族比較好。　**私は大家族**がいい。

❸ 最近景氣很好。　**最近は景気**がいい。

❹ 比起日本酒我覺得啤酒更好。　**僕は日本酒よりビールの方**がいいです。

❺ 比起圖書館，我更喜歡在星巴克念書。　**図書館よりスタバで勉強する方**がいい。

❗ TIPS

日本的酒

日本人最愛喝的酒是什麼呢？正是啤酒，日本的啤酒非常有名。再來就是「水割（みずわ）り」，也就是用水稀釋過的酒。在威士忌裡加水稱為「ウィスキーの水割り」，將燒酒加水則為「焼酎（しょうちゅう）の水割り」。另外，在威士忌裡加冰塊的飲料在日本稱為「ロック」。

STEP 2

❶ A　お肉と魚と、どっちがいい？
　 B　魚がいい。

❷ A　高橋君、スタイルいいね。
　 B　性格もいいよ。

❸ A　結婚相手はどんな人がいいですか。
　 B　頼もしい人がいいです。

❹ A　味噌汁とわかめスープと、どっちがいい？
　 B　味噌湯比較好。

❶ A　肉跟魚你比較喜歡哪個？
　 B　我覺得魚比較好。

❷ A　高橋先生的身材不錯欸。
　 B　個性也很好。

❸ A　你覺得結婚對象怎樣的人比較好？
　 B　能夠依賴的人比較好。

❹ A　味噌湯與海帶湯你喜歡哪個？
　 B　味噌汁がいい。

大家族(だいかぞく) 大家族
最近(さいきん) 最近
景気(けいき) 景氣
日本酒(にほんしゅ) 日本酒
図書館(としょかん) 圖書館
スタバ 星巴克(＝スターバックス)
お肉(にく) 肉、肉類
魚(さかな) 海鮮
スタイル 身材、形式
性格(せいかく) 個性
頼(たの)もしい 值得信賴的
味噌汁(みそしる) 味噌湯
わかめスープ 海帶湯

PATTERN 069

〜はいやだ

討厭〜

意為「討厭」、「不喜歡」，為表現自己對某事物的厭惡的句型。敬語為「いやです」，寫成漢字的話則為「嫌だ」。

🎧 069.MP3　🎧 069J.MP3

STEP 1

❶ 我討厭加班。　　　**残業**はいやだ。

❷ 我討厭塞車。　　　**渋滞**はいやです。

❸ 我討厭當掃地值日生。　**掃除当番**はいやでした。

❹ 我不討厭在海外工作。　**海外勤務**はいやじゃない。

❺ 我不討厭一個人生活。　**一人暮し**はいやじゃなかった。

➕ TIPS

「嫌」的讀法

「嫌」這個漢字有「嫌 [きら] い（討厭）」和「嫌 [いや]（討厭）」兩種念法。分辨方法是看「嫌」後面是否有「い」。

　毛虫は嫌いだ。
　（討厭毛毛蟲）
　残業は嫌だ。（討厭加班）

日常會話中「いやだ」常常會縮短成「やだ」。

　そんなのやだ。
　（我討厭那樣）
　発表はやだ。
　（我討厭上台報告）

STEP 2

❶ A　単純な仕事はいやです。
　 B　私もそう思います。

❷ A　制服はいやだったな。
　 B　そう？僕はいやじゃなかったな。

❸ A　納期にルーズな会社はいやですね。
　 B　本当に困りますね。

❹ A　我討厭變老。
　 B　でも、私は今の年が一番いいな。

❶ A　我討厭單純的工作內容。　❸ A　我討厭不遵守繳納期限的公司。
　 B　我也是這樣認為。　　　　　 B　真的是讓人很困擾。
❷ A　我以前討厭制服。　　　❹ A　年を取るのはいやだね。
　 B　是喔？我以前不討厭呢。　 B　但是我現在最喜歡我這個年紀了。

渋滞(じゅうたい) 停滞
当番(とうばん) 值日
勤務(きんむ) 工作
一人暮(ひとりぐら)し 一人生活
単純(たんじゅん)だ 單純
制服(せいふく) 制服
納期(のうき) 繳費期限
年(とし)を取(と)る 年齡增長
一番(いちばん)いい 最好

PATTERN 070

～が上手だ

擅長～

「～が上手（じょうず）だ」意為「很會做～」、「擅長～」，是要表示對於某事有自信時使用的句型。也可以使用同意的「うまい（很會做～）」。

 070.MP3　 070J.MP3

STEP 1

❶ 妹妹擅長畫畫。　　　　**妹は絵**が上手だ。

❷ 鈴木先生擅長寫字。　　**鈴木さんは字**が上手です。

❸ 他擅長唱歌。　　　　　**彼は歌**が上手でした。

❹ 我還不很會溜冰。　　　**まだスケート**は上手じゃない。

❺ 我以前不很會化妝。　　**前はメイク**が上手じゃなかった。

⊕ TIPS

「上手だ」活用

- ・敬語　　　上手です（擅長）
- ・否定形　　上手じゃない
　　　　　　（不擅長）
　　　　　　上手じゃないです
　　　　　　（不擅長）
　　　　　　上手じゃありません（不擅長）
- ・過去式　　上手だった
　　　　　　（以前很擅長）
　　　　　　上手でした
　　　　　　（以前很擅長）
- ・過去否定形　上手じゃなかった
　　　　　　（以前不擅長）
　　　　　　上手じゃなかったです
　　　　　　（以前不擅長）
　　　　　　上手じゃありませんでした
　　　　　　（以前不擅長）

STEP 2

❶ A　田中さんはどんな人が好き？
　 B　料理が上手な人が好きだよ。

❷ A　日本語と英語と、どっちが上手ですか。
　 B　日本語の方が上手です。

❸ A　中村さん、プレゼン上手だったよ。
　 B　ありがとう。

❹ A　百合小姐很會滑雪嗎？
　 B　いいえ、上手じゃありません。

❶ A　田中先生喜歡什麼樣的人呢？
　 B　我喜歡擅長煮飯的人。

❷ A　你擅長日語還是英語？
　 B　我比較擅長日語。

❸ A　中村先生，你很擅長簡報呢。
　 B　謝謝。

❹ A　ユリさんはスキーが上手ですか。
　 B　不，不會滑雪。

絵（え）繪畫

スケート 溜冰

メイク 化妝

スキー 滑雪

PATTERN 071

接續名詞 08

〜は下手だ

不擅長〜

「〜は下手（へた）だ」意為「不擅長〜」、「不是很會〜」，對於某件事沒有自信的時候使用的句型。

🎧 071.MP3　　🎧 071J.MP3

STEP 1

❶ 我不擅長煮飯。　　**僕は料理は下手だ。**

❷ 我還不很會瑜珈。　　**まだヨガは下手です。**

❸ 我不擅長跳舞跟唱歌。　　**私はダンスや歌が下手です。**

❹ 不是不會做生意。　　**商売は下手じゃない。**

❺ 以前不是不擅長開車。　　**運転は下手じゃなかった。**

➕ TIPS

「下手だ」活用

- 敬語　　下手です（不擅長）
- 否定形　下手じゃない
　　　　　（不是不擅長）
　　　　　下手じゃないです
　　　　　（不是不擅長）
　　　　　下手じゃありません
　　　　　（不是不擅長）
- 過去式　下手だった
　　　　　（以前不擅長）
　　　　　下手でした
　　　　　（以前不擅長）
- 過去否定形　下手じゃなかった
　　　　　（以前不是不擅長）
　　　　　下手じゃなかったです
　　　　　（以前不是不擅長）
　　　　　下手じゃありませんでした
　　　　　（以前不是不擅長）

STEP 2

❶ A エミさんは中国語が上手ですか。
　B いいえ、下手です。

❷ A これ、手作りのクッキーですか。
　B はい、でもまだ下手です。

❸ A ビリヤードはいつ始めたの？
　B 3ヶ月前かな。だから下手くそだよ。

❹ A 我不擅長寫字，很丟臉。
　B えっ、そんなに下手じゃないですよ。

❶ A 惠美小姐中文很好嗎？
　B 不，不好。

❷ A 這是純手工做的餅乾嗎？
　B 是的，但是做得還不太好。

❸ A 何時開始打撞球的？
　B 3個月前吧，所以不太會打。

❹ A 私は字が下手で恥ずかしいです。
　B 是嗎？你並沒有那麼不擅長啊。

ヨガ 瑜珈
商売(しょうばい) 生意
運転(うんてん) 開車
手作(てづく)り 純手工製作
クッキー 餅乾
ビリヤード 撞球
始(はじ)める 開始
3ヶ月前(さんかげつまえ) 3個月前
だから 所以
下手(へた)くそ 不擅長做〜
恥(は)ずかしい 羞恥

PATTERN
072

〜が得意だ

很會做〜

「〜が得意（とくい）だ」意為「對〜有自信」、「很會做〜」，為要表示對某事有自信時使用的句型。「上手だ」意為很會某件事，而「得意だ」會給人更為精通的感覺。

🎧 072.MP3　🎧 072J.MP3

STEP 1

❶ 我很會游泳。　　**私は水泳**が得意だ。

❷ 他很會英文。　　**彼は英語**が得意です。

❸ 媽媽很會做鍋料理。　**母は鍋料理**が得意です。

❹ 不太會營業。　　**営業は**あまり得意じゃないです。

❺ 不太會演講。　　**スピーチは**あまり得意じゃありません。

💡 TIPS

「得意だ」活用

・敬體	得意です（有自信）
・否定形	得意じゃない（不擅長）
	得意じゃないです（不擅長）
	得意じゃありません（不擅長）
・過去式	得意だった（以前很擅長）
	得意でした（以前很擅長）
・過去否定形	得意じゃなかった（以前不擅長）
	得意じゃなかったです（以前不擅長）
	得意じゃありませんでした（以前不擅長）

STEP 2

❶ A　スポーツの中で何が得意？
　　B　サッカーかな。

❷ A　得意な科目は何？
　　B　体育だよ。

❸ A　語学が得意ですか。
　　B　いいえ、得意じゃありません。

❹ A　做得最好的料理是什麼？
　　B　のり巻きです。

❶ A　最會的是什麼運動？
　　B　應該是足球吧。

❷ A　最擅長的科目是？
　　B　體育。

❸ A　你很擅長語學嗎？
　　B　不，不會。

❹ A　得意な料理は何ですか。
　　B　海苔捲。

鍋料理(なべりょうり)鍋料理
営業(えいぎょう)營業
科目(かもく)科目
体育(たいいく)體育
語学(ごがく)語學
のり巻(ま)き 海苔捲

〜が苦手だ

不擅長〜

「〜が苦手（にがて）だ」意為「不擅長〜」、「不喜歡〜」，對某件事情感到厭惡、沒自信時使用的句型。強調時會以「は」替代「が」。「下手（へた）」意為某事做得很差，「苦手だ」意為沒有自信也不太會做，也不太喜歡。

 073.MP3　 073J.MP3

STEP 1

❶ 我不喜歡吃紅蘿蔔。　　にんじんが苦手だ。

❷ 我不擅長登山。　　私は山登りが苦手です。

❸ 我不擅長跟話多的人相處。　　おしゃべりな人は苦手だ。

❹ 我過去不擅長運動。　　私は運動が苦手だった。

❺ 從小就不會喜歡公開露面。　　小さい頃から人前に出るのが苦手でした。

🔵 TIPS

「苦手だ」活用

- ・敬體　苦手です（不擅長）
- ・否定形　苦手じゃない（不是不擅長）苦手じゃないです（不是不擅長）苦手じゃありません（不是不擅長）
- ・過去式　苦手だった（以前不擅長）苦手でした（以前不擅長）
- ・過去否定形　苦手じゃなかった（以前不是不擅長）苦手じゃなかったです（以前不是不擅長）苦手じゃありませんでした（以前不是不擅長）

STEP 2

❶ A　私は熱いのが苦手です。
　 B　じゃ、アイスコーヒーを入れますね。

❷ A　どうも林課長は苦手です。
　 B　人それぞれですね。

❸ A　僕は酒が苦手なんだ。
　 B　僕もだよ。

❹ A　以前對於數學沒自信。
　 B　私もそうだったよ。

❶ A　我不喜歡喝熱的東西。
　 B　那我幫你泡冰咖啡吧。

❷ A　覺得林課長跟我很不合。
　 B　每個人情況不一樣囉。

❸ A　我不太會喝酒。
　 B　我也是。

❹ A　数学は苦手だったな。
　 B　我之前也是。

にんじん 紅蘿蔔
山登(やまのぼ)り 登山
おしゃべりだ 話多
運動(うんどう) 運動
小(ちい)さい 小、年幼
頃(ころ) 時候
人前(ひとまえ) 人前
熱(あつ)い 熱
どうも 總覺得
人(ひと)それぞれ 每個人都不一樣
酒(さけ) 酒

PATTERN **074**

接續名詞 11

〜をください

請給我〜

意為「請給我〜」，會在要求某項東西時使用的句型。可以省略「を」變為「名詞+『ください』」，常體則為「ちょうだい」。

🎧 074.MP3　　🎧 074J.MP3

STEP 1

❶ 請給我這個。　　これをください。

❷ 請給我感冒藥。　　風邪薬をください。

❸ 請給我衛生紙。　　ティッシュください。

❹ 首先，請給我啤酒。　　とりあえず、ビールください。

❺ 給我一口。　　一口ちょうだい。

⊕ TIPS

數數

1張	1枚(いちまい)
2張	2枚(にまい)
3張	3枚(さんまい)
4張	4枚(よんまい)
5張	5枚(ごまい)
6張	6枚(ろくまい)
7張	7枚(ななまい)
8張	8枚(はちまい)
9張	9枚(きゅうまい)
10張	10枚(じゅうまい)

STEP 2

❶ A　トマトを三つください。
　　B　はい、三つで200円です。

❷ A　チケット4枚ください。
　　B　はい、4枚ですね。

❸ A　ご飯、もっとちょうだい。
　　B　うん、わかった。

❹ A　請再給我一杯茶。
　　B　は〜い。

❶ A　請給我三顆番茄。
　　B　好，三顆共200日圓。

❷ A　請給我四張票。
　　B　好，四張。

❸ A　再給我多一點飯。
　　B　嗯，知道了。

❹ A　お茶をもう一杯ください。
　　B　好〜。

風邪薬(かぜぐすり) 感冒藥

とりあえず 首先

一口(ひとくち) 一口

トマト 番茄

三(みっ)つ 三個

チケット 票

わかった 知道了

～をお願いします

拜託你～

「～をお願（ねが）いします」意為「拜託」，為請託事物時使用的句型。
更尊敬的表現方式為「～をお願いいたします（麻煩您～）」。

 075.MP3　　075J.MP3

STEP 1

❶ 拜託你幫我訂一台相機。　　カメラの**注文**をお願いします。

❷ 拜託你幫我修改圖表。　　グラフの**修正**をお願いします。

❸ 不好意思，拜託幫我結帳。　　**すみません、お会計**をお願いします。

❹ 拜託幫我確認資料。　　**書類のチェック**をお願いします。

❺ 麻煩您一起幫忙。　　ご**協力**をお願いいたします。

TIPS
書本的數法
1本	1部(いちぶ)
2本	2部(にぶ)
3本	3部(さんぶ)
4本	4部(よんぶ)
5本	5部(ごぶ)
6本	6部(ろくぶ)
7本	7部(ななぶ)
8本	8部(はちぶ)
9本	9部(きゅうぶ)
10本	10部(じゅうぶ)

STEP 2

❶ A お名前をお願いします。
　 B 木村です。

❷ A コピーを3部お願いします。
　 B はい、わかりました。

❸ A ちょっとこの荷物をお願いします。
　 B はい、わかりました。

❹ A 拜託您修理印表機。
　 B はい、わかりました。

❶ A 再麻煩您告訴我名字。
　 B 木村。

❷ A 拜託幫我印三本。
　 B 是，知道了。

❸ A 這個行李拜託幫我看顧一下。
　 B 好，我知道了。

❹ A プリンターの修理をお願いします。
　 B 是，我知道了。

注文(ちゅうもん) 訂購
願(ねが)う 祈願、拜託
グラフ 圖形
修正(しゅうせい) 修改
会計(かいけい) 會計、計算
チェック 確認
協力(きょうりょく) 合作
お名前(なまえ) 名字
コピー 列印
わかる 知道
プリンター 印表機
修理(しゅうり) 修理

PATTERN
076

接續名詞 13

〜ができる

可以做〜

意為「可以做〜」，表示可以、可能做某事的句型。敬體的講法為「〜ができます」。

🎧 076.MP3   🎧 076J.MP3

STEP 1

❶ 我會唱饒舌。　　私はラップができる。

❷ 他很會用電腦。　　彼はパソコンがよくできる。

❸ 可以變更預約。　　予約の変更ができます。

❹ 那個女生會說英語及德語。　　彼女は英語もドイツ語もできます。

❺ 這裡是可以烤肉的公園。　　ここはバーベキューができる公園です。

STEP 2

❶ A 歌手の物真似できる？
　B うん、できるよ。

❷ A マジックできる？
　B うん、もちろん。

❸ A 鈴木さんは囲碁もできるんですか。
　B はい、できます。

❹ A 可以取消訂票嗎？
　B もちろん、できますよ。

❶ A 你會模仿歌手嗎？
　B 嗯，可以。

❷ A 你會變魔術嗎？
　B 嗯，當然。

❸ A 鈴木先生會圍棋嗎？
　B 是，我會。

❹ A チケットのキャンセルができますか。
　B 當然會啊。

ラップ 饒舌
変更(へんこう) 變更
ドイツ語(ご) 德語
バーベキュー 烤肉
物真似(ものまね) 模仿唱歌、模仿
マジック 魔術
キャンセル 取消、撤銷

PATTERN
077

接續名詞 14

〜ができない

不會做〜

意為「無法做」、「不會做」，用以表示某事是做不到的的句型。也可以說「〜はできない」，但「〜ができない」更為常見。敬體的表現為「できません」。

🎧 077.MP3　🎧 077J.MP3

STEP 1

❶ 完全不會工作。　　**仕事**が**全然**できない。

❷ 無法用鍵盤輸入。　　**キーボードの入力**ができない。

❸ 再也忍耐不下去了。　　**もうこれ以上我慢**できない。

❹ 無法當日預約。　　**当日の予約**はできません。

❺ 無法取消訂購。　　**注文の取り消し**はできません。

> **ℹ TIPS**
>
> デコトラ
>
> 雖然現在已瀕臨絕種，以往行駛在日本的高速公路上，有時可以看到有華麗裝飾與噴螢光漆的大形卡車群，是一種稱為「デコトラ」（「デコレーション・トラック」的縮語）的日本獨特卡車改裝文化。此外，在車上貼有漫畫角色圖案的車則稱為「痛車（いたしゃ）」。

STEP 2

❶ A テニス、できる？
　 B ううん、できないよ。

❷ A トラックの運転ができますか。
　 B いいえ、できません。

❸ A この資料の編集ができますか。
　 B いいえ、私にはできません。

❹ A ここで洗濯できるの？
　 B ううん、這裡沒辦法。

❶ A 會打網球嗎？
　 B 不，不會。

❷ A 會開卡車嗎？
　 B 不，不會。

❸ A 可以編輯這份資料嗎？
　 B 不，我不做不到。

❹ A 這裡可以洗衣服嗎？
　 B 不，這裡不能洗衣喔。

キーボード 鍵盤
入力(にゅうりょく) 輸入
これ以上(いじょう) 再
我慢(がまん) 忍耐、耐性
当日(とうじつ) 當天
取(と)り消(け)し 取消
編集(へんしゅう) 編輯
洗濯(せんたく) 洗滌、洗衣

PATTERN
078

接續名詞 15

〜になります

變成〜

意為「變成」之表示結果與變化的句型。過去式「なりました（已變為）」也很常見。

🎧 078.MP3　　🎧 078J.MP3

STEP 1

❶ 總共是2000日圓。　　**全部で2000円**になります。

❷ 長久以來受您照顧了。　　**長い間お世話**になりました。

❸ 終於成為正規員工了。　　**やっと正社員**になりました。

❹ 變得很會說日文。　　**日本語が上手**になりました。

❺ 最近變得很忙。　　**最近、とても忙し**くなりました。

> **TIPS**
>
> 「なる」的用法
> 表示變化的「なる（變為）」不只可以接名詞，也可以連接形容詞。
> ・「な」形容詞詞幹＋「なる」
> 　元気になる（變得健康）
> 　上手になる（變得很擅長）
> ・「い」形容詞詞幹＋「くなる」
> 　忙しくなる（變得忙碌）
> 　暖かくなる（變得溫暖）

STEP 2

❶ A 大学は卒業しましたか。
   B はい、4月から社会人になります。

❷ A 風邪はどうですか。
   B もう元気になりました。

❸ A もう春ですね。
   B はい、ずいぶん暖かくなりましたね。

❹ A 鈴木さんは元気ですか。
   B はい、9月開始升為課長。

❶ A 大學已經畢業了嗎？
   B 是，四月開始就出社會了。

❷ A 感冒如何了？
   B 現在變得比較有精神了。

❸ A 已經春天了呢。
   B 嗯，變得相當溫暖了呢。

❹ A 鈴木先生過得還好嗎？
   B 是的，9月從課長になりました。

2000円(にせんえん) 2000日圓
やっと 終於、好不容易
正社員(せいしゃいん) 正規員工
社会人(しゃかいじん) 社會人士
ずいぶん 相當

079

接續名詞 16

〜にします

決定〜

意為「決定〜」，用以表示決斷的句型。基本形「〜にする」，常體過去式的「〜にした（已決定）」也很常見。

STEP 1

❶ 決定暫時休息一下。　コーヒーブレークにします。

❷ 決定以這本書做參考。　この本を参考にしました。

❸ 決定使用米色壁紙。　壁紙はベージュにしました。

❹ 決定這台車以老虎為模型來設計。　この車は虎をモデルにしました。

❺ 決定送老師紅酒當禮物。　先生のおみやげはワインにしました。

◆ TIPS

容易混淆的外來語

・ガラス（玻璃）/グラス（杯子）
・コヒー（咖啡）/コピー（複印）
・ガム（口香糖）/ゴム（橡膠）
・タイヤ（輪胎）/
　ダイヤ（鑽石、公共運輸時刻表）
・マナー（禮貌）/マネー（錢）
・ハンバーガー（漢堡）/
　ハンバーグ（漢堡排）

STEP 2

❶ A　何にする？
　 B　私はハンバーグにする。

❷ A　うどんとそばとどっちにする？
　 B　えっと、うどんにする。

❸ A　担当者は誰にしましたか。
　 B　田中さんにしました。

❹ A　飲料決定喝什麼呢？
　 B　カフェラテにします。

❶ A　決定要吃什麼？
　 B　我決定吃漢堡排。

❷ A　烏龍麵和蕎麥麵，你決定要哪個？
　 B　嗯，我要吃烏龍麵。

❸ A　決定誰當負責人了嗎？
　 B　已決定是田中先生了。

❹ A　飲み物は何にしますか。
　 B　我決定喝拿鐵咖啡。

コーヒーブレーク 咖啡時間、休息時間
参考(さんこう) 參考
壁紙(かべがみ) 壁紙
ベージュ 米色
虎(とら) 老虎
モデル 模型
ハンバーグ 漢堡排
そば 蕎麥麵
担当者(たんとうしゃ) 負責人
カフェラテ 拿鐵咖啡

〜がする

有〜

意為「有〜」、「感覺有〜」、「出現〜」等等，用來表示出現了聲音、味道、徵兆、或是某種感覺時的句型。敬體為「〜がします」。

 080.MP3　 080J.MP3

STEP 1

❶ 有貓叫聲。　　　猫の鳴き声がする。

❷ 昨晚開始渾身發冷。　夕べから寒気がする。

❸ 襪子有奇怪的味道。　靴下から変なにおいがする。

❹ 她身上有香水味。　彼女から香水の香りがします。

❺ 旁邊房間出現巨大聲響。　隣の部屋からすごい音がしました。

⊕ TIPS

日本人與貓

日本人很喜歡貓。日式房屋中有時會放有貓形玩偶「招來福運的貓」，也就是「招き猫（まねきねこ）」，右前腳舉起意為招財，左前腳舉起意為招客。此外也有「猫の手も借りたい（連貓的手都想借）」這樣的日文俗語，形容非常忙碌。

STEP 2

❶ A 新しい仕事はどう？
　B なんか楽しい気がする。

❷ A この牛乳、変な味がするよ。
　B どれどれ。

❸ A 何か音がしませんか。
　B はい、ハムスターの鳴き声です。

❹ A 聞到很香的味道！
　B 晚ごはんは焼き肉よ。

❶ A 新工作如何？
　B 感覺很快樂。

❷ A 這牛奶有奇怪的味道。
　B 我來看看。

❸ A 你沒聽到聲音嗎？
　B 嗯，這是倉鼠的叫聲。

❹ A おいしいにおいがする！
　B 晚餐是烤肉喔！

鳴(な)き声(ごえ) 叫聲
寒気(さむけ) 寒氣、發冷
靴下(くつした) 襪子
変(へん)だ 奇怪
におい 味道
香水(こうすい) 香水
香(かお)り 香氣
隣(となり) 旁邊、鄰居
音(おと) 聲音
なんか 不知為何
気(き) 想法、感覺自己
晩(ばん)ごはん 晚餐
焼(や)き肉(にく) 烤肉

接續名詞 18

～がほしい

想要～

意為「想要」、「需要」，用以表現期待或希望的句型。

🎧 081.MP3　🎧 081J.MP3

STEP 1

❶ 我想要小孩。　　　　**私は子供**がほしい。

❷ 我想要自己的房子。　**マイホーム**がほしい。

❸ 我想要筆記型電腦。　**ノートパソコン**がほしい。

❹ 我現在不想要任何　　**今は何**もほしくない。
　東西。

❺ 從以前就很想養寵　　**前から**ペットがほしかった。
　物。

💬 TIPS

「ほしい」活用

・否定形　　ほしくない
　　　　　　（不想有）
・敬語　　　ほしいです
　　　　　　（想要有）
・過去式　　ほしかった
　　　　　　（以前想要有）
　　　　　　ほしかったです
　　　　　　（以前想要有）
・過去否定形 ほしくなかった
　　　　　　（以前不想要有）
　　　　　　ほしくなかったです
　　　　　　（以前不想要有）

STEP 2

❶ A　プレゼントに何がほしい？
　B　靴がほしいな。

❷ A　旅行のおみやげに何がほしい？
　B　生チョコレート！

❸ A　子供の頃、一番ほしかったものは何ですか。
　B　ピアノがほしかったです。

❹ A　現在最想擁有的東西是什麼？
　B　そうね、お金かな。

❶ A　你想要什麼生日禮物？
　B　我想要鞋子。

❷ A　你想要什麼樣的土產？
　B　生巧克力！

❸ A　小時候最想要的東西是什麼？
　B　我想要鋼琴。

❹ A　今、何が一番ほしい？
　B　嗯，錢吧？

マイホーム 我的家 (My home)
ノートパソコン 筆記型電腦
ペット 寵物
靴(くつ) 鞋子
生(なま)チョコレート 生巧克力

PATTERN **082**

接續名詞 19

〜はだめだ

〜是不可以的

意為「不可以做」之表示禁止此行為的句型。敬語「だめです（不可以）」亦常使用。要禁止某行為時，常使用表示命令或勸誘的語尾助詞「よ」。

🎧 082.MP3　🎧 082J.MP3

STEP 1

❶ 不可以吵架。　　　　**けんか**はだめだ。

❷ 不可以偷吃。　　　　**浮気**はだめだ。

❸ 中學生不可以抽菸。　**中学生の喫煙**はだめです。

❹ 不可以在會議中打盹。　**会議中に居眠り**はだめです。

❺ 考試不可以作弊。　　**テストでカンニング**はだめです。

STEP 2

❶ A　こら、おしゃべりはだめだよ。
　 B　は〜い。

❷ A　一日中ゲームはだめだよ。
　 B　うん、わかった。

❸ A　不倫は絶対だめです。
　 B　私も同感です。

❹ A　不可以欺負別人。
　 B　はい。

❶ A　喂！不可以聊天！
　 B　是。

❷ A　不可以玩一整天遊戲。
　 B　嗯，知道了。

❸ A　出軌是絕對不可以的。
　 B　我也這麼認為。

❹ A　いじめはだめですよ。
　 B　是。

けんか 吵架
浮気(うわき) 外遇
喫煙(きつえん) 吸菸
会議中(かいぎちゅう) 會議中
居眠(いねむ)り 打盹
カンニング 作弊、不當行為
(cunning)
こら 喂！（責罵別人時使用的話）
おしゃべり 聊天
不倫(ふりん) 出軌
同感(どうかん) 同感
いじめ 欺負

脫離初學者：
動詞型態別句型

在日語初級階段最困難的部分是動詞的活用。這是因為動詞依型態別可分為三類，不但需要記住各類動詞的活用型，也必須懂得如何與助動詞連接。學習越多動詞，則越覺得單字越來越相近，自動詞與他動詞亦很難區分，量也變得越來越多，使得學習者產生巴不得想放棄的心態。這個Part的句型請試著熟讀，持續不懈地反覆背誦例句與會話句子的話，一定會在動詞活用的部分增長自信心。在此Part將從熟悉動詞的基本活用型開始，再接觸到名詞、助動詞、與其他表現，讓自己熟悉水準更高的文句。

Unit 09

「動詞基本形」的句型

句型預覽

接續動詞的基本形 01

～でしょう

應該是～

意為「應該是～」，表示推測之句型，也有「～是吧？」、「～吧？」這樣向別人確認的意思。常體是「～だろう」。

 083.MP3 　 083J.MP3

STEP 1

❶ 明天會放晴吧。　　　　明日は晴れるでしょう。

❷ 他一定會成功的。　　　彼はきっと成功するでしょう。

❸ 那位女生會成為優秀的科學家。　彼女は立派な科学者になるでしょう。

❹ 今天是王先生的生日吧？　今日は王さんの誕生日でしょう？

❺ 留下家人隻身赴任應該很孤單吧？　単身赴任は寂しいでしょう？

TIPS

常見用法
・名詞＋「でしょう」
　誕生日でしょう
　（應該是生日吧）
・「な」形容詞＋詞幹＋「でしょう」
　しずかでしょう
　（應該很安靜吧）
・「い」形容詞＋「でしょう」
　さびしいでしょう
　（應該很孤單吧）
・動詞基本形＋「でしょう」
　はれるでしょう
　（應該會放晴吧）

動詞的常體
動詞常體的基本形為「～う」、否定形為「～ない」、過去式為「～た」、過去否定形為「～なかった」、進行形為「～ている」。

STEP 2

❶ A 飲み会は何時に終わりますか。
　B 10時には終わるでしょう。

❷ A 来週は出張でしょう？
　B はい、海外出張です。

❸ A 金さんは甘いものが好きでしょう？
　B はい、大好きです。

❹ A 午後、雪が降るでしょうか。
　B 應該會下吧。

❶ A 聚餐何時結束呢？
　B 應該十點會結束吧。

❷ A 下週去出差吧？
　B 是，海外出差。

❸ A 金先生喜歡甜食吧？
　B 是，非常喜歡。

❹ A 下午會下雪嗎？
　B たぶん降るでしょうね。

きっと 一定
科学者(かがくしゃ)科學者
単身赴任(たんしんふにん)
隻身赴任
寂(さび)しい 冷清的、孤單的
来週(らいしゅう)下週

〜し、…し

又〜又〜

意為「又〜又〜」，是在要同時列舉各項事實時使用的句型。

 084.MP3　 084J.MP3

STEP 1

❶ 我的眼睛小又細且視力不好。

私の目は小さいし、細いし、悪い。

❷ 日本的慶典人很多，可以看的東西又很多，我很喜歡。

祭りはにぎやかだし、見物が多いし、楽しい。

❸ 每天早上都睡過頭、上班遲到，我感到很羞恥。

毎朝寝坊するし、遅刻するし、恥ずかしいです。

❹ 這家店的沙拉好吃又新鮮且量又多。

この店のサラダはおいしいし、新鮮だし、ボリュームがある。

❺ 山田先生是我的朋友、我的男朋友，同時也是事業上的夥伴。

山田君は友だちだし、彼氏だし、事業パートナーです。

TIPS

常見用法

・名詞＋「だ」＋「し」
　友だちだし（是朋友且〜）
・「な」形容詞＋詞幹＋「だ」＋「し」
　しずかだし（安靜且〜）
・「い」形容詞＋「し」
　速いし（速度快且〜）
・動詞基本形＋「し」
　遅刻するし（遲到且〜）

〜し

第二個「〜し」可以省略，但句子會在這裡一旦結束。

　地下鉄は便利だし、速い。
　（地下鐵既方便、又快。）

STEP 2

❶ A 新しい同僚はどう？
　 B 明るいし、やさしいし、親切だよ。

❷ A 台湾旅行、どうだった？
　 B 3月なのに寒かったし、雨も降ったし、風も強かったよ。

❸ A 彼氏はどう？
　 B 頭もいいし、スポーツ万能だし、ハンサムだよ。

❹ A このお肉、どう？
　 B 好吃又柔軟且醬汁也很棒。

❶ A 新來的同事如何？
　 B 活潑又溫和，且待人親切。

❷ A 台灣旅遊如何？
　 B 3月卻天氣很冷，又下雨還颳大風。

❸ A 男朋友如何？
　 B 頭腦聰明又會運動，還長得帥。

❹ A 這肉如何？
　 B おいしいし、柔らかいし、ソースもいいね。

細(ほそ)い 細
見物(みもの) 可以看的東西
寝坊(ねぼう)する 睡懶覺
遅刻(ちこく)する 遲到
ボリューム 容積、量
事業(じぎょう)パートナー 事業夥伴
やさしい 溫柔、溫和
台湾(たいわん) 台灣
頭(あたま)がいい 頭腦聰明
万能(ばんのう) 萬能
ハンサムだ 長得帥
柔(やわ)らかい 柔軟

〜かどうか

〜是不是

意為「是不是」、「會不會」、「是否」，對於自我判斷沒有自信時使用的句型。常常與「わかりません（不清楚）」並用。

🎧 085.MP3　　🎧 085J.MP3

STEP 1

❶	很擔心明天是否會下雪。	明日雪が降るかどうか心配です。
❷	不知道山田先生是否會來。	山田さんが来るかどうかわかりません。
❸	已確認這個消息的真偽了。	うわさが本当かどうか確かめました。
❹	我沒有信心這是不是正確答案。	答えが合っているかどうか自信がない。
❺	不知道是不是喜歡他。	彼のことが好きかどうかわからない。

⊕ TIPS

常見用法
・名詞＋「かどうか」
　本当かどうか（是否是真的）
・「な」形容詞＋詞幹＋「かどうか」
　好きかどうか
　（不知道是否喜歡）
・「な」形容詞＋「かどうか」
　いいかどうか
　（不知道是否喜歡）
・動詞基本形＋「かどうか」
　来るかどうか
　（不知道是否會來）

日常會話時的發音變化
・「わからない（不知道）」→「わかんない」

STEP 2

❶ A　今日も残業なの？
　　B　残業かどうかまだわかんないよ。

❷ A　お口に合うかどうかわかりませんが、どうぞ。
　　B　わあ、いただきます。

❸ A　このデータ、チェックしたの？
　　B　はい、ミスがあるかどうか確認しました。

❹ A　今年の夏もハワイですか。
　　B　いや、還不知道會不會去夏威夷。

❶	A　今天也加班嗎？ B　還不知道會不會加班。	❸	A　確認過這檔案了嗎？ B　是的，已確認過是否有疏失。
❷	A　不知道合不合您的胃口，請享用。 B　哇！我要開動囉。	❹	A　今年夏天也會去夏威夷嗎？ B　不，ハワイに行くかどうかまだわかりません。

うわさ 傳聞
確(たし)かめる 確認
答(こた)え 答案、正確答案
合(あ)う 符合
自信(じしん) 自信
お口(くち)に合(あ)う 合胃口
どうぞ 一定
いただきます 開動了
確認(かくにん)する 確認
ハワイ 夏威夷

PATTERN
86

接續動詞的基本形 04

〜かもしれない

可能會〜

意為「不知會如何？」，表示不確定性或可能性時的句型。敬語為「〜かもしれません」。

 086.MP3　　 086J.MP3

STEP 1

❶ 下週可能會很忙。　　**来週は忙しい**かもしれない。

❷ 可能不會參加職員研修活動。　　**社員研修に行かない**かもしれない。

❸ 李先生有可能會離職。　　**李さんは会社を辞める**かもしれない。

❹ 疾病的原因有可能是壓力。　　**病気はストレスが原因**かもしれません。

❺ 下大雪，所以有可能會遲到。　　**大雪なので、遅れる**かもしれません。

⭕ TIPS

常見用法

・名詞＋「かもしれない」
　原因かもしれない
　（有可能是原因）

・「な」形容詞＋詞幹＋「かもしれない」
　好きかもしれない
　（有可能喜歡）

・「い」形容詞＋「かもしれない」
　忙しいかもしれない
　（有可能很忙）

・動詞基本形＋「かもしれない」
　休むかもしれない
　（有可能會休息）

日常會話時的發音變化

・「〜かもしれない（有可能會〜）」
　→「〜かもしんない」

STEP 2

❶ A　急に暗くなったね。
　 B　そうだね。雨が降るかもしんないね。

❷ A　なんか、揺れるね。
　 B　うん、地震かもしんないね。

❸ A　部屋の中がちょっと暑いですね。
　 B　そうですか。クーラーの故障かもしれませんね。

❹ A　映画館の前に人がたくさんいますね。
　 B　そうですね。有可能沒有票了呢。

---

❶ A　突然變暗了呢。
　 B　是啊，有可能會下雨喔。

❷ A　好像在搖晃欸。
　 B　嗯，可能是地震。

❸ A　房間裡有點熱。
　 B　是嗎？冷氣有可能故障了。

❹ A　電影院前面好多人啊。
　 B　是啊。チケットがないかもしれませんね。

社員研修(しゃいんけんしゅう)
職員研修

ストレス 壓力

原因(げんいん) 原因

大雪(おおゆき) 下很大的雪、大雪

急(きゅう)**に** 突然

暗(くら)**い** 暗

なんか 有什麼

揺(ゆ)**れる** 搖晃

地震(じしん) 地震

クーラー 冷氣

故障(こしょう) 故障

映画館(えいがかん) 電影院

接續動詞的基本形 05

～ことがある

有時會～

意為「偶爾會」、「有時會」，接續動詞基本形後即可表示偶爾會發生的事件。敬語為「～ことがあります」，常常會跟副詞「時々（偶爾）」與「たまに（有時）」一起使用。

087.MP3　087J.MP3

STEP 1

❶ 有時候會突然生氣。　　ついカッとなることがある。

❷ 有時候會開玩笑。　　時々冗談を言うことがある。

❸ 有時候會去打柏青哥。　たまにパチンコに行くことがある。

❹ 有時候會忘記密碼。　　時々パスワードを忘れることがあります。

❺ 有時候會超速。　　　　たまにスピード違反をすることがあります。

TIPS

パチンコ（柏青哥）

柏青哥是日本很流行的大眾娛樂。會玩柏青哥的人大約有2860萬人以上。在1946年初次登場後，漸漸發展成男女老少皆喜歡的娛樂活動，柏青哥店10點開門前就有很多人會在門前排隊。對愛好者來說，柏青哥是若運氣好的話，只要投資五百日圓就有可能會賺到幾萬日圓的娛樂，而這也帶來強力的上癮性。

次數的表現

・一日(いちにち)に一回(いっかい)：一天一次
・週(しゅう)に一回：一週一次
・月(つき)に一回：一個月一次
・年(ねん)に一回：一年一次

STEP 2

❶ A このコピー機、どう？
　B 時々ミスプリが出ることがあるの。

❷ A 大きなスーパーですね。
　B ええ、私もたまに買い物に行くことがあります。

❸ A メールを送る時、顔文字をよく使いますか。
　B たまに使うことがありますね。

❹ A いいな～！海外出張？
　B うん、有時候一年會去兩次。

❶ A 這印表機如何？
　B 偶爾會有印錯的時候。

❷ A 好大的超市啊。
　B 嗯，我有時候也會去那逛逛。

❸ A 寄訊息時會常用表情符號嗎？
　B 有時候會使用。

❹ A 真好啊～海外出差嗎？
　B 嗯，年に2回ぐらい行くことがあるの。

つい 不小心就、忍不住就
カッとなる 生氣
時々(ときどき) 偶爾
冗談(じょうだん)を言(い)う 開玩笑
たまに 有時
パチンコ 柏青哥（日本的娛樂活動）
パスワード 密碼
スピード違反(いはん) 超速
コピー機(き) 印表機
ミスプリ 印刷不良
買(か)い物(もの) 逛街、購物
メールを送(おく)る 寄訊息
顔文字(かおもじ) 表情符號
年(ねん)に 1年

接續動詞的基本形 06

～ことができる

可以做～

意為「可以做～」，接續在動詞基本形之後，表示可能性的句型。

 088.MP3　 088J.MP3

STEP 1

❶ 可以做中華料理。 　 **中華料理を作る**ことができる。

❷ 可以用法語説。 　 **フランス語で話す**ことができる。

❸ 可以騎腳踏車到公司。 　 **会社まで自転車で行く**ことができます。

❹ 今天能悠閒地洗了澡。 　 **今日はゆっくりお風呂に入る**ことができた。

❺ 無法確切説出自己的意見。 　 **自分の意見をはっきり言う**ことができない。

TIPS

洗澡相關表現

・お風呂(ふろ)をわかす：
　澡盆裝水/把水弄熱
・お風呂に入(はい)る：洗澡
・お風呂からあがる：
　洗完澡出來
・背中(せなか)を流(なが)す：
　搓背
・半身浴(はんしんよく)をする：洗半身浴
・湯船(ゆぶね)：澡盆

STEP 2

❶ A これ、ダウンロードすることできる？
　 B うん、できるよ。

❷ A ヨットを運転することできる？
　 B ううん、できないよ。

❸ A ウィルスをチェックすることができますか。
　 B はい、できます。

❹ A 會唱日本的歌嗎？
　 B はい、一曲ぐらいはできます。

❶ A 這可以下載嗎？
　 B 嗯，可以。

❷ A 會開快艇嗎？
　 B 不，不會。

❸ A 可以幫我檢查病毒嗎？
　 B 是，可以。

❹ A 日本の歌を歌うことができますか。
　 B 是，我會唱一首。

中華料理(ちゅうかりょうり)
中華料理
フランス語(ご) 法語
話(はな)す 説話
自転車(じてんしゃ) 腳踏車
ゆっくり 慢慢地、深深地
お風呂(ふろ)に入(はい)る
自分(じぶん) 自己
意見(いけん) 意見
はっきり 確實地
ダウンロードする 下載
ヨット 快艇
ウィルス 病毒

119

接續動詞的基本形 07

〜ことになった

變成要〜

意為「變成要〜」，接續動詞基本形之後，表示因為外部原因而決定了某件事的句型。翻譯成中文時有時會被省略成「要〜」。

🎧 089.MP3　🎧 089J.MP3

STEP 1

❶ 變成要去鄉下地方。　地方に行くことになった。

❷ 變成要加入保險。　保険に加入することになった。

❸ 變成要去洛杉磯開餐廳了。　ロスにレストランを出すことになった。

❹ 變成突然要搬家了。　急に引っ越すことになりました。

❺ 變成要搬到新的大樓了。　新しいビルに移ることになりました。

> **TIPS**
>
> 〜ことになる
>
> 這個句型通常用以表達決定後的結果，因此自然會常使用過去式「〜ことになりました」、「〜ことになった」來表現。
> 雖然結婚是由當事人的意志決定，但是要委婉、謙遜地傳達給別人訊息時會使用「結婚することになりました」。

STEP 2

❶ A　ユミちゃん、バイト？
　 B　うん、コーヒーショップで働くことになったの。

❷ A　希望の会社に入ることになったよ！
　 B　おめでとう！よかったね。

❸ A　この度、結婚することになりました。
　 B　わあ、おめでとうございます。

❹ A　この件は誰が担当するんですか。
　 B　要由鈴木先生負責。

❶ A　由美，打工嗎？
　 B　嗯，變成要在咖啡店打工了。

❷ A　我要去志願的公司上班了！
　 B　恭喜你，太棒了！

❸ A　我要結婚了。
　 B　哇！恭喜你。

❹ A　這案件是由誰負責呢？
　 B　鈴木さんが担当することになりました。

地方(ちほう) 地方
保険(ほけん) 保險
加入(かにゅう)する 加入
ロス LA（「ロサンゼルス（洛杉磯）」的縮語）
引(ひ)っ越(こ)す 搬家
移(うつ)る 遷移
コーヒーショップ 咖啡廳
働(はたら)く 工作
希望(きぼう) 希望
この度(たび) 這次
おめでとう 恭喜
おめでとうございます 恭喜
担当(たんとう)する 負責

接續動詞的基本形 08

～ことにした

決定要～

意為「決定～」，於～置入動詞基本形，表示以自己的意志決定某件事情的句型。

🎧 090.MP3　🎧 090J.MP3

STEP 1

❶	決定今天開始減肥。	今日からダイエットをすることにした。
❷	決定和朋友去主題樂園。	友だちとテーマパークに行くことにした。
❸	決定週末參加志工活動。	週末はボランティア活動をすることにした。
❹	決定這個月底離職。	今月いっぱいで会社を辞めることにしました。
❺	決定叫壽司外賣來吃。	お寿司の出前をとって食べることにしました。

💡 TIPS

日本有名的主題樂園

・東京迪士尼（千葉縣）：以華特迪士尼電影角色為背景建造的遊樂園。
・大阪環球影城（大阪）：為亞洲第一個打造的環球影城，以有名電影為背景打造的遊樂園。
・富士急樂園（山梨縣）：擁有金氏世界紀錄的夢幻雲霄飛車的遊樂園。
・豪斯登堡（長崎市）：以荷蘭村莊為主題的遊樂園。
・日光江戶村（栃木縣）：重現江戶時代（1603-1868年）模樣的遊樂園。
・東映太秦映畫村（京都）：擁有東映電影製片公司建造的製片廠的遊樂園。

STEP 2

❶ A 日曜日、ひま？
　 B ううん、家族と外食することにしたの。

❷ A 私、レーシック手術することにしたの。
　 B そう？痛くないかな。

❸ A ジョギング、始めたの？
　 B うん、1日に10キロ走ることにしたの。

❹ A 福岡へ飛行機で行くんですか。
　 B いいえ、決定搭船去。

❶ A 星期日很閒嗎？
　 B 不，決定和家人外食。

❷ A 我決定要做眼睛雷射手術。
　 B 是嗎？不會痛嗎？

❸ A 開始慢跑了嗎？
　 B 嗯，決定一天跑十公里。

❹ A 決定搭機去福岡嗎？
　 B 不，船で行くことにしました。

テーマパーク 主題樂園
ボランティア 志工
活動(かつどう) 活動
今月(こんげつ)いっぱいで 這個月底
出前(でまえ)をとる 叫外送
家族(かぞく) 家人
外食(がいしょく)する 外食
レーシック 眼睛雷射
手術(しゅじゅつ) 手術
1日(いちにち)に 一天
10キロ(じゅっきろ) 10公里
走(はし)る 跑
福岡(ふくおか) 福岡（地名）
飛行機(ひこうき) 飛機
船(ふね) 船

〜つもりだ

計畫要〜

意為「打算要」、「計畫要」，接續動詞基本形，為說明自己或某人的未來計畫的句型。

🎧 091.MP3　🎧 091J.MP3

STEP 1

❶ 計畫週末要去一趟溫泉旅行。

週末は温泉旅行に行くつもりだ。

❷ 打算今天晚上要向女朋友求婚。

今夜、彼女にプロポーズするつもりだ。

❸ 計畫畢業後要去找工作。

卒業後は就職するつもりです。

❹ 沒有打算要放棄夢想。

夢をあきらめるつもりはありません。

❺ 沒有打算要傷害那女孩的意思。

彼女を傷つけるつもりじゃなかった。

⊕ TIPS

「つもりだ」活用

・敬體　つもりです
　　　　（計畫要〜）
・否定形　つもりじゃない
　　　　（沒有計畫要〜）
　　　　つもりはありません
　　　　（沒有計畫要〜）
・過去式　つもりはなかった
　　　　（過去沒有計畫要〜）
　　　　つもりはありませんでした
　　　　（過去沒有計畫要〜）

つもりはない vs つもりじゃない

「つもりはない」意為「沒有這種想法」，表示確切的信念與意志，而「つもりじゃない」則是再某人做了某事或説了某句話之後，要解釋自己「不是這個意思」，兩者意思不同。

STEP 2

❶ A 今度のボーナスで何するの？
　 B カメラを買うつもりだよ。

❷ A 夏休みに何するつもり？
　 B 勉強もするし、バイトもするつもりだよ。

❸ A いつごろ結婚するんですか。
　 B まだ結婚するつもりはありません。

❹ A 新しいプロジェクト、引き受けるんですか。
　 B はい、我打算要負責。

❶ A 這次要拿獎金做什麼呢？
　 B 我計畫要買相機。

❷ A 這次暑假計畫要做什麼？
　 B 計畫要念書以及打工。

❸ A 何時結婚呢？
　 B 還沒有計畫要結婚。

❹ A 會接受負責新的專案嗎？
　 B 是的，引き受けるつもりです。

温泉旅行(おんせんりょこう)
温泉旅行

今夜(こんや) 今晚

プロポーズする 求婚

卒業後(そつぎょうご) 畢業後

就職(しゅうしょく)する 就職

あきらめる 放棄

傷(きず)つける 傷害

ボーナス 獎金

いつごろ 何時

引(ひ)き受(う)ける 負責

接續動詞的基本形 10

〜予定だ

預定要〜

「〜予定（よてい）」意為「預定要」，接續動詞基本形，表示說明確切預定的事物的句型。

 092.MP3　 092J.MP3

STEP 1

❶ 出差預定是四天三夜。

出張は3泊4日の予定だ。

❷ 預定下週去巴西出差。

来週ブラジルへ行く予定だ。

❸ 預定三點開始召開記者會。

3時から記者会見がある予定です。

❹ 預定11月會開店。

お店は11月にオープンする予定です。

❺ 預定留在北京一年。

北京では1年間滞在する予定でした。

◆ TIPS

常見用法
名詞＋「の」＋「予定だ」
　来週の予定だ（預定下週）
動詞的基本形＋「予定だ」
　行く予定だ（預定會去）

「予定だ」活用
・敬語　　予定です
　　　　　（預定要〜）
・過去式　予定だった
　　　　　（之前預定要〜）
　　　　　予定でした
　　　　　（之前預定要〜）

STEP 2

❶ A 赤ちゃんはいつ生まれるの？
　 B 6月に生まれる予定だよ。

❷ A 新モデルの発売はいつですか。
　 B 再来週の予定です。

❸ A いつ結婚する予定ですか。
　 B 今年の秋です。

❹ A あの建物はいつ完成しますか。
　 B 予定下個月完成。

❶ A 孩子何時出生？
　 B 預定6月出生。

❷ A 新版何時開賣？
　 B 預定下下週。

❸ A 預定何時結婚呢？
　 B 今年秋天。

❹ A 那棟建築物何時完成呢？
　 B 来月完成する予定です。

3泊4日(さんぱくよっか) 四天三夜
予定(よてい) 預定
ブラジル 巴西
記者会見(きしゃかいけん) 記者會
オープンする 開幕、開店
北京(ペキン) 北京
１年間(いちねんかん) 一年間
滞在(たいざい)する 滯留
生(う)まれる 出生
新(しん)モデル 新版
発売(はつばい) 發售
再来週(さらいしゅう) 下下週
秋(あき) 秋天
建物(たてもの) 建築物
完成(かんせい)する 完成
来月(らいげつ) 下個月

123

PATTERN 093

〜はずだ

應該〜

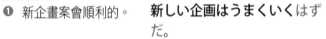

意為「（一定、絕對）應該〜」，表示接近確信的推測的句型。

🎧 093.MP3　🎧 093J.MP3

STEP 1

❶	新企畫案會順利的。	新しい企画はうまくいくはずだ。
❷	這裡應該放著報紙。	たしかここに新聞を置いたはずだ。
❸	買家應該已經抵達機場了。	バイヤーはもう空港に着いたはずです。
❹	他不可能會背叛公司。	彼が会社を裏切るはずがありません。
❺	那個女生不可能忘記我。	彼女が僕のことを忘れるはずがない。

⊕ TIPS

「はずだ」活用

・敬語	はずです（預定要〜）
・否定形	はずがない（不可能〜）はずがありません（不可能〜）
・過去否定形	〜はずじゃなかった（過去不可能〜）

「〜はずじゃなかった」用來表示不敢相信現狀如此出乎意料，或是表示後悔時使用。

こんなはずじゃなかった。
（怎麼會這樣）

コンパ

進入大學或是公司後，為了與朋友或同事交往而在喝酒的地方聚集的聚會稱為「コンパ（從Company來的詞）」。與其他大學或是公司同仁一起見面則稱為「合コン」，是「合同」和「コンパ」合起來的新造語，意思與中文的「聯誼」最接近。

STEP 2

❶ A はさみ、どこにあるの？
　 B 引き出しの中にあるはずだよ。

❷ A あき子ちゃん、合コンに来るかな。
　 B うん、来るはずだよ。

❸ A あの人、うそつきだったよ。
　 B そんなはずないよ。

❹ A エミちゃん、試験受かるかな？
　 B 如果是那個女生的話應該會及格。

❶ A 剪刀在哪裡？
　 B 應該在抽屜裡。

❷ A 秋子會來參加聯誼嗎？
　 B 嗯，我會來。

❸ A 那個人過去很愛說謊。
　 B 那不可能。

❹ A 惠美，考試會及格嗎？
　 B 彼女なら受かるはずだよ。

企画(きかく) 企劃
たしか 的確、應該是
置(お)く 放置
バイヤー 買家
裏切(うらぎ)る 背叛
はさみ 剪刀
引(ひ)き出(だ)し 抽屜
合(ごう)コン 聯誼（「合同コンパ」的縮語）
受(う)かる （考試）考上、及格

接續動詞的基本形 12

〜べきだ

應該要〜

意為「應該要〜」，表現常識上理所當然的事物時使用的句型。敬語為「〜べきです」。

 094.MP3　 094J.MP3

STEP 1

❶ 疾病在早期階段就應要接受治療。

病気は初期に治療するべきだ。

❷ 所有人都應要分擔家務事。

家事はみんなで分担するべきだ。

❸ 交通規則一定要遵守。

交通規則はきちんと守るべきだ。

❹ 在電車上要注意扒手。

電車ではスリに気をつけるべきだった。

❺ 關於這件事你一定要向他道歉。

この件については彼に謝るべきです。

TIPS

ゼミ

「ゼミ（講座）」為日本大學其中的一個科目，以在教授的指導之下由學生進行發表、討論為主要內容。講座若是由鈴木教授指導，就會被稱為是「鈴木ゼミ」。在這段期間撰寫的論文常常於日後提出成為畢業論文。指導教授主辦，只有講座學生參加的旅行被稱為「ゼミ旅行」。

STEP 2

❶ A 今度のゼミ旅行、行く？
　 B 絶対に行くべきだよ。

❷ A 僕、お酒は苦手なんだ。
　 B じゃ、課長にはっきり言うべきだよ。

❸ A タイヤの調子がおかしいな。
　 B じゃ、カーセンターに行くべきだよ。

❹ A 遅刻癖が直りません。
　 B これ絶対要改掉。

❶ A 這次研討會旅行要去嗎？
　 B 一定要去。

❷ A 我不會喝酒。
　 B 那麼就要明白的向課長說才行。

❸ A 輪胎狀況有點怪。
　 B 那我們得要去修車中心才行。

❹ A 我無法改掉遲到的習慣。
　 B それは絶対に直すべきですよ。

初期(しょき) 早期
治療(ちりょう)する 治療
家事(かじ) 家務事
みんなで 一起
分担(ぶんたん)する 分擔
交通規則(こうつうきそく) 交通規則
きちんと 毫釐不差地
守(まも)る 遵守
スリ 扒手
気(き)をつける 小心
謝(あやま)る 道歉
ゼミ旅行(りょこう) 研討會旅行
タイヤ 輪胎
おかしい 奇怪
カーセンター 修車中心
遅刻癖(ちこくぐせ) 遲到的習慣
直(なお)る 修正
絶対(ぜったい)に 絕對、一定
直(なお)す 修正

PATTERN **095**

接續動詞的基本形 13

〜に決まっている

當然是〜

意為「當然是」、「當然是如此」、「一定是」、「是當然的」，表示依據某個根據而充滿確信的推測時使用的句型。敬語為「〜に決まってます（當然是）」。

🎧 095.MP3　🎧 095J.MP3

STEP 1

❶	網路銀行當然很便利。	ネットバンキングは便利に決まっている。
❷	鈴木先生當然會成為副課長。	鈴木さんが係長になるに決まっている。
❸	白隊一定會在運動大會勝利。	運動会では白組が勝つに決まっている。
❹	他一定會在選舉中當選。	選挙では彼が当選するに決まっている。
❺	因為是百貨公司所以當然價格貴。	デパートだから値段が高いに決まっている。

🔵 **TIPS**

常見用法

・名詞＋「に決まっている」
　学生に決まっている
　（當然是學生）
・「な」形容詞＋詞幹＋「に決まっている」
　便利に決まっている
　（當然會很方便）
・「い」形容詞＋「に決まっている」
　高いに決まっている
　（當然會貴）
・動詞基本形＋「に決まっている」
　休むに決まっている
　（當然要休息）

常體的壓縮形與發音變化

・〜に決まっている（當然是〜）
　→〜に決まってる
・〜じゃないか（不是〜嗎）
　→〜じゃん
・それは（那個）→そりゃ

STEP 2

❶ A ねえ、明日のパーティー行くよね。
　 B 行くに決まってるじゃん。

❷ A アイちゃん、彼氏ができて機嫌いいね。
　 B そりゃ、うれしいに決まってるでしょう。

❸ A 明日の祭り、晴れるといいね。
　 B 晴れるに決まってるよ。

❹ A 超寒〜い！
　 B 因為是冬天所以當然會冷。

❶ A 問你喔，你明天會去派對吧？
　 B 當然會去。

❷ A 小愛，交了男朋友後心情變得很好喔。
　 B 當然很開心啊。

❸ A 明天有慶典，天氣如果放晴的話就好了。
　 B 當然會放晴啊。

❹ A 好冷啊！
　 B 冬なんだから寒いに決まってるよ。

ネットバンキング 網路銀行
係長(かかりちょう) 副課長
運動会(うんどうかい) 運動會
白組(しろぐみ) 白隊
選挙(せんきょ) 選舉
当選(とうせん)する 當選
機嫌(きげん)がいい 心情好
機嫌が悪（わる）い 心情壞
超〜(ちょう) 非常、超級

PATTERN 096

接續動詞的基本形 14

～に違いない

絕對是～

「～に違（ちが）いない」意為「絕對是～」、「一定是～」、「絕對會是～」，於向對方表達自己的確信時會使用的句型。敬語為「～違いありません（一定是～）」。

 096.MP3　 096J.MP3

STEP 1

❶ 這本書一定會賣得很好。
この本は売れるに違いない。

❷ 這絕對是貨真價實的鑽石。
これは本物のダイヤに違いない。

❸ 他一定是我命中注定的人。
彼は私の運命の人に違いない。

❹ 這計畫一定會成功。
プロジェクトは成功するに違いない。

❺ 這其中一定有什麼疏失。
何かのミスに違いありません。

TIPS

常見用法

・名詞＋「に違いない」
　ミスに違いない（絕對是疏失）
・「な」形容詞＋詞幹＋「に違いない」
　便利に違いない（絕對會很方便）
・「い」形容詞＋「に違いない」
　楽しいに違いない
　（絕對會很好玩）
・動詞基本形＋「に違いない」
　来るに違いない（絕對會來的）

ゴールデンウィーク

Golden Week指的是四月底到五月初的黃金連休。4月29日是昭和之日，5月3日是憲法紀念日，5月4日是綠之日，5月5日是兒童節等公休日連接在一起，形成長達一週的假期，而雖然5月1日並非法定公休日，但大部分的公司都會休息。

日常會話時的發音變化

「どこか（在某處）」在會話中也可以發音為「どっか」。

STEP 2

❶ A いくら探しても鍵がないな。
　B じゃ、どっかに落としたに違いないよ。

❷ A 先輩のことで胸がドキドキするの。
　B それはきっと恋に違いないよ。

❸ A 田中さん、今日お休みだって。
　B そっか、長い出張で体調をくずしたに違いないよ。

❹ A ゴールデンウィークにバリ島はどうかな？
　B いいね、一定會很好玩的。

❶ A 不管怎麼找都沒有鑰匙。
　B 那麼，絕對是掉在某個地方了。

❷ A 因為前輩感到小鹿亂撞。
　B 這樣絕對是你戀愛了。

❸ A 聽說今天田中先生缺勤。
　B 是啊，一定是因為出差使得身體不舒服了。

❹ A 黃金週去峇里島如何？
　B 好啊，楽しいに違いないよ。

売(う)れる 銷售
運命(うんめい) 命運
いくら～ても 不管怎樣也～
探(さが)す 尋找
鍵(かぎ) 鑰匙
どっかに 在某處
落(お)とす 掉落、遺失
胸(むね) 胸部
ドキドキする 悸動
恋(こい) 戀愛
体調(たいちょう)をくずす
身體狀況變差
ゴールデンウィーク
Golden Week、黃金週
バリ島(とう) 峇里島

接續動詞的基本形 15

～間に

於～期間

「～間（あいだ）に」意為「於～期間」、「於～之間」，用來表示特定的某一段時間的句型。

 097.MP3　 097J.MP3

STEP 1

❶ 不在家的時候有電話打來。

留守の間に電話があった。

❷ 睡覺的時候有地震來襲。

寝ている間に地震があった。

❸ 在日本的期間學了茶道。

日本にいる間に茶道を習った。

❹ 1點到2點之間有面談。

1時から2時の間に面談がある。

❺ 等公車期間喝了果汁。

バスを待っている間にジュースを飲んだ。

⊕ TIPS

常見用法
名詞＋「の」＋「間に」
　留守の間に（不在家的期間）
・動詞基本形＋「間に」
　待っている間に
　（等待的期間）

留守
「留守（るす）」意為沒有人在，留在家看守稱為「留守番（るすばん）」。「看家」稱為「留守番している」，答錄機電話稱為「留守番電話（るすばんでんわ）」。

STEP 2

❶ A 審査結果を待っている間に、コーヒーでも飲む？
　 B うん、いいよ。

❷ A 私が料理する間に、あなたは何する？
　 B う～ん、洗濯物でもたたむよ。

❸ A 中国語、覚えたの？
　 B うん、中華料理屋でバイトしている間にね。

❹ A 暑假期間好像瘦了點。
　 B うん、3キロやせたの。

❶ A 等待審査結果的時候要不要喝點咖啡？
　 B 嗯，好啊。

❷ A 我在煮飯的時候你要幹嘛？
　 B 嗯～去摺個衣服吧。

❸ A 你學了中文？
　 B 嗯，在中華餐廳打工的時候。

❹ A 夏休みの間にちょっとやせたね。
　 B 嗯，減了三公斤。

留守(るす) 不在家、沒有人
茶道(さどう) 茶道
習(なら)う 學習
面談(めんだん) 面談
待(ま)つ 等待
審査(しんさ) 審查
洗濯物(せんたくもの) 洗滌物、要洗的衣物
たたむ 摺
覚(おぼ)える 熟悉、記憶
中華料理屋(ちゅうかりょうりや) 中華餐廳

接續動詞的基本形 16

〜うちに

〜期間中

意為「〜之中」、「〜以內」、「〜以前」，帶有「若是經過這期間，某事將不好進行」的涵義。比前面出現的「間（あいだ）」更強調時間有限。

🎧 098.MP3　🎧 098J.MP3

STEP 1

❶ 天氣放晴時去逛街買菜。

明るいうちに買い物に行きます。

❷ 年輕時到世界各地旅行。

若いうちに世界各地を旅行する。

❸ 玩耍的期間太陽下山了。

遊んでいるうちに日が暮れた。

❹ 東忙西忙之中暑假結束了。

バタバタしているうちに夏休みが終わった。

❺ 讀媽媽寄來的信時流下眼淚了。

母からの手紙を読んでいるうちに涙が出た。

🔵 TIPS

常見用法

・名詞＋「の」＋「うちに」
　一週間のうちに（一週間）
・「な」形容詞＋詞幹＋「うちに」
　元気なうちに（健康的時候）
・「い」形容詞基本形＋「うちに」
　若いうちに（年輕的時候）
・動詞基本形＋「うちに」
　読んでいるうちに
　（正在閱讀的時候）

前面要加動詞時通常會是基本形，「ている」形與「ない」形亦很常見。「〜ないうちに」（句型 174）意為「不做〜之前」、「不做〜的時候」。

STEP 2

❶ A　漢字、うまいね。
　 B　勉強してるうちに段々上手になったよ。

❷ A　20代のうちに結婚したいなあ。
　 B　じゃ、あと1年だね。

❸ A　このクリームできれいな肌になるんですか。
　 B　はい、一週間のうちにすべすべになりますよ。

❹ A　在近期辦一場派對如何？
　 B　大賛成〜！

❶ A　漢字寫得很好呢。
　 B　在讀書的時候漸漸變好的。

❷ A　想在20幾歲結婚！
　 B　那麼，只剩下一年了呢。

❸ A　擦這個乳液皮膚就會變好嗎？
　 B　是的，一週以內就會變得光滑。

❹ A　近いうちにパーティーしませんか。
　 B　大賛成〜！

若(わか)い 年輕
各地(かくち) 各地
日(ひ)が暮(く)れる 日落
バタバタする 忙碌地過
手紙(てがみ) 信件
涙(なみだ) 眼淚
うまい 做得好
段々(だんだん) 漸漸
20代(にじゅうだい) 20幾歲
クリーム 乳液
一週間(いっしゅうかん) 一週間
すべすべ 光滑
大賛成(だいさんせい) 大力贊成

〜ところ

剛好要做〜的時候

意為「剛好要做〜的時候」、「做〜的瞬間」、「正打算做〜的時候」，接續動詞基本形後，可以表示現在剛好要做某件事的瞬間。

🎧 099.MP3　🎧 099J.MP3

STEP 1

❶ 現在開始要去上課。　今から授業に出るところだ。

❷ 剛好正要外出。　ちょうど今出かけるところだ。

❸ 差一點就撞上車了。　もう少しで車にぶつかるところだった。

❹ 現在開始奧運正要開幕。　今からオリンピックが始まるところです。

❺ 剛好要給你打電話。　ちょうど電話をかけるところでした。

🔵 TIPS

もう少しで〜ところだった
「もう少しで〜ところだった」
意為「差一點就〜」

會話中常見的略語
在日常會話中「ところ」也可省略成「とこ」。
終わるところ → 終わるとこ
取るところ → 取るとこ
死ぬところ → 死ぬとこ

STEP 2

❶ A　まだゲームなの？
　B　ちょうど今終わるとこだよ。

❷ A　ねえ、映画のチケットは？
　B　これから取るとこ。

❸ A　ご飯、もっと食べる？
　B　うん、おなかすいて死ぬとこだったよ。

❹ A　会議の資料は？
　B　現在正要印出來。

❶ A　還在玩遊戲嗎？
　B　現在剛好要結束。

❷ A　問你喔，電影票呢？
　B　現在正好要去買。

❸ A　還要再吃飯嗎？
　B　嗯，正好肚子都要餓死了。

❹ A　會議資料呢？
　B　今、プリントアウトするところです。

授業(じゅぎょう)に出(で)る 上課出席
出(で)かける 外出、出去
ぶつかる 撞到
オリンピック 奧運
電話(でんわ)をかける 打電話
チケットを取(と)る 買票
死(し)ぬ 死亡
プリントアウトする 列印出

～前に

做～之前

「～前（まえ）」意為「做～之前」，表示做某件事之前的句型。

 100.MP3　 100J.MP3

STEP 1

❶ 已於會議開始之前分發資料。

会議を始める前に資料を配った。

❷ 去美術館前已查過費用。

美術館に行く前に利用料金を調べた。

❸ 搬家之前有些必要的手續。

引っ越しする前に必要な手続きがある。

❹ 開店之前已進行過市場調查。

お店をオープンする前に市場調査をした。

❺ 在日本吃飯之前要先說「我要開動了」。

日本では食事の前に「いただきます」と言う。

TIPS

常見用法

・名詞＋「の」＋「前に」
　会議の前に（會議之前）
・動詞基本形＋「前に」
　行く前に（去之前）

STEP 2

❶ A 会議の前に、一服どう？
　 B うん、いいね。

❷ A 寝る前にミルクを飲むといいよ。
　 B ハーブティーもね。

❸ A 海外でもこのケータイ使うの？
　 B うん、出国の前に国際ローミングを申し込むの。

❹ A これからお風呂に入るの？
　 B ううん、洗澡之前要先去散步。

❶ A 會議前抽一支菸如何？
　 B 嗯，好啊。

❷ A 睡前喝一杯牛奶是很好的。
　 B 花草茶也不錯。

❸ A 在國外也會用這一支手機嗎？
　 B 嗯，出國前申請國際漫遊。

❹ A 現在要去洗澡了嗎？
　 B 不，入る前にちょっと散歩。

配(くば)る 分配
美術館(びじゅつかん) 美術館
利用(りよう) 利用
調(しら)べる 調查
引(ひ)っ越(こ)しする 搬家
手続(てつづ)き 手續、程序
市場(しじょう) 市場
食事(しょくじ) 吃飯
一服(いっぷく) 喝一次茶、吸一次菸
ミルク 牛奶
ハーブティー 花草茶
出国(しゅっこく) 出國
国際(こくさい)ローミング
國際漫遊
申(もう)し込(こ)む 申請

〜そうだ

聽說〜

意為「聽說〜」，表示聽說某件事的時使用的句型。敬語為「〜そうです（聽說）」。

101.MP3　　101J.MP3

STEP 1

❶ 聽說星期一9點的戲劇收視率很高。

月9ドラマは視聴率が高いそうだ。

❷ 聽說這裡會蓋新的高速公路。

ここに新しい高速道路ができるそうだ。

❸ 聽說日本的慶典非常熱鬧。

日本の祭りはとてもにぎやかだそうだ。

❹ 根據天氣預報消息，聽說明天會下雪。

天気予報によると、明日は雪だそうです。

❺ 聽說那間百貨公司正在舉辦特價銷售活動。

あのデパートはバーゲンセール中だそうですよ。

TIPS

常見用法
・名詞＋「だ」＋「そうだ」
　雪だそうだ（聽說下雪了）
・「な」形容詞詞幹＋「だ」＋「そうだ」
　にぎやかだそうだ
　（聽說人很多）
・「い」形容詞基本形＋「そうだ」
　高いそうだ（聽說很貴）
・動詞基本形＋「そうだ」
　できるそうだ（聽說會有）

月9ドラマ
「月9（げつく）」為富士電視台「フジテレビ」於每星期一9點上映的日本代表性戲劇。男女主角會找當時公認人氣最高的人來飾演，因此常常造成話題。日本的戲劇一年分為四個季度，每一週播一集，每三個月就會播出11到12集。

STEP 2

❶ A　明日から梅雨に入るそうだよ。
　　B　そっか、当分サッカーはできないな。

❷ A　今朝地震があったそうですね。
　　B　はい、少し揺れましたね。

❸ A　鈴木さん、昔テニス部だったそうですよ。
　　B　だから、あんなにうまいんですね。

❹ A　聽說那兩個人要結婚了。
　　B　やっぱり、そうか。

❶ A　聽說明天開始進入梅雨季。
　　B　是啊，那暫時無法踢足球了呢。
❷ A　聽說今天早上有地震。
　　B　嗯，是有點搖晃。

❸ A　聽說鈴木先生以前是網球社的。
　　B　難怪打得這麼好。
❹ A　あの二人、結婚するそうだよ。
　　B　果然是這樣啊。

月9(げつく)ドラマ 富士電視台星期一九點戲劇
視聴率(しちょうりつ) 收視率
高速道路(こうそくどうろ) 高速公路
天気予報(てんきよほう) 天氣預報
〜によると 根據
バーゲンセール 特價銷售
梅雨(つゆ)に入(はい)る 進入梅雨季
当分(とうぶん) 暫時
少(すこ)し 一點、稍微
うまい 做得好、好吃
やっぱり 果然

〜らしい

聽說是〜

有「好像是」、「聽說」等意思，表示話者以客觀根據進行了推測，或是聽說到某件事。「らしい」也有「像」、「類似」的意思。敬語為「らしいです」（好像是）。

 102.MP3　 102J.MP3

STEP 1

❶ 今年的流行好像是格紋。

今年の流行りはチェックらしい。

❷ 日本人好像常喝紅酒。

日本人はワインをよく飲むらしい。

❸ 這個月開始獎金聽說會增加。

今月からボーナスが上がるらしい。

❹ 根據新聞報導，今天下午開始好像會放晴。

ニュースによると、午後からは晴れるらしい。

❺ 聽說打保齡球對健康很好。

ボーリングはとても健康にいいらしいです。

TIPS

常見用法
- 名詞＋「らしい」
  チェックらしい（好像是格紋）
- 「な」形容詞的詞幹＋「らしい」
  にぎやからしい（好像人很多）
- 「い」形容詞基本形＋「らしい」
  いいらしい（好像很好）
- 動詞基本形＋「らしい」
  飲むらしい（好像會喝）

STEP 2

❶ A 田中さん、婚約するの？
　 B うん、両親は反対してるらしいけどね。

❷ A 総務課の金さん、顔色悪いね。
　 B この頃、借金で大変らしいよ。

❸ A ユミの方から彼氏にプロポーズしたそうよ。
　 B さすが！ユミらしいね。

❹ A 課長が入院したそうですね。
　 B はい、聽說相當勉強了自己。

❶ A 田中小姐要訂婚了嗎？
　 B 嗯，但是雙親好像反對的樣子。

❷ A 總務課的金先生臉色看起來不太好。
　 B 聽說最近因為債務關係很辛苦。

❸ A 聽說由美向男友求婚了呢。
　 B 果然不愧是她！真像由美的作風。

❹ A 聽說課長住院了。
　 B 是的，かなり無理をしたらしいです。

流行(はや)り 流行
チェック （Check）格紋
ボーナスが上(あ)がる 獎金增加
ボーリング 保齡球
健康(けんこう) 健康
婚約(こんやく) 訂婚
両親(りょうしん) 雙親
反対(はんたい)する 反對
総務課(そうむか) 總務課
顔色(かおいろ)が悪(わる)い
臉色不好
借金(しゃっきん) 債、借的錢
さすが 果然不愧是
入院(にゅういん)する 住院
かなり 相當

～ようだ

好像是～

> 意為「好像是」、「如同」，比起客觀推測或聽說的「～らしい」，更強調話者的主觀推測。也有「就好像」、「如同」的意思。敬語為「～ようです（好像是）」。

 103.MP3　 103J.MP3

STEP 1

❶ 引擎好像故障了。 エンジンが故障したようだ。

❷ 外面好像正在下雨。 外は雨が降っているようだ。

❸ 簡直像在作惡夢。 まるで悪い夢を見ているようだ。

❹ 他的部落格好像人氣很高。 彼のブログは大人気のようです。

❺ 和部長的關係如同親子。 部長とは親子のような関係です。

STEP 2

❶ A あの列は何でしょうか。
　B 何か新しいお店ができたようですね。

❷ A ジョンさんは日本語がぺらぺらで、納豆もよく食べます。
　B ハハハ、まるで日本人のようですね。

❸ A 今週は先週よりもっと暑いようだね。
　B そうだね、毎日30度近くあるね。

❹ A 朝から熱もあるし、のどが痛いです。
　B 好像感冒了。

❶ A 那個隊伍在排什麼？
　B 好像開了一家新的店。

❷ A 約翰先生很會說日文，也常吃納豆。
　B 哈哈哈，好像日本人喔。

❸ A 這週好像會比上週更熱。
　B 是啊，每天都將近30度。

❹ A 早上就發燒，喉嚨也痛。
　B 風邪を引いたようですね。

TIPS

まるで～ようだ

「（まるで）～のように」後面只能接動詞，而「（まるで）～のような」後面只能接名詞。

常見用法

- 名詞＋「の」＋「ようだ」
別人のようだ（好像別人）
- 「な」形容詞詞幹＋「な」＋「ようだ」
元気なようだ（好像很健康）
- 「い」形容詞基本形＋「ようだ」
高いようだ（好像很貴）
- 動詞基本形＋「ようだ」
故障したようだ（好像故障了）

ある

「ある」最基本的意思為「有」，除此之外，若與表示數量的句子一起使用時，意為「具有著那樣的數值」。

私は168センチある。
（我有168公分高。）

家まで1キロある。
（到家約有1公里。）

あのビルは63階もある。
（那棟建築物有63層。）

エンジン 引擎　外(そと) 外面
まるで 剛好
夢(ゆめ)を見(み)る 作夢
ブログ 部落格
大人気(だいにんき) 很受歡迎
親子(おやこ) 親子
関係(かんけい) 關係　列(れつ) 隊伍
ぺらぺら 流暢的樣子、嘩嘩地
毎日(まいにち) 每天
30度(さんじゅうど) 30度
のどが痛(いた)い 喉嚨痛
風邪(かぜ)を引(ひ)く 患感冒

～みたいだ

好像是～

意為「好像是」、「好像」，為前面出現的「ようだ」之常體使用的句型。
敬語為「～みたいです（好像是～）」。

 104.MP3　 104J.MP3

STEP 1

❶ 那個人就好像孩子
一樣。

彼はまるで子供みたいだ。

❷ 王先生最近有點忙。

王さんは最近忙しいみたいだ。

❸ 鈴木先生最近有點
閒。

**鈴木さんはこの頃ひまみたい
だ。**

❹ 那位女演員好像有
整形。

**あの女優は美容整形したみたい
です。**

❺ 像娃娃一般可愛的
孩子。

**人形みたいにかわいい赤ちゃん
ですね。**

STEP 2

❶ A ねえ、何食べる？
　B ここは冷麺がおいしいみたいよ。

❷ A 王さんとデートだなんて、まるで夢を見ているみた
　　い！
　B よかったね、あき子！

❸ A 田中さんとこ、海外まで事業を拡大するみたいだよ。
　B 不況なのに、すごいね。

❹ A 最近緊身褲好像很流行。
　B そうだね、みんなはいてるね。

❶ A 欸，要吃什麼？
　B 聽說這裡冷麵很有名。

❷ A 居然可以和王先生約會，簡直
　　做夢一般！
　B 太好了，秋子！

❸ A 田中先生那邊好像要把事業版
　　圖擴張到海外。
　B 明明這麼不景氣，真是厲害。

❹ A 最近、スキニーが流行ってる
　　みたい。
　B 是啊，大家都穿著。

TIPS

まるで～みたいだ

「（まるで）～みたいに」後面只
能接動詞與形容詞，而「（まるで）
～みたいな」後面只能接名詞。

常見用法

・名詞＋「みたいだ」
　子供みたいだ（像小孩子）
・「な」形容詞詞幹＋「みたいだ」
　ひまみたいだ（好像很閒）
・「い」形容詞基本形＋「みたい
　だ」
　忙しいみたいだ（好像很忙）
・動詞基本形＋「みたいだ」
　夢を見ているみたいだ
　（好像做夢一般））

穿著相關表現

穿罩衫、襯衫與外套等上衣時，
使用「着る」，穿褲子與裙子等
下半身的衣物，或是穿襪子或鞋
子等則稱為「はく」。

　ブラウスを着る（穿罩衫）
　シャツを着る（穿襯衫）
　コートを着る（穿外套）
　ズボンをはく（穿褲子）
　スカートをはく（穿裙子）
　靴下をはく（穿襪子）
　靴をはく（穿鞋子）

女優(じょゆう) 女演員
美容整形(びようせいけい) 整形、
美容整形
人形(にんぎょう) 娃娃
冷麺(れいめん) 冷麵
～だなんて 居然～
拡大(かくだい)する 擴大
不況(ふきょう) 不景氣
スキニー 緊身褲
流行(はや)る 流行　はく 穿

接續動詞的基本形 23

～ようになった

變為～

意為「變為～」，是可以在接續動詞的基本形後，表示可能性、狀況或習慣的變化之句型。表示變化的結果時，常會使用過去式的「～ようになった」或敬體版本的「～ようになりました」。

🎧 105.MP3　　🎧 105J.MP3

STEP 1

❶ 失戀之後變為開始打扮自己。

失恋後、おしゃれするようになった。

❷ 換髮形之後變得很受異性歡迎。

ヘアースタイルを変えてモテるようになった。

❸ 這個服務變成在全國都可以使用。

このサービスは全国で利用できるようになった。

❹ 最近開始在看日本的動畫。

最近日本のアニメを見るようになりました。

❺ 變得開始每天都去跑步，三個月就瘦了10公斤。

毎日走るようになって、3ヶ月で10キロも減った。

➕ TIPS

～ないようになる

接續動詞基本形之外，也可以置入「ない」形，形成「～ないようになる（變為不～）」。

モテる

「モテる」由「持てる」變化而來，一般以片假名標示，意為「在異性間很受歡迎」。也可以講「モテモテ」。

彼は女の子にモテる。
（他很受女孩子歡迎）
彼は女の子にモテモテだ。
（他很受女孩子歡迎）

STEP 2

❶ A　この頃、どんな番組見てる？
　 B　最近、ドキュメンタリー番組を見るようになったよ。

❷ A　1歳の息子が歩けるようになったんだ。
　 B　そりゃ、かわいいだろうね。

❸ A　この頃、丈夫になったね。
　 B　うん、週に二回筋トレするようになったんだ。

❹ A　お昼、一人で食べたの？
　 B　うん、最近變得可以一個人吃飯了。

❶ A　最近看什麼節目？
　 B　最近開始看紀錄片。

❷ A　一歲的兒子會走路了。
　 B　那一定很可愛。

❸ A　最近變得很結實呢。
　 B　嗯，現在一週做兩次力量訓練。

❹ A　午餐一個人吃嗎？
　 B　嗯，最近一人で食事できるようになったんだ。

失恋(しつれん) 失戀
おしゃれする 打扮
ヘアースタイル 髮形
変(か)える 改變
モテる 受異性歡迎
サービス 服務
全国(ぜんこく) 全國
利用(りよう)する 利用
減(へ)る 減少
番組(ばんぐみ) 節目
ドキュメンタリー 紀錄片
1歳(いっさい) 1歲
歩(ある)ける 可以走
週(しゅう)に一週
筋(きん)トレ 力量訓練

接續動詞的基本形 24

～ようにする

會做～

意為「會做」某事，接續動詞基本形，為表現某人會為了達成某事而盡力的句型。

106.MP3　106J.MP3

STEP 1

❶ 我一定會去同學會。　　同窓会には必ず行くようにするね。

❷ 我會九點到機場。　　　空港には9時に着くようにします。

❸ 我一定會遵守集合時間。　集合時間を必ず守るようにします。

❹ 壓力會盡速釋放。　　　ストレスは早めに解消するようにしています。

❺ 為了健康，我正努力多喝水。　健康のために、水をたくさん飲むようにしています。

💬 TIPS

「～ようにする」的多樣講法
表示未來要做某事的決心時使用的句型，敬語為「～ようにします」，欲表現現在正持續努力的做某件事，則是「～ようにしている」，而希望對方做某事時，則為「～ようにしてください（請務必～）」。

STEP 2

❶ A　申し込みは30日までですよ。
　　B　はい、締め切りに間に合うようにします。

❷ A　お客さんから苦情がありましたよ。
　　B　はい、ちゃんと謝るようにします。

❸ A　企画書、今日までですよ。
　　B　はい、今日中に仕上げるようにします。

❹ A　納品の準備はうまくいってる？
　　B　はい、一定會如期交貨。

❶ A　申請到30日為止。
　　B　好，我會盡量於截止日前申請。

❷ A　客人有抱怨了。
　　B　是，我會好好地道歉的。

❸ A　企劃書於今日內繳交。
　　B　是，我會於今日內完成。

❹ A　交貨準備地如何？
　　B　是，納期は必ず守るようにします。

同窓会(どうそうかい) 同學會
必(かなら)ず 務必
集合(しゅうごう) 集合
早(はや)めに 快、早
解消(かいしょう)する 消除
水(みず) 水
申(もう)し込(こ)み 申請
30日(さんじゅうにち) 30日
お客(きゃく)さん 客人
苦情(くじょう) 抱怨、不滿
ちゃんと 好好地
今日中(きょうじゅう) 今日內
仕上(しあ)げる 結束、完畢
納品(のうひん) 交貨

〜方がいい

做〜比較好

「〜方（ほう）がいい」接續動詞的基本形，是用來表達認為「這個比較好」的句型。換句話說是在比較某幾種事物後，表達某事物比較好的意思。

 107.MP3　 107J.MP3

STEP 1

❶ 比起那裡，在這裡等比較好。	あそこよりはここで待つ方がいい。
❷ 比起玩遊戲，散步比較好。	ゲームするより散歩に行く方がいい。
❸ 週末比起外出，在家裡休息比較好。	週末は外出するより家で休む方がいい。
❹ 比起登山，去海邊玩比較好。	山に登るよりは海で遊ぶ方がいいです。
❺ 比起英語，用法語說比較好。	英語よりフランス語で話す方がいいです。

TIPS

易搞混的表現

接續動詞過去式的「〜た方がいい」有「（可以的話），做〜比較好」這樣給予對方建議或勸告的意思，跟「〜方がいい」不同，要多加留意。

家で休んだ方がいい。
（在家休息比較好）

常見用法

- 名詞＋「の」＋「方がいい」
  ゲームの方がいい
  （遊戲比較好）
- 「な」形容詞詞幹＋「な」＋「方がいい」
  元気な方がいい（健康比較好）
- 「い」形容詞基本形＋「方がいい」
  安い方がいい（便宜比較好）
- 動詞基本形＋「方がいい」
  休む方がいい（休息比較好）

STEP 2

❶ A サッカーをするのと見るのと、どっちがいい？
　 B する方がいい。

❷ A 料理を作るのと食べるのと、どっちがいい？
　 B 私は作る方がいいわ。

❸ A 野球場に行って見るのとテレビで見るのと、どっちがいい？
　 B それはもちろん野球場で見る方がいいよ。

❹ A 眼鏡をかけるのとコンタクトをつけるのと、どっちがいいですか。
　 B 我比較喜歡戴隱形眼鏡。

❶ A 踢足球和看足球，哪個比較好？
　 B 踢足球比較好。

❷ A 做料理和吃東西，哪個比較好？
　 B 我覺得做料理比較好。

❸ A 去棒球場看球賽和在電視上看球賽，哪個比較好？
　 B 那當然是去球場看比較好囉。

❹ A 戴眼鏡與戴隱形眼鏡，哪個比較好？
　 B 私はコンタクトをつける方がいいです。

外出(がいしゅつ)する 外出
野球場(やきゅうじょう) 棒球場
眼鏡(めがね)をかける 戴眼鏡
コンタクト 隱形眼鏡
コンタクトをつける 戴隱形眼鏡

～な

不要做～

意為「不要做～」。動詞基本形之後加上「な」就會成為表示禁止的句型。
在後面加上「よ」變為「～なよ（不要做～喔）」會更男性化。

 108.MP3　　 108J.MP3

STEP 1

❶ 不要任意決定。　　　　**勝手に決める**な。

❷ 不要那麼擔心。　　　　**そんなに心配する**な。

❸ 開車中不要打盹。　　　**運転中に居眠りする**な。

❹ 上課中不要聊天。　　　**授業中におしゃべりする**な。

❺ 對身體不好，不要　　　**体に悪いからもうタバコは吸う**
　再抽菸了。　　　　　　**な。**

> **TIPS**
>
> 易搞混的表現
>
> 「～な」若接續動詞「ます」
> 形，會變成溫和的命令或要求對
> 方做某件事。
> ・決めるな（不要做決定）
> 　決めな（做決定吧）
> ・吸うな（不要抽菸）
> 　吸いな（抽菸吧）

STEP 2

❶ A 私、歌手デビューすることになったの。
　 B 冗談言うなよ。

❷ A 俺のこと、忘れるなよ。
　 B 当たり前だよ。

❸ A 明日からダイエットすることにしたの。
　 B じゃ、もうケーキは食べるなよ。

❹ A 因為是秘密所以不要告訴任何人。
　 B わかったよ。

❶ A 我要以歌手身分出道了。　　❸ A 決定明天開始減肥。
　 B 不要開玩笑了。　　　　　　　 B 那，不准再吃蛋糕了。

❷ A 不要忘了我喔。　　　　　　❹ A 秘密だから誰にも言うなよ。
　 B 當然囉。　　　　　　　　　　 B 知道了。

勝手(かって)に 任意
心配(しんぱい)する 擔心
運転中(うんてんちゅう) 開車中
居眠(いねむ)りをする 打盹
デビューする 出道
俺(おれ) 我 (男性用詞)
当(あ)たり前(まえ)だ 當然
秘密(ひみつ) 秘密

接續動詞的基本形 27

～と

如果～

意為「如果～」，接續動詞的基本形，是用來表示假定條件的句型，主要為要表示事實、自然現象等時使用。除此之外，亦有「一～就～」、「做了之後～」的用法。

 109.MP3　 109J.MP3

STEP 1

❶ 一到十二月就很忙。　　12月になると忙しい。

❷ 一感動馬上就會流淚。　　感動するとすぐ涙が出る。

❸ 如果工作三年以上就會有退休金。　　3年以上勤めると退職金が出る。

❹ 一量體溫發現有四十度。　　熱を測ると40度もあった。

❺ 一打開窗戶就看到藍天。　　窓を開けると青い空が見えた。

TIPS

日本的年末

到了12月，日本習慣會以忘年會來結束這一年。年末會大掃除，並贈送有恩的人「お歳暮〔せいぼ〕（年末禮物）」，12月31日時會和家人吃稱為「年越（としこ）しそば」的蕎麥麵，1月1日則會到神社參拜來迎接新年，日文稱做「初詣（はつもうで）」。

STEP 2

❶ A どうやって電源入れるの？
　 B そのボタンを押すと電源が入るよ。

❷ A カラオケに行くと、どんな曲歌うの？
　 B 人気のあるバラード曲かな。

❸ A 春になるとなんか眠くなるよね。
　 B うん、体のリズムが変わるからね。

❹ A あの、薬局はどこですか。
　 B 在這條路右轉後就會看到。

❶ A 電源怎麼打開？
　 B 按那個按鈕就會有電。

❷ A 去KTV唱歌的話都唱哪種歌？
　 B 流行的情歌。

❸ A 春天一來感覺就很睏。
　 B 嗯，因為身體的節奏改變了

❹ A 不好意思，請問藥局在哪裡？
　 B この道を右に曲がるとあります。

感動(かんどう)する 感動
すぐ 快要、馬上
涙(なみだ)が出(で)る 流淚
以上(いじょう) 以上
勤(つと)める 工作
退職金(たいしょくきん) 退休金
測(はか)る 測量、測定
開(あ)ける 打開
空(そら) 天空
見(み)える 看見
どうやって 如何、以怎樣的方式
電源(でんげん)を入(い)れる 開啟
ボタンを押(お)す 按按鈕
電源(でんげん)が入(はい)る 啟動
バラード曲(きょく) 情歌
リズム 節奏
変(か)わる 改變、更換
薬局(やっきょく) 藥局
道(みち) 路
曲(ま)がる 轉、折

〜とおり

依照〜

意為「依照〜」、「如同〜」，表現同樣的狀態或方法的句型。加上「に」變為「とおりに」的形態也很常見。

 110.MP3　 110J.MP3

STEP 1

❶ 依照部長的話進行了。
部長の言うとおりにした。

❷ 老實的把我看到的都説出來了。
見たとおりに正直に話した。

❸ 變成我想的樣子了。
私の思うとおりになった。

❹ 依照這裡寫的內容進行了。
ここに書いてあるとおりに行った。

❺ 依照説明書進行了。
マニュアルのとおりにした。

TIPS

常見用法

・名詞＋「の」＋「とおり」
　下記のとおり（如以下所記）
・動詞的基本形
　言うとおり（如所説）
・「た」形＋「とおり」
　見たとおり（如所見）

＊如直接接名詞則會變為「どおり」。

・説明のとおり（如説明所示）
　→ 説明どおり（如説明所示）
・予想したとおり（如預想一樣）
　→ 予想どおり（如預想一樣）

STEP 2

❶ A ここのデザインはどうしますか。
　 B 今から私の言うとおりにお願いします。

❷ A 計画は予定どおりに進んでるの？
　 B うん、まあね。

❸ A このプロジェクトは中止なの？
　 B うん、さっき会議で説明したとおりだよ。

❹ A TOEICの結果、出た？
　 B うん、是我預想的結果。

❶ A 這裡要怎麼設計呢？
　 B 請現在開始照我說的去做。

❷ A 計畫有照預定進行嗎？
　 B 嗯，馬馬虎虎。

❸ A 這專案終止了嗎？
　 B 嗯，就如剛剛會議說明的那樣。

❹ A 多益考試結果出來了嗎？
　 B 嗯，予想したとおりの結果だったよ。

正直(しょうじき)に 老實地
マニュアル 說明書
デザイン 設計
計画(けいかく) 企劃
さっき 剛剛
説明(せつめい)する 說明
予想(よそう)する 預想

接續動詞的基本形 29

〜なら

若是〜

意為「若是〜」、「〜的話」，表示為了使某事成立而需要的條件，或是要以對方說的話為前提進行判斷、推測或給予資訊時會使用的句型。

 111.MP3　 111J.MP3

STEP 1

❶	若是要去市政府，搭地鐵比較方便。	市役所に行くなら地下鉄が便利だ。
❷	若是要買筆記型電腦，輕一點的比較好。	ノートパソコンを買うなら軽いのがいい。
❸	若是想環遊世界的話，首先要學英文會話。	世界一周するならまず英会話を習うべきだ。
❹	4位以上的話，每個人折價一千日圓。	4人以上なら一人あたり1000円割引きだ。
❺	網路銀行的話，五點以後也還可以使用。	ネットバンキングなら5時以降も利用できる。

STEP 2

❶ A 田中さんに悪いことしたな。
　 B 謝るなら早い方がいいよ。

❷ A 日本の温泉、どこがいいかな。
　 B 温泉なら箱根だね。

❸ A 私にそんな大きな仕事ができるかな。
　 B あなたなら大丈夫よ。

❹ A ちょっと暑いですね。
　 B 熱的話，我來開冷氣吧。

❶ A 很對不起田中先生。
　 B 若是要道歉，趕快去比較好。

❷ A 日本溫泉哪裡的比較好？
　 B 講到溫泉的話就是箱根。

❸ A 我做得來那種大事嗎？
　 B 你的話可以的。

❹ A 有點熱欸。
　 B 暑いなら、クーラーをつけますね。

TIPS

常見用法
- 名詞＋「なら」
  あなたなら（若是你的話）
- 「な」形容詞詞幹＋「なら」
  まじめなら（若是誠實的話）
- 「い」形容詞基本形＋「なら」
  暑いなら（若是熱的話）
- 動詞基本形＋「なら」
  行くなら（若是去的話）

日本的溫泉

日本是火山活動頻繁的國家，所以全國有數千個溫泉。有名的溫泉有箱根（はこね，富士山附近，可搭乘遊覽船與纜車欣賞風景，為日本溫泉排名第一順位），別府（べっぷ，因為會噴出炙熱的蒸氣，此地擁有許多以地獄為主題的溫泉），道後（どうご，為電影「神隱少女」的背景），熱海（あたみ，日本最大的溫泉觀光地）等，最近較有人氣的溫泉村位於「湯布院（ゆふいん）」。

軽(かる)い 輕
世界一周(せかいいっしゅう) 環遊世界
まず 首先
4人(よにん) 四位
一人(ひとり)あたり 每個人
割引(わりび)き 打折
以降(いこう) 以後
悪(わる)いことをする 做錯事
箱根(はこね) 箱根（地名）
クーラーをつける 開冷氣

〜ように

為了〜而

意為「為了〜而」，欲表示為了要得到某種結果、或達到某種狀態而做某件事時的句型。接續非意志動詞與可能性動詞。

 112.MP3 　 112J.MP3

STEP 1

❶ 為了取得好成績正在努力。
いい成績が出る**ように**がんばっている。

❷ 為了長高正每天喝牛奶。
背がのびる**ように**毎日牛乳を飲んでいる。

❸ 為了隨時可以做筆記而把筆帶著。
いつもメモできる**ように**ペンを持っている。

❹ 為了讓所有人都聽見所以大聲地説了話。
みんなによく聞こえる**ように**大きな声で話した。

❺ 為了健康所以吃魚與蔬菜。
健康のために魚や野菜を食べる**ように**している。

TIPS

「ように」的其他用法
若於名詞或動詞基本形之前加上「ように」，則意為「如同〜」、「就像〜」。

人形のようにかわいい。
（像人偶一樣可愛。）
雪のように白い肌。
（像雪一樣白的皮膚。）
何もなかったように行動する。
（像沒發生任何事一樣行動。）
結婚しているように見えない。
（看起來不像已結婚的人。）

前面句型 105、106也有出現「〜ようになった」、「〜ようにする」。

STEP 2

❶ A　今日も水泳なの？
　 B　うん、もっと速く泳げるように練習してるの。

❷ A　このポスターの文字、小さくないですか。
　 B　じゃ、遠くからも見えるようにもっと大きくしますね。

❸ A　この塾では英作文も教えてるんですか。
　 B　はい、英語で日記が書けるように指導していますよ。

❹ A　毎日図書館で勉強してるの？
　 B　うん、為了能一次通過所以正努力讀書中。

❶ A　今天也去游泳嗎？
　 B　嗯，為了能游得更快正在練習。

❷ A　這個海報上的字不會太小嗎？
　 B　那，就把字放大到從遠處都能看得見吧。

❸ A　這個補習班也有在教英文寫作嗎？
　 B　有，以能用英文寫日記為目標。

❹ A　每天都在圖書館念書嗎？
　 B　嗯，一回で試験にパスできるようにがんばってるの。

成績(せいせき) 成績
背(せ)がのびる 長高
ペン 筆
聞(き)こえる 聽見
声(こえ) 聲音
泳(およ)げる 會游泳
文字(もじ) 字、文字
遠(とお)く 遠處
塾(じゅく) 補習班
英作文(えいさくぶん) 英語寫作
教(おし)える 教導
日記(にっき) 日記
書(か)ける 可以寫
指導(しどう)する 指導
パスできる 可以通過

143

Unit 10

「動詞ます形」的句型

接續動詞「ます」形01

～ましょう

一起做～吧

意為「一起做～吧」、「做～吧」，是提出一起做某事的想法、或針對勸誘的回答時會使用的句型。

🎧 113.MP3　🎧 113J.MP3

STEP 1

❶	我們一定要守時。	時間は必ず守りましょう。
❷	我們百貨公司前見吧。	デパートの前で会いましょう。
❸	一起來檢討工廠的設計圖吧。	工場の設計図を検討しましょう。
❹	好好聽聽別人的説法吧。	人の話をちゃんと聞きましょう。
❺	這裡一起休息一下吧。	この辺で一休みしましょう。

➕ TIPS

「ランチ」的多樣用法
・ブランチ：早午餐
・ランチセット：午餐定食
・ランチメニュー：午餐菜單
・ランチミーティング：
　午餐會議
・ワンコインランチ：
　500日圓的午餐

STEP 2

❶ A　会議まであまり時間がありませんね。
　　B　それじゃ、タクシーで行きましょう。

❷ A　朝からおなかの調子がよくないんです。
　　B　じゃ、お昼はおかゆにしましょう。

❸ A　大事な話があるんですが。
　　B　それなら、ランチミーティングにしましょう。

❹ A　這裡一起拍個照吧。
　　B　ええ、いいですよ。

❶ A　離開會快沒時間了呢。
　　B　那麼就一起搭計程車去吧。

❷ A　早上開始肚子就不舒服。
　　B　那麼，中午就吃粥吧。

❸ A　有重要的事要說。
　　B　這樣的話我們來個午餐會議吧。

❹ A　ここで一緒に写真を撮りましょう。
　　B　嗯，好啊。

工場(こうじょう) 工廠
検討(けんとう)する 檢討
聞(き)く 聽
一休(ひとやす)み 休息一下
タクシー 計程車
おかゆ 粥
それなら 這樣的話
ランチミーティング 午餐會議
（邊吃午餐邊討論）

PATTERN
114

接續動詞「ます」形 02

〜ましょうか

要做〜嗎？

意為「要做〜嗎？」，向對方提出來做某事的想法，或是因應對方的需求而提出建議時會使用的句型。

 114.MP3   114J.MP3

STEP 1

① 今天晚上一起喝一杯嗎？　　**今晩一杯飲み**ましょうか。

② 要幫你拿行李嗎？　　**その荷物を持ち**ましょうか。

③ 要不要休息一下？　　**ちょっと一服し**ましょうか。

④ 也該開始回去了吧？　　**もうそろそろ帰り**ましょうか。

⑤ 那麼，要開始會議了嗎？　　**それじゃ、会議を始め**ましょうか。

TIPS

電源on/off相關表現
打開家電產品開關時，使用「つける」，關閉時使用「消（け）す」。

・電気をつける：開燈
　電気を消す：關燈
・クーラーをつける：打開冷氣
　クーラーを消す：關掉冷氣
・コンピューターをつける：打開電腦
　コンピューターを消す：關掉電腦
・パソコンを開（ひら）く：打開電腦
　パソコンを閉（と）じる：關掉電腦
　パソコンを立（た）ち上（あ）げる：打開電腦
　パソコンを切（き）る：關掉電腦

STEP 2

❶ A 何かおやつでも食べましょうか。
　 B ええ、そうしましょう。

❷ A あの店に入りましょうか。
　 B はい、いいですね。

❸ A 電気、消しましょうか。
　 B ええ、かまいませんよ。

❹ A クーラーをつけましょうか。
　 B はい、お願いします。

❶ A 要不要吃點零食？
　 B 嗯，好啊。

❷ A 要去那間店嗎？
　 B 嗯，好啊。

❸ A 要關燈嗎？
　 B 嗯，沒關係。

❹ A クーラーをつけましょうか。
　 B 麻煩你了。

今晩(こんばん) 今晚
そろそろ 差不多該
入(はい)る 進去
電気(でんき) 電燈
消(け)す 關掉
かまいません 沒關係

接續動詞「ます」形 03

〜ませんか

想不打算做〜？

意為「想不打算做〜？」，會在提出一起做某事的想法或勸誘時使用的句型。雖然句型內使用否定表現，但只是為了表示出比「〜ましょうか」更謙卑的態度。

🎧 115.MP3　🎧 115J.MP3

STEP 1

① 想不想一起喝個茶？　　**一緒にお茶でも飲み**ませんか。

② 想不想在我們公司工作？　　**うちの会社で働き**ませんか。

③ 甜點想不想吃優格？　　**デザートにヨーグルトを食べ**ませんか。

④ 想不想一起去海邊兜風？　　**海へドライブに行き**ませんか。

⑤ 想不想開設網路商店？　　**ネットショップを始め**ませんか。

> **TIPS**
>
> ませんか vs ましょうか
>
> 「〜ませんか」意為勸誘，「〜ましょうか」則為提案與申請的意思。因此，「行きませんか」有期待「要去」的回答的意思，而「行きましょうか」則比起期待要去或不去的回答，較偏向於交給對方判斷。

STEP 2

① A　一緒に映画でも見ませんか。
　 B　ええ、見ましょう。

② A　田中さん、ちょっと休みませんか。
　 B　はい、そうしましょう。

③ A　コンテストに参加しませんか。
　 B　いい考えですね。

④ A　晚餐想不想一起吃？
　 B　すみません、ちょっと先約があるので。

① A　想不想一起看個電影？
　 B　好，一起看吧。

② A　田中先生，想不想休息一下？
　 B　好，休息一下吧。

③ A　想不想參加比賽？
　 B　真是不錯的想法。

④ A　晚ご飯、一緒に食べませんか。
　 B　抱歉，已經有約了。

ヨーグルト 優格
ドライブ 開車（兜風）
ネットショップ 網路商店
コンテスト
参加(さんか)する 參加
先約(せんやく) 先約

147

接續動詞「ます」形 04

～ながら

同時做～

意為「同時做～」，表示同時進行兩個動作的句型。

🎧 116.MP3　🎧 116J.MP3

⊙ TIPS

ながら族(ぞく)
例如邊聽廣播或音樂邊讀書或是邊看電視邊吃飯等等，有同時做兩件事情的習慣的人被戲稱為「ながら族」。

STEP 1

❶ 邊看歌詞邊唱歌。　　**歌詞を見**ながら**歌った。**

❷ 邊在公園散步邊拍照。　　**公園を散歩し**ながら**写真を撮った。**

❸ 邊聽廣播邊煮飯。　　**ラジオを聞き**ながら**料理をしている。**

❹ 邊吃零食邊看雜誌。　　**お菓子を食べ**ながら**雑誌を読んでいる。**

❺ 邊喝咖啡邊確認行程。　　**コーヒーを飲み**ながら**日程をチェックした。**

STEP 2

❶ A　予習してるの？
　B　うん、単語を調べながら読んでるの。

❷ A　ねえ、ポップコーン買わない？
　B　何か食べながら映画見るのはあまり……。

❸ A　会議の内容、ちゃんとまとめた？
　B　はい、メモを取りながら聞いてましたから。

❹ A　邊唱歌邊跳舞應該很累吧。
　B　うん、息が切れるからね。

❶ A　你在預習嗎？
　B　嗯，邊查單字邊讀。

❷ A　欸，不買爆米花嗎？
　B　總覺得邊吃東西邊看電影有點…。

❸ A　會議內容整理好了嗎？
　B　是的，我有邊作筆記邊聽。

❹ A　踊りながら歌うの、大変だよね。
　B　嗯，因為會上氣不接下氣。

歌詞(かし) 歌詞
ラジオ 廣播
日程(にってい) 行程
予習(よしゅう) 預習
単語(たんご) 單字
ポップコーン 爆米花
内容(ないよう) 內容
まとめる 整理
メモを取(と)る 作筆記
息(いき)が切(き)れる 喘氣、上氣不接下氣

～たい

打算做～

意為「打算做～」，表示想要做某事的句型。「～たい」之前可置入「を」或「が」、「は」等。

117.MP3　117J.MP3

STEP 1

❶ 我想在銀行工作。　　　**私は銀行で働き**たい。

❷ 我想買最新型的電腦。　　　**最新型のパソコンを買い**たい。

❸ 我不想變成不負責任的上司。　　　**無責任な上司にはなり**たくない。

❹ 我想喝冰涼的啤酒。　　　**冷たいビールが飲み**たかった。

❺ 我想在假日去迪士尼樂園。　　　**休みにディズニーランドへ行き**たいです。

⊕ TIPS

「たい」活用

「たい」的各種變化
・現在形　　　たい（想做）
　　　　　　　たいです（想做）
・現在否定形　たくない（不想做）
　　　　　　　たくありません
　　　　　　　（不想做）
・過去式　　　たかった
　　　　　　　（以前想做）
　　　　　　　たかったです
　　　　　　　（以前想做）
・過去否定形　たくなかった
　　　　　　　（以前不想做）
　　　　　　　たくありませんで
　　　　　　　した
　　　　　　　（以前不想做）

STEP 2

❶ A　海外出張、ずいぶん長かったね。
　 B　だから、君に会いたかったよ。

❷ A　スリムになりたいなあ。
　 B　じゃ、一緒にジムに通わない？

❸ A　今日はずっと家にいるつもり？
　 B　うん、たまには家でゆっくり休みたいよ。

❹ A　何か食べたいものある？
　 B　うん、我想吃法式料理。

❶ A　海外出差了很久呢。
　 B　所以才想見你啊。

❷ A　我想要變苗條。
　 B　那要不要一起去健身房？

❸ A　今天要一直待在家裡嗎？
　 B　嗯，偶爾也想待在家好好休息。

❹ A　有想吃的東西嗎？
　 B　嗯，フランス料理が食べたいな。

最新型(さいしんがた) 最新型
無責任(むせきにん)だ 不負責任
上司(じょうし) 上司
ディズニーランド 迪士尼樂園
スリムになる 變苗條
ジム 體育館、健身房
通(かよ)う 來往
たまには 偶爾

接續動詞「ます」形 06

～たがる

打算做～

用以表示第三者想要做某事的句型。

🎧 118.MP3　🎧 118J.MP3

STEP 1

❶ 他想去羅馬。

彼はローマに行きたがっている。

❷ 妹妹想成為設計師。

妹はデザイナーになりたがっている。

❸ 孩子想吃甜食。

子供は甘いものを食べたがります。

❹ 他想喝酒。

彼はお酒を飲みたがっています。

❺ 那個女生想知道結果。

彼女は結果を知りたがっています。

❶ TIPS

「たがる」的用法

「たがる」為表示「現在正期望的事」，因此普通是以「たがっている」的形態使用。但是在表示像是「小孩喜歡甜食」這樣的一般見解時，通常使用「ます」變為「たがります」。

君

「君（くん）」通常為稱呼男性時使用的稱呼，但也可以用來指稱部下或是學弟妹。

STEP 2

❶ A このバッグ、ママのプレゼントにどう？
　B いいね、ママ前から買いたがってたよ。

❷ A 来週の出張に、山田君も連れて行きたいんだけど。
　B いいですね、山田君も行きたがってましたよ。

❸ A 若い女の子はなんでやせたがるの？
　B どうしてだろうね。

❹ A 娘さんは将来何になりたがっていますか。
　B 她想當藝人。

❶ A 把這個包包當作給媽媽的禮物如何？
　B 好啊，媽媽以前就一直很想買這個。

❷ A 下週出差也想帶山田一起去。
　B 好啊，山田也一直都很想去呢。

❸ A 年輕女生為何這麼想減肥？
　B 為什麼呢？

❹ A 您女兒未來想做什麼呢？
　B 芸能人になりたがっています。

ローマ 羅馬
デザイナー 設計師
バッグ 包包（Bag）
連(つ)れて行(い)く 帶著一起
芸能人(げいのうじん) 藝人

接續動詞「ます」形 07

〜すぎる

太過〜

意為「太過〜」、「過於〜」，表示某個行為或某事的程度太超過了的句型。

♪ 119.MP3　　♪ 119J.MP3

STEP 1

❶ 他是那種想太多的個性。

彼は考えすぎる性格です。

❷ 昨晚聯誼喝多了。

夕べのコンパで飲みすぎた。

❸ 過於激烈運動，腿因此受傷。

運動をやりすぎて足を痛めた。

❹ 工作太多會使身心疲倦。

働きすぎると、体も心も疲れます。

❺ 好久沒去吃自助餐，吃了太多。

久しぶりのバイキングで食べすぎた。

> 🔵 TIPS
>
> 〜すぎ
> 以「〜すぎ」結束的名詞形也很常見。
>
> 　飲(の)みすぎ（喝太多）
> 　食(た)べすぎ（吃太多）
> 　30(さんじゅう)すぎ（超過30）
> 　寒(さむ)すぎ（太冷）
> 　暑(あつ)すぎ（太熱）
>
> 常見用法
> ・「な」形容詞詞幹＋「すぎる」
> 　地味(じみ)すぎる（太樸素）
> ・「な」形容詞詞幹＋「すぎる」
> 　狭(せま)すぎる（太窄）
> ・動詞「ます」形＋「すぎる」
> 　飲みすぎる（喝太多）

STEP 2

❶ A あれ見て！鈴木君、太りすぎだよね。
　 B 相撲部だからいいの。

❷ A 新しい部屋はどう？
　 B 二人で住むには狭すぎるの。

❸ A ステーキの肉が固いね。
　 B ごめん、焼きすぎたの。

❹ A 我講了太過分的話，抱歉。
　 B 気にしてないよ。

❶ A 你看！鈴木先生也變胖太多了吧？
　 B 他是相撲社所以沒關係的。

❷ A 新房子如何？
　 B 兩個人住有點擠。

❸ A 牛排的肉好硬喔。
　 B 抱歉，烤太久了。

❹ A 僕が言いすぎたよ。ごめん。
　 B 別放在心上。

考(かんが)える 思考
コンパ 聯誼
足(あし) 腳
痛(いた)める 受傷、傷害
心(こころ) 心
疲(つか)れる 疲倦、勞累
太(ふと)る 變胖
相撲部(すもうぶ) 相撲社團
〜には 若打算做〜
狭(せま)い 狹窄
ステーキ 牛排
固(かた)い 硬
焼(や)く 烤
気(き)にする 在意

151

接續動詞「ます」形 08

〜に行く

為了做〜去

意為「為了做〜去」，用以表示移動的目的的句型。

🎧 120.MP3　🎧 120J.MP3

STEP 1

❶ 去醫院檢查。　　　病院に診察を受けに行った。

❷ 去看網球社比賽。　　テニス部の試合を見に行った。

❸ 今晚不去喝一杯嗎？　今晚一杯飲みに行きませんか。

❹ 去朋友家玩了。　　　友だちの家へ遊びに行きました。

❺ 要去機場接買主。　　空港へバイヤーを迎えに行きます。

🔵 TIPS

〜に行く vs 〜に来る

類似「〜に行く」，也有「〜に来る（為了做〜來〜）」這樣的句型。

　遊(あそ)びに行く（去玩）
　遊びに来る（來玩）
　見(み)に行く（去看）
　見に来る（來看）

除了動詞外，也可接續名詞化的動詞：

　買い物に行く（去買東西）
　キャンプに行く（去露營）
　散歩に行く（去散步）

STEP 2

❶ A お昼食べに行く？
　B うん、今日はパスタどう？

❷ A これから映画でも見に行く？
　B うん、いいよ。

❸ A 週末は何するの？
　B 友だちとキャンプに行くの。

❹ A 鈴木さん、どこ行ったの？
　B 去藥局買藥了。

❶ A 要一起去吃午餐嗎？
　B 嗯，今天吃義大利麵如何？

❷ A 現在要不要去看個電影？
　B 嗯，好啊。

❸ A 週末做什麼？
　B 要和朋友去露營。

❹ A 鈴木先生去哪了？
　B 薬局に薬買いに行ったよ。

診察(しんさつ) 檢查
受(う)ける 接受
迎(むか)える 迎接
迎(むか)えに行(い)く 去迎接
キャンプ 露營
薬(くすり) 藥

接續動詞「ます」形09

〜そうだ

好像會〜

意為「好像〜」、「好像會〜」，表示自己的推測的句型。

 121.MP3　 121J.MP3

STEP 1

❶ 今天好像會下雨。　　**今日は雨が降り**そうだ。

❷ 頭痛得好像要死了。　　**頭が痛くて死に**そうだ。

❸ 好像會花很長時間。　　**だいぶ時間がかかり**そうだ。

❹ 腳踏車差點撞上車子。　　**自転車が車にぶつかり**そうだった。

❺ 每天都忙得好像頭都要暈了。　　**毎日毎日忙しくて目が回り**そうです。

⊕ TIPS

常見用法

・「な」形容詞詞幹＋「そうだ」
真面目そうだ（好像很誠實）
・「い」形容詞詞幹＋「そうだ」
辛そうだ（好像會辣）
・動詞「ます」形＋「そうだ」
降りそうだ（好像會下雨）
* 前面不會接名詞。

特殊變化

・ない → なさそうだ（好像沒有）
この歌は人気がなさそうだ。
（這首歌好像不受歡迎）
・いい → よさそうだ
（好像很好）
明日は天気がよさそうだ。
（明天天氣好像會很好）
・名詞 → 〜そうな＋名詞（〜好像〜）
おいしそうなお弁当ですね。
（看起來好像很好吃的便當）
・動詞 → 〜そうに＋動詞（〜地做〜）
お弁当をおいしそうに食べている。（便當吃得很香）

STEP 2

❶ A　予算案はまだなの？
　B　もう少しでできそうです。

❷ A　さっき、階段から落ちそうになったの。
　B　危なかったね。

❸ A　このキムチチャーハン、辛そう〜！
　B　本当、すごく辛そう〜！

❹ A　這本書好像很有趣。
　B　うん、ベストセラーなんだよ。

❶ A　預算案還沒完成嗎？
　B　應該再一下就可以完成了。

❷ A　不久前差點從樓梯上摔下來。
　B　真危險欸。

❸ A　這泡菜炒飯好像很辣〜！
　B　真的，好像很辣〜！

❹ A　この本、面白そうだね。
　B　嗯，是暢銷書。

だいぶ 相當地
目(め)が回(まわ)る 頭暈，用以形容非常忙碌。
予算案(よさんあん) 預算案
できる 完成
階段(かいだん) 樓梯
キムチチャーハン 泡菜炒飯

～そうにない

不像會～

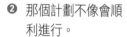

意為「不像會～」、「不像是會～」，表示自己的推測的句型。為「～そうだ」的否定形，也可用做「～そうもない」。

🎧 122.MP3　　🎧 122J.MP3

STEP 1

❶ 雨一直不像是會停。　　**雨はなかなか止みそうにない。**

❷ 那個計劃不像會順利進行。　　**その計画はうまくいきそうにない。**

❸ 印表機太老舊，不像能印刷。　　**プリンターが古すぎて印刷できそうにない。**

❹ 因為失戀的衝擊，今天的工作感覺做不太下去。　　**失恋のショックで今日は仕事ができそうもない。**

❺ 雖然開始了結婚活動，但好像還是結不了婚。　　**婚活を始めましたが、結婚できそうにありません。**

TIPS

「～そうだ」的否定形

「～そうだ」之前為動詞時的否定形為「～そうにない」，但「～そうだ」之前為形容詞時的否定形會變成為「～そうじゃない」、「～そうじゃありません」。

・真面目そうだ（好像會很誠實）
→ 真面目そうじゃない
（好像不會很誠實）
真面目そうじゃありません
（好像不會很誠實）
・辛そうだ（好像會很辣）
→ 辛そうじゃない
（好像不會很辣）
辛そうじゃありません
（好像不會很辣）

STEP 2

❶ A　今日も雪降るかな？
　B　今日は降りそうにないよ。

❷ A　台風でそっちへ行けそうもないよ。
　B　そっか、飛行機も飛ばないしな。

❸ A　あの、水曜日までに原稿が書けそうにないんですけど。
　B　じゃ、締め切りを少し延ばしましょう。

❹ A　この渋滞、いつまで続くのかな。
　B　好像無法遵守約定時間了。

❶ A　今天也會下雪嗎？
　B　今天好像不會下。

❷ A　因為颱風，因此好像去不了那邊。
　B　是啊，飛機也無法起飛嘛。

❸ A　那個，原稿週三前似乎寫不出來的樣子。
　B　那麼，截稿日就延一下吧。

❹ A　塞車要塞到何時啊？
　B　約束の時間に間に合いそうにないね。

印刷(いんさつ)する 印刷
ショック 衝擊、打擊
婚活(こんかつ) 結婚活動
台風(たいふう) 颱風
そっち 那邊
行(い)ける 可以去
飛(と)ぶ 飛、浮
原稿(げんこう) 原稿
延(の)ばす 延期
続(つづ)く 繼續

PATTERN
123

接續動詞「ます」形 11

〜やすい

很容易做〜

意為「很容易做〜」、「做〜很方便」，表示很容易變成這樣、或是這樣做很容易的句型。

🎧 123.MP3　🎧 123J.MP3

STEP 1

❶ 這藥很容易吞下。　　**この薬は飲み**やすい。

❷ 小型車方便停車。　　**小型車は駐車し**やすい。

❸ 老師的説明很容易懂。　　**先生の説明はわかり**やすい。

❹ 這作家的小説很容易閲讀。　　**この作家の小説は読み**やすかった。

❺ 這背包很好用。　　**このリュックは使い**やすいです。

🔵 **TIPS**

プリン（布丁）

英國傳統甜點布丁，在日本也被叫做「プディング」，主要是指蛋奶布丁。在雞蛋上加入牛奶與砂糖一起蒸熟，是很受女性與小孩歡迎的甜點。日劇「我的老大，我的英雄（2006）」中，還有描述大量學生們爭奪布丁的一幕。

STEP 2

❶ A このプリン、すごく食べやすいね。
　 B うん、そうだね。

❷ A あら、ペン買ったの？
　 B うん、これね、すごく書きやすいの。

❸ A 中村さんと友だちになりたいなあ。
　 B 彼女ね、すごく話しやすい人なんだよ。

❹ A 急に寒くなったね。
　 B 很容易感冒，要小心。

❶ A 這布丁吃起來很方便。
　 B 嗯，真的。

❷ A 喔，筆買了？
　 B 嗯，這個啊，寫起來好輕鬆。

❸ A 我想和中村小姐當朋友。
　 B 她啊，是位說話起來很平易近人的人喔。

❹ A 突然變冷了呢。
　 B 風邪を引きやすいから、気をつけて。

薬(くすり)を飲(の)む 吃藥
小型車(こがたしゃ) 小型車
駐車(ちゅうしゃ)する 停車
作家(さっか) 作家
リュック 背包（「リュックサック」的縮語）
プリン 布丁

接續動詞「ます」形 12

〜にくい

很難做〜

意為「很難做〜」、「做〜很困難」，表示很難變成這樣、或做某事不容易的句型。

🎧 124.MP3　🎧 124J.MP3

STEP 1

❶	這塊肉太硬，不好切。	この肉は固くて切りにくい。
❷	這地圖很難懂。	この地図はわかりにくい。
❸	沒有拉鍊的靴子不好穿。	ファスナーのないブーツははきにくい。
❹	這太陽眼鏡不好用。	このサングラスは使いにくいです。
❺	大漢堡吃起來很不方便。	ビッグバーガーは食べにくかった。

⊕ TIPS

服裝相關表現

・ファスナーを上げる：拉拉鍊
・ネクタイをしめる：打領帶
・ぼうしをかぶる：戴帽子
・ストッキングをはく：穿絲襪
・めがねをかける：戴眼鏡
・ネックレスをする：戴項鍊

STEP 2

❶ A 単語テストの勉強、した？
　 B したけど、覚えにくい漢字が多かったよ。

❷ A あ〜あ、鈴木さんとは付き合いにくいな。
　 B うん、ちょっと変わってるからね。

❸ A 東京の生活はどうですか。
　 B 物価が高くて暮らしにくいです。

❹ A 今日も雨だね。
　 B いや〜ね。下雨天很難開車。

❶ A 單字考試準備好了嗎？
　 B 有在做了，但是有太多很難背的漢字。

❷ A 啊，和鈴木先生相處好困難啊。
　 B 嗯，因為他有點特別。

❸ A 東京生活如何？
　 B 物價昂貴，生活困難。

❹ A 今天也下雨了呢。
　 B 真討厭，雨的日は運転しにくいよ。

切(き)る 切
地図(ちず) 地圖
ファスナー 拉鍊
ブーツ 靴子
サングラス 太陽眼鏡
ビッグバーガー 大漢堡
付(つ)き合(あ)う 交往、一起相處
変(か)わっている 特別、突出
生活(せいかつ) 生活
物価(ぶっか) 物價
暮(く)らす 生活、過日子
運転(うんてん)する 開車

～始める

開始做～

「始（はじ）める～」意為「開始做～」，表示某個動作或變化開始的句型。

🎧 125.MP3　　🎧 125J.MP3

STEP 1

❶ 視力開始變差。　　**目が悪くなり**始めた。

❷ 最近開始掉髮了。　　**最近、髪の毛が抜け**始めた。

❸ 開始在意鈴木先生了。　　**鈴木さんのことが気になり**始めた。

❹ 開始流行明亮的髮色。　　**明るいヘアーカラーが流行し**始めた。

❺ 開始做看護的打工了。　　**バイトで介護の仕事をやり**始めました。

⊕ TIPS

介護（かいご）

「介護」為「介添え看護（かいぞえかんこ）」的縮語，意指「在需要幫忙的人旁邊協助」。但是日文中「看護（かんご）」與「介護」是不一樣的意思的兩個單字。「看護」是協助獨自行動有困難的患者進行日常生活；「介護」則指當患者完全無法日常生活行動時，由其他人代替他執行。

STEP 2

❶ A　その本、面白い？
　 B　まだわかんないよ。今読み始めたから。

❷ A　雨が降り始めたね。
　 B　どうしよう、かさがないよ。

❸ A　暗くなってみんな帰り始めましたね。
　 B　そろそろ私たちも……。

❹ A　バレー、いつから始めるの？
　 B　下週開始學。

❶ A　那本書有趣嗎？
　 B　還不知道，現在才要開始讀。

❷ A　開始下雨了呢。
　 B　怎麼辦？沒有雨傘。

❸ A　天色變黑，大家全都開始回家了。
　 B　我們也差不多該…。

❹ A　芭蕾舞，什麼時候開始？
　 B　来週から習い始めるよ。

髪（かみ）の毛（け）頭髮
抜（ぬ）ける 掉落
気（き）になる 在意
ヘアーカラー 髮色、頭髮顏色
流行（りゅうこう）する 流行
介護（かいご）看護
どうしよう 怎麼辦？
バレー 芭蕾舞

接續動詞「ます」形 14

～終わる

做完～

「～終（お）わる」意為「做完～」、「已完成～」，表示某動作或是事件已經結束的句型。

 126.MP3　 126J.MP3

STEP 1

❶ 酒已經都喝完了。 　　酒はもう飲み終わった。

❷ 報告已經寫完了。 　　レポートはもう書き終わった。

❸ 花了10年把債都還完了。 　　10年かかってローンを返済し終わった。

❹ 哈利波特系列小説都讀完了。 　　「ハリーポッター」シリーズを読み終わった。

❺ 剛好現在晚餐都吃完了。 　　ちょうど今夕ご飯を食べ終わりました。

TIPS

お開き

活動或聚會、會議等結束時，不使用「終わる」，而會講「お開き（ひら）き」。因為「終わる」聽起來不太吉祥，因此才會用其他句子代替。

・到此結束。
これで終わります。(X)
これでお開きにします。(O)

STEP 2

❶ A 原稿、やっと書き終わったよ。
　 B 時間内にできてよかったね。

❷ A さっきお願いしたファイル、できた？
　 B はい、今作り終わりました。

❸ A 課長、これ、やり終わりましたよ。
　 B そう？じゃ、すまないけど、これもお願いね。

❹ A 風邪薬、ある？
　 B ないよ。上週把藥都吃完了。

❶ A 原稿好不容易都寫完了。
　 B 在時限內寫完真是太好了。

❷ A 不久前麻煩你的檔案都好了嗎？
　 B 嗯，剛剛都完成了。

❸ A 課長，這個已處理完畢了。
　 B 是喔？那麼不好意思，這個也要麻煩你。

❹ A 你有感冒藥嗎？
　 B 沒有，先週の薬はもう飲み終わったよ。

ローン 借貸

返済(へんさい)する 返還、償還

ハリーポッター 哈利波特

シリーズ 系列

夕(ゆう)ご飯(はん) 晚餐

時間内(じかんない) 時限內

すまない 抱歉

接續動詞「ます」形 15

～続ける

持續做～

「～続（つづ）ける」意為「繼續做～」、「持續～」，表示某動作或是狀態持續的句型。

♪ 127.MP3　♪ 127J.MP3

STEP 1

❶ 手機一直響。　　ケータイが鳴り続ける。

❷ 車輛每年都在增加。　　自動車は毎年増え続けている。

❸ 俱樂部活動持續了三年。　　3年間クラブ活動をし続けている。

❹ 未來也會繼續支持虎隊。　　これからもタイガースを応援し続けます。

❺ 在鎮裡走了約兩小時。　　2時間も町の中を歩き続けました。

TIPS

日本的棒球

説到「タイガース」，美國有底特律老虎隊（1894年～），韓國有KIA老虎隊（1982年～），日本也有「阪神タイガース（阪神虎隊）」（1935年～）。阪神虎在12個球隊中，為歷史第二悠久的球隊，僅次於「読売（よみうり）ジャイアンツ（讀賣巨人隊）」（1934年～）之後。巨人隊的主場是東京的「東京ドーム（東京巨蛋）」，阪神隊的主場是在兵庫縣的西宮市的甲子園球場。

甲子園為各地區通過預賽的高中舉行決賽的地方。是所有棒球社的學生都會想來一睹風采的球場。

STEP 2

❶ A 迷子になった犬、見つかった？
　 B ううん、まだ探し続けているよ。

❷ A 李選手、メジャーリーグで大活躍してるね。
　 B うん、努力し続けてるからね。

❸ A 長い間、走り続けるためのコツは何ですか。
　 B 一定のスピードで走ることですよ。

❹ A 成績、すごく上がったね。
　 B うん、因為有每天持續念書四小時以上。

❶ A 找到走失的狗了嗎？
　 B 不，還在找。

❷ A 李選手持續在大聯盟大活躍著呢。
　 B 嗯，因為他持續的努力。

❸ A 長時間持續跑步的要領是什麼呢？
　 B 要以一定的速度跑喔。

❹ A 成績進步了很多呢。
　 B 嗯，每日4時間以上勉強し続けたんだ。

鳴(な)る 響、發出聲音
自動車(じどうしゃ) 車子
毎年(まいとし) 每年
増(ふ)える 增加、增長
クラブ 俱樂部
タイガース 阪神虎隊
応援(おうえん)する 支持
町(まち)の中(なか) 鎮上
迷子(まいご) 走失的兒童
見(み)つかる 找到、發現
メジャーリーグ 大聯盟
大活躍(だいかつやく) 大活躍
努力(どりょく)する 努力
コツ 要領
一定(いってい) 固定
スピード 速度

接續動詞「ます」形16

〜出す

開始做〜

「〜出（だ）す」意為「（突然）開始做〜」，表示開始某個動作的句型。比起「〜始（はじ）める」，有突然開始或是注意到一開始的時間點的意味。

128.MP3　128J.MP3

STEP 1

❶ 突然淚就流出來了。　　**突然涙があふれ出した。**

❷ 出發鈴聲開始響了。　　**発車のベルが鳴り出した。**

❸ 田中先生總算開始工作了。　　**田中さんはようやく仕事し出した。**

❹ 公車上的嬰兒開始哭泣。　　**バスの中で赤ちゃんが泣き出した。**

❺ 開始朝著夢想踏出第一步。　　**夢に向かって第一歩を歩き出しました。**

⊕ TIPS

どんどん vs だんだん
兩個單字意思相似，但「どんどん」比「だんだん」變化的幅度更大。
・だんだん増える（漸漸增加）
　どんどん増える（快速地增加）
・だんだん大きくなる
　（漸漸變大）
　どんどん大きくなる
　（快速地變大）

STEP 2

❶ A 佐藤さん、どうしたのかな。
　 B そうね、なんで急に走り出したのかな。
❷ A 30になると友だちが次々と結婚し出すね。
　 B そうね、でも私は独身でいるからね。
❸ A 上司の悪口は話し出すと止まらないね。
　 B そうそう、どんどん盛り上がるね。
❹ A 昨日のゴルフはどうだった？
　 B 因為開始下雨，所以下午休場。

❶ A 佐藤先生怎麼了啊？
　 B 對啊，為什麼開始跑啊？
❷ A 30歲了，朋友也都陸續結婚了呢。
　 B 是啊，但是我還是會繼續單身。
❸ A 一開始講上司壞話，就會停不下來。
　 B 是啊是啊，越講越熱鬧。
❹ A 昨天高爾夫打得如何？
　 B 雨が降り出して、午後からはクローズになったよ。

突然(とつぜん) 突然
あふれる 滿出來
発車(はっしゃ) 出發、發車
ベル 鈴
ようやく 總算、終於
向(む)かう 朝向
第一歩(だいいっぽ) 第一步
次々(つぎつぎ)と 一個接著一個
独身(どくしん) 單身
悪口(わるくち) 壞話
止(と)まる 停止
どんどん 漸漸
盛(も)り上(あ)がる 氣氛達到高潮、熱鬧
クローズ 關閉、休場

PATTERN
129

接續動詞「ます」形 17

～直す

重做～

「～直（なお）す」意為「重做～」的意思，表示為了變得更好而再次做某個動作的句型。

 129.MP3　 129J.MP3

STEP 1

❶ 再次打開電腦電源。　　パソコンの電源を入れ直した。

❷ 遺失了卡片，所以再做一張新的。　　カードをなくして作り直した。

❸ 自我介紹重寫了很多遍。　　自己紹介書を何度も書き直した。

❹ 想重新開始學習英文。　　英語の勉強を一からやり直したい。

❺ 重新思考了自己過人生的方式。　　自分の生き方について考え直しました。

TIPS

日本的履歷表

於日本進入公司時，需要填寫「履歴書 [りれきしょ]（履歴書）」或是「エントリーシート（入社申請書）」。履歷表上除了基本的個人資訊外，還該有學歷、經歷、拿手科目、研究題目與成果。學業之外，還要寫上相關成就、興趣、特殊技能、證照、資格證、自我PR與申請動機等等。

STEP 2

❶ A 何してるの？
　 B コートのボタンが取れて、つけ直してるの。

❷ A ただ今、田中は外出中です。
　 B じゃ、またかけ直します。

❸ A 来週の発表の準備はうまくいってるの？
　 B 今教材を読み直してるよ。

❹ A 結果報告書はチェックしましたか。
　 B はい、為了避免疏失重新確認了很多次。

❶ A 在幹嘛？
　 B 外套鈕扣掉了，所以正在重新裝上。

❷ A 現在田中先生正外出中。
　 B 好，那我等會再打一次電話。

❸ A 下週的發表準備順利嗎？
　 B 現在正在重讀閱讀教材。

❹ A 結果報告確認過了嗎？
　 B 是的，ミスがないように何度も見直しました。

カード 卡片
なくす 遺失、失去
自己紹介書(じこしょうかいしょ) 自我介紹
何度(なんど)も 好幾次
一(いち)から 從頭開始
生(い)き方(かた) 生活方式
ボタンが取(と)れる 扣子掉了
ボタンをつける 扣鈕子
ただ今(いま) 現在
外出中(がいしゅつちゅう) 外出中
かける 打（電話等）
報告書(ほうこくしょ) 報告書

接續動詞「ます」形 18

〜きれない

無法做完〜

意為「無法做完〜」、「無法完成〜」，表示某個動作無法完成的句型。

 130.MP3　 130J.MP3

STEP 1

❶ 我等不及合格發表了。 　合格発表が待ちきれない。

❷ 這披薩無法一個人吃完。 　このピザは一人で食べきれない。

❸ 內容太多無法當下讀完。 　内容が多すぎてすぐには読みきれない。

❹ 票無法全部賣完。 　チケットは売りきれなかった。

❺ 有太多密碼，無法全部記下。 　パスワードがたくさんあって、覚えきれません。

➕ TIPS

〜きれない

「〜きれない」為「〜きる（做完〜）」的否定形。

・食べきる（全部吃完）→ 食べきれない

・読みきる（全部讀完）→ 読みきれない

・売りきる（全賣掉）→ 売りきれない

・走りきる（跑到最後）→ 走りきれない

在日常會話中，「〜きれない」更為常見。

STEP 2

❶ A　ディズニーランドは一日で回りきれないよね。
　 B　一日じゃ、無理に決まってるよ。

❷ A　一度に使いきれない野菜はどうする？
　 B　ラップに包んで冷蔵庫に保存するよ。

❸ A　顔にシミがたくさんできたの。
　 B　メイクで隠しきれないほどなの？

❹ A　ねえ、ＣＤ何枚くらい持ってる？
　 B　多到無法數。

❶ A　迪士尼樂園一天內玩不完吧。
　 B　一天內當然不可能啊。

❷ A　用不完的蔬菜要怎麼處理？
　 B　用保鮮膜包起來放到冰箱裡。

❸ A　臉上長好多斑點。
　 B　有到用化妝也無法全部遮住的程度嗎？

❹ A　欸，你有幾張CD啊？
　 B　数えきれないほどあるよ。

すぐには 短時間內、當下
売(う)る 販賣
一日(いちにち) 一天
回(まわ)る 逛
ラップ 保鮮膜
包(つつ)む 包覆
顔(かお) 臉
シミ 斑點
隠(かく)す 遮、隱藏
数(かぞ)える 計算

接續動詞「ます」形 19

〜方

做〜的方法

「〜方（かた）」意為「做〜的方法」，表示為了做某事的方法或手段等的句型。

🎵 131.MP3　🎵 131J.MP3

TIPS

親子丼

「親子丼（おやこどん）」是將調味過的雞肉與洋蔥、香菇、雞蛋煮熟後，置於白飯上的一種蓋飯。因為雞肉與雞蛋間為親子關係，所以將「親子（おやこ）」與「丼（どん）」結合，再縮短成為「親子丼」。若是將雞肉換成牛肉或是豬肉，跟雞蛋就不再是為親子關係，所以會改稱為「他人丼（たにんどん）」。

STEP 1

❶ 親子丼的做法很簡單。　親子丼の作り方は簡単だ。

❷ 我想學彈吉他。　ギターの弾き方を習いたい。

❸ 閱讀日本漢字很困難。　日本の漢字の読み方は難しい。

❹ 不知道如何使用熨斗。　このアイロンの使い方がわからない。

❺ 與金先生的思考方式完全不同。　金さんとはものの考え方が全く違う。

STEP 2

❶ A　この地図の見方がわかりません。
　 B　こっちの方が北ですよ。

❷ A　林さんは面白い話し方をするね。
　 B　うん、話も上手だよね。

❸ A　アキさ、彼に出会って生き方が変わったね。
　 B　うん、自分の人生がもっと好きになったよ。

❹ A　告訴我如何吃韓式拌飯！
　 B　野菜とご飯をよくかき混ぜて食べるのよ。

❶ A　我不知道如何看這張地圖。
　 B　這邊是北邊。

❷ A　林先生說話方式很有趣呢。
　 B　嗯，也很會說話。

❸ A　亞紀，你遇到那個人之後生活方式變不一樣了呢。
　 B　嗯，我更喜歡我的人生了。

❹ A　ビビンバの食べ方、教えて！
　 B　把蔬菜與白飯攪拌在一起吃就好了。

親子丼(おやこどん) 親子丼
ギター 吉他
弾(ひ)く 彈奏
アイロン 熨斗
全(まった)く 完全
違(ちが)う 不同
見方(みかた) 看法
北(きた) 北邊
出会(であ)う 遇見
人生(じんせい) 人生
ビビンバ 韓式拌飯
かき混(ま)ぜる 攪拌

〜なさい

去做〜

意為「去做〜」、「叫你做〜」的命令句型。雖是在命令但語氣較柔和，通常使用對象為小孩或熟人。

 132.MP3　 132J.MP3

STEP 1

❶ 把手洗乾淨。 　　**手をきれいに洗い**なさい。

❷ 把自己的房間自己清乾淨。 　　**自分の部屋は自分で片付け**なさい。

❸ 一定要注意超速。 　　**スピード違反には十分注意し**なさい。

❹ 已經是成人了，請以常識判斷。 　　**大人なんだから常識で判断し**なさい。

❺ 內容很重要，所以要聽到結束。 　　**大事な話だから最後まで聞き**なさい。

TIPS

〜なさい

雖於「〜なさい」前面接上動詞「ます」形為柔性命令句，但也可以將「さい」省略，成為「〜な」，但這講法會給人比較豪放的感覺。

・行きなさい → 行きな（去）
・見なさい → 見な（看）
・しなさい → しな（做）
・来なさい → 来な（來）

STEP 2

❶ A 先生の言うことはよく聞きなさいね。
　 B うん、わかってるよ。

❷ A マコト！早く起きなさい。もう8時よ。
　 B えっ！やばい、遅刻だ。

❸ A ほら、もうちょっと運転に集中しなさいよ。
　 B 何言ってるんだ。ちゃんとやってるよ。

❹ A うそはだめだよ。給我老實說。
　 B 信じてよ。うそじゃないよ。

❶ A 要好好聽老師的話。
　 B 嗯，知道啦。

❷ A 小誠，快起床！已經八點了。
　 B 啊！糟糕，遲到了。

❸ A 喂！開車時專心一點。
　 B 什麼話啊，明明就開得很好啊。

❹ A 不可以說謊喔，正直に言いなさい。
　 B 相信我，這不是謊話。

手(て) 手
きれいに 乾淨地
洗(あら)う 洗
片付(かたづ)ける 清理
注意(ちゅうい)する 注意
大人(おとな) 大人、成人
常識(じょうしき) 常識
判断(はんだん)する 判斷
やばい 糟糕
ほら 喂！欸！（用以吸引注意的詞）
集中(しゅうちゅう)する 集中
信(しん)じる 相信

Unit 11

「動詞て形」的句型

接續動詞「て」形 01

～て

幫我～

意為「幫我～」，向別人拜託事情時使用的句型。只要將之視為是從「～て
ください」去掉「ください」的句子即可。

133.MP3　133J.MP3

STEP 1

❶ 送我到車站。　　　　駅まで送って。

❷ 那個給我看一下。　　それ、ちょっと見せて。

❸ 向我報告今天的行　　今日の日程を報告して。
　 程。

❹ 要一直站在我這邊　　いつも私の味方になってね。
　 喔。

❺ 太刺眼了，幫我把　　まぶしいから、カーテン閉め
　 窗簾拉上。　　　　　て。

～てくれ
向別人拜託事情時使用的句型，
是比較男性化的表現方式。

　ちょっと待ってくれ。
　（等我一下）
　カーテンしめてくれ。
　（幫我拉一下窗簾）
　手伝ってくれ。（幫我一下）

STEP 2

❶ A そこの塩、とって。
　 B はい。
❷ A もう時間よ。早く起きて！
　 B もう、わかったから。
❸ A ちょっと聞いてよ。好きな人ができたの。
　 B えっ、本当？
❹ A ねえ、過來幫我一下。
　 B 今通話中だから、ちょっと待って。

❶ A 那邊鹽巴幫我拿一下。
　 B 是。
❷ A 時間到了！趕快起床！
　 B 唉唷，知道啦。
❸ A 聽我說一下，我有喜歡的人
　　 了。
　 B 咦，真的嗎？
❹ A 欸，ちょっと来て手伝って。
　 B 我現在在講電話，等我一下。

駅(えき) 車站
見(み)せる 給看
報告(ほうこく) 報告
味方(みかた) 我軍、我方
まぶしい 刺眼
カーテン 窗簾
閉(し)める 關上、拉上
塩(しお) 鹽巴
とる 抓、夾
手伝(てつだ)う 幫忙
通話中(つうわちゅう) 通話中

接續動詞「て」形 02

～てください

請幫我～

「幫我～」的敬語版本，向別人拜託事情時使用的句型。

🎧 134.MP3　　🎧 134J.MP3

STEP 1

❶ 請等我一下。

ちょっと待ってください。

～をください vs ～てください

前面為名詞時會使用「～をください」（請參考PATTERN 74 請給我～），若前面為動詞時則會使用「～てください」。

❷ 請在這裡寫你的聯絡方式。

ここに連絡先を書いてください。

❸ 請幫我確認參加人數。

参加人数をチェックしてください。

❹ 請加油並注意身體健康。

体に気をつけてがんばってください。

❺ 請幫我將報價單傳真過來。

見積書をファックスで送ってください。

STEP 2

❶ A　今日、合コンがあるんだけど。
　 B　あっ、私も入れてください。

❷ A　市役所はどこですか。
　 B　あの角を左に曲がってください。

❸ A　楽しいクリスマスを送ってくださいね。
　 B　あなたもメリークリスマス！

❹ A　あの、請停在那個信號燈前。
　 B　はい。

❶ A　今天有聯誼呢。
　 B　啊，請也讓我加入。

❷ A　市政府在哪呢？
　 B　請在那個角落左轉。

❸ A　祝你聖誕節快樂。
　 B　也祝你聖誕節快樂！

❹ A　不好意思，あの信号の前で止めてください。
　 B　是。

連絡先(れんらくさき) 聯絡方式
人数(にんずう) 人數
見積書(みつもりしょ) 報價單
ファックス 傳真
送(おく)る 寄送
角(かど) 角落
メリークリスマス 聖誕節快樂
信号(しんごう) 信號
止(と)める 停止

接續動詞「て」形 03

～てみる

試試看～

意為「試試看～」，表示試圖做某件事的句型。

 135.MP3　 135J.MP3

STEP 1

❶ 試著換個立場來思考看看。

立場を変えて考えてみた。

❷ 各吃一口試試看味道。

一口ずつ味見をしてみた。

❸ 聽聽看消費者的意見。

消費者の意見を聞いてみた。

❹ 試試看尺寸是否有符合。

サイズが合うかどうか着てみた。

❺ 試做了草莓醬。

いちごジャムを作ってみました。

TIPS

日本的拉麵

雖然提到拉麵常會聯想到泡麵，但是在日本大部分都有生拉麵店。

・味噌(みそ)ラーメン（味噌拉麵）
以日本味噌為基底製作的拉麵，發祥自札幌。

・醤油(しょうゆ)ラーメン（醬油拉麵）
以醬油為基底製作的拉麵，發祥自東京。

・塩(しお)ラーメン（鹽味拉麵）
以鹽巴為基底製作的清淡拉麵，可以享用食材原本的味道與顏色。

・とんこつラーメン（豚骨拉麵）
豚骨湯拉麵。九州的博多拉麵、長崎拉麵皆是屬於這類。將配料的「チャーシュー（叉燒、烤豬肉）」、半熟雞蛋、綠豆芽等放在拉麵之上來食用。

STEP 2

❶ A 日本のお寺に行ってみる？
　B うん、ぜひ行ってみたい。

❷ A よく海外旅行に行くね。
　B うん、いろんな国の文化に接してみたいからね。

❸ A この計画はどうですか。
　B うん、やってみる価値はあると思うよ。

❹ A とんこつラーメン、おいしかったな。
　B 我也想要吃吃看。

❶ A 你想去日本的寺廟看看嘛？
　B 嗯，我非常想去。

❷ A 你很常去海外旅行呢。
　B 嗯，因為我想接觸看看不同國家的文化。

❸ A 這計劃如何呢？
　B 嗯，我認為值得試著做做看。

❹ A 豚骨拉麵很好吃耶！
　B 僕も一度食べてみたいよ。

立場(たちば) 立場
～ずつ 每～、各～
味見(あじみ)をする 試吃
消費者(しょうひしゃ) 消費者
ジャム 果醬
お寺(てら) 寺廟
ぜひ 一定
国(くに) 國家
文化(ぶんか) 文化
接(せっ)する 接觸
価値(かち) 價值

接續動詞「て」形 04

〜てしまう

做完〜

意為「做完〜」，對某個已完成的動作表示後悔或是困惑的句型。

 136.MP3   136J.MP3

STEP 1

❶ 會議很快就結束了。　　**ミーティングはすぐ終わってしまった。**

❷ 這個月的生活費都用完了。　　**今月分の生活費を全部使ってしまった。**

❸ 冰箱裡的牛奶都喝完了。　　**冷蔵庫の中の牛乳を全部飲んでしまった。**

❹ 勉強買了一台車。　　**無理して車を買ってしまいました。**

❺ 今天上班又遲到了。　　**今日も会社に遅れてしまいました。**

TIPS

會話中常使用的略語
・〜てしまう → 〜ちゃう
・〜でしまう → 〜じゃう
・〜てしまった → 〜ちゃった
・〜でしまった → 〜じゃった

STEP 2

❶ A　プレゼンの準備、まだできてないの？
　 B　うん、夕べうっかり眠っちゃってね。

❷ A　どうしよう。会議の資料、家に忘れて来ちゃった。
　 B　えっ？じゃ、今すぐ取りに行って来てよ。

❸ A　連休はどうでしたか。
　 B　それが、風邪で寝込んじゃいました。

❹ A　打破了部長的馬克杯。
　 B　またやっちゃったの？

❶ A　簡報準備還沒做嘛？
　 B　嗯，昨天晚上忘記就直接睡了。

❷ A　怎麼辦？會議資料放在家裡就來了。
　 B　什麼？那就現在馬上去拿過來。

❸ A　連假過得如何？
　 B　這個嘛，因為感冒所以一直躺在床上。

❹ A　部長のマグカップを割っちゃったんだ。
　 B　又打破了？

ミーティング Meeting、會議
今月分(こんげつぶん) 這個月的份
生活費(せいかつひ) 生活費
うっかり 忘記
取(と)りに行(い)く 去拿
連休(れんきゅう) 連假
寝込(ねこ)む 生病臥床
マグカップ 馬克杯
割(わ)る 打破

接續動詞「て」形 05

～てもいい

做～也可以

意為「做～也可以」，表示讓步或是許可的句型。亦可省略「も」變為～
「～ていい」。

🎧 137.MP3　🎧 137J.MP3

STEP 1

❶ 在這裡可以照相。　　ここで**写真**を**撮って**もいい。

❷ 什麼都可以自由地　　何でも**自由**に**食べて**いいよ。
　取來吃。

❸ 這本雜誌也可以看。　　この**雑誌**、**見て**もいいですよ。

❹ 可以打開禮物嗎？　　プレゼント、**開けて**もいいです
　　　　　　　　　　　か。

❺ 很冷，可以關窗戶　　寒いから窓を**閉めて**もいいです
　嗎？　　　　　　　　か。

> **💡 TIPS**
>
> 常見用法
> 動詞之外亦有下列用法
> ・名詞＋「でもいい」
> 　独身でもいい（單身也可以）
> ・「な」形容詞詞幹＋「でもい
> 　い」
> 　不便でもいい
> 　（不方便也沒關係）
> ・「い」形容詞詞幹＋「くてもい
> 　い」
> 　高くてもいい（貴也沒關係）
> ・動詞「て」形＋「もいい」
> 　食べてもいい（吃也沒關係）

STEP 2

❶ A ねえ、この充電器、借りてもいい？
　B うん、いいよ。

❷ A あの、一つ質問していいですか。
　B はい、いいですよ。

❸ A あの、ここに座ってもいいですか。
　B はい、どうぞ。

❹ A 今天就到這，可以回家囉。
　B はい、それじゃ、また明日。

❶ A 欸，可以借一下這個充電器嗎？
　B 嗯，好啊。

❷ A 不好意思，可以問你一個問題
　　嗎？
　B 嗯，好啊。

❸ A 不好意思，請問這裡可以坐
　　嗎？
　B 是，請。

❹ A 今日はもう帰ってもいいよ。
　B 好，那麼明天見囉。

自由(じゆう)に 自由地
プレゼントを開(あ)ける
打開禮物
充電器(じゅうでんき) 充電器
一(ひと)つ 一個、一
質問(しつもん)する 問問題
座(すわ)る 坐

PATTERN 138

～てはいけない

不可以做～

意為「不可以做～」，表示禁止的句型。

 138.MP3　 138J.MP3

STEP 1

❶ 這裡不可以停車。　　ここに車を止めてはいけない。

❷ 不可以在陰暗的地　　暗い所で本を読んではいけな
　 方讀書。　　　　　 い。

❸ 不可以用外表判斷　　見かけで人を判断してはいけな
　 人。　　　　　　　 い。

❹ 不可以在圖書館裡　　図書館の中で大声で話してはい
　 大聲説話。　　　　 けません。

❺ 發生交通事故時，　　交通事故が起きた時、あわてて
　 不可以慌張。　　　 はいけません。

TIPS

會話中常用的略語

日常會話中「～てはいけない」
可以發音為「～ちゃいけな
い」。

判断しちゃいけない
（不可以這樣判斷）
あわてちゃいけない
（不可以慌張）

STEP 2

❶ A 犬にチョコレートやってもいいの？
　 B だめだめ、やってはいけないよ。

❷ A 風邪が治るまで、お風呂に入っちゃいけないよ。
　 B うん、わかった。

❸ A このことを外部の人に言っちゃいけませんよ。
　 B それは十分わかってます。

❹ A 妊娠中に刺身を食べてもいいですか。
　 B いいえ、不可以吃。

❶ A 可以給狗吃巧克力嗎？　　❸ A 這件事不可以跟外人説。
　 B 不行不行，不可以給它。　　 B 我當然知道啊。

❷ A 感冒好之前不可以洗澡。　　❹ A 懷孕時可以吃生魚片嗎？
　 B 嗯，知道了。　　　　　　　 B 不行，食べてはいけません。

車(くるま)を止(と)める 停車
見(み)かけ 外表
大声(おおごえ) 大聲
交通事故(こうつうじこ) 交通事故
あわてる 慌張
チョコレート 巧克力
やる 給予
治(なお)る 康復
外部(がいぶ) 外部
妊娠中(にんしんちゅう) 懷孕中
刺身(さしみ) 生魚片

〜てはこまる

做〜很令人困擾

意為「做〜很令人困擾」，表示因為某事感到為難、困擾的句型。中文沒有這種講法，翻譯時常常會譯成「〜的話會很困擾的」這樣的句子。

 139.MP3　 139J.MP3

STEP 1

❶ 持續虧損的話會很困擾的。　このまま赤字が続いてはこまる。

❷ 就這樣相信傳聞我會很困擾的。　うわさをそのまま信じてはこまる。

❸ 在公寓裡養寵物很為難人的。　アパートでペットを飼ってはこまる。

❹ 在禁菸座位中抽菸是很困擾的。　禁煙席でタバコを吸ってはこまります。

❺ 電話聲於表演進行時響起是很令人困擾的。　公演中に電話のベルが鳴ってはこまります。

STEP 2

❶ A 仕事中に私用の長電話をしてはこまるよ。
　 B あ、はい、どうもすみませんでした。

❷ A こら、他社のデザインを真似してはこまるよ。
　 B すみません。ちょっとだけ参考にするつもりでしたが……。

❸ A 大事な会議であんな失敗をしてはこまるよ。
　 B すみません。緊張してしまって……。

❹ A 因為這種小事就生氣是很令人困擾的。
　 B すみませんでした。ついカッとなってしまいました。

❶ A 工作中進行長久的私人通話是很令人困擾的。
　 B 啊，是，抱歉。

❷ A 喂，模仿其他公司的設計是很困擾的。
　 B 抱歉，想說可以當參考看看…。

❸ A 在重要的會議當中出現這種失敗是很令人困擾的。
　 B 抱歉，因為太緊張了…。

❹ A そんな小さいことに腹を立ててはこまるよ。
　 B 抱歉，我不會再這樣勃然發怒了。

> **TIPS**
>
> 會話中常用的略語
> 日常會話中「〜てはこまる」可以發音為「〜ちゃこまる」。
>
> 続いちゃこまる
> （繼續下去是很令人為難的）
> 信じちゃこまる
> （相信的話是很令人困擾的）
> 飼っちゃこまる
> （飼養的話是很令人困擾的）
>
> 常見用法
> ・名詞＋「ではこまる」
> 赤字ではこまる
> （赤字的話是很令人困擾的）
> ・「な」形容詞詞幹＋「ではこまる」
> 不便ではこまる
> （不方便的話是很令人困擾的）
> ・「い」形容詞詞幹＋「くてはこまる」
> 高くてはこまる
> （貴的話是很令人困擾的）
> ・動詞「て」形＋「はこまる」
> 吸ってはこまる
> （抽菸的話是很令人困擾的）

このまま 維持這個狀況
赤字(あかじ) 虧損、赤字
そのまま 就那樣
アパート 公寓　飼(か)う 飼養
禁煙席(きんえんせき) 禁菸座位
公演中(こうえんちゅう) 表演中
私用(しよう) 私人的
長電話(ながでんわ)をする 通話很久
他社(たしゃ) 其他公司
真似(まね)をする 模仿
失敗(しっぱい) 失敗
緊張(きんちょう)する 緊張
腹(はら)を立(た)てる 生氣

〜てはだめ

不可以做〜

意為「不可以做〜」，表示禁止的句型。「だめ」為「な」形容詞，因此可變化為「だめ（不行）」、「だめだ（不行）」、「だめです（不行）」。

 140.MP3　 140J.MP3

STEP 1

❶ 不可以造成別人麻煩喔。

人に迷惑をかけてはだめよ。

❷ 不可以在廣場成為走失兒童喔。

広場で迷子になってはだめよ。

❸ 不可以觸摸電水壺喔。

電気ポットに触ってはだめよ。

❹ 不可以在這裡丟垃圾。

ここにゴミを捨ててはだめです。

❺ 不可以把行李放在那裏。

あそこに荷物を置いてはだめです。

⊕ TIPS

會話中常用的略語

日常會話中「〜ではだめ」可以發音為「〜ちゃだめ」。

迷子になっちゃだめよ
（不可成為走失兒童）
触っちゃだめよ
（不可觸摸）
捨てちゃだめです
（不可丟棄）
置いちゃだめです
（不可放置）

STEP 2

❶ A そんな話、気にしちゃだめだよ。
　 B わかってるよ。

❷ A 周りの人に平気でうそをついちゃだめよ。
　 B 当たり前だよ。

❸ A こんなにちらかしちゃだめでしょう？
　 B これから片付けるところだったの。

❹ A 不可以忘記今天的事喔。
　 B うん、絶対に忘れないよ。

❶ A 不要太在意那種話喔。
　 B 我知道。

❷ A 不可以對周邊的人這麼坦然地說謊喔。
　 B 當然囉。

❸ A 不可以這樣弄亂吧？
　 B 現在正好要開始清理啦。

❹ A 今日のこと、忘れちゃだめだよ。
　 B 嗯，絕對不會忘記的。

迷惑(めいわく)をかける 造成麻煩
広場(ひろば) 廣場
電気(でんき)ポット 電水瓶、電水壺
触(さわ)る 觸摸
ゴミ 垃圾
捨(す)てる 丟棄
周(まわ)り 周邊
平気(へいき)で 坦然的
ちらかす 弄亂

〜てもかまわない

〜也沒問題

意為「〜也沒問題」，表示讓步或許可的句型。敬語為「〜てもかまいません」。

🎧 141.MP3　🎧 141J.MP3

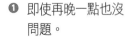

STEP 1

❶ 即使再晚一點也沒問題。

少しぐらい遅れてもかまわないよ。

❷ 已經結束了，所以回家也沒問題。

もう終わったから帰ってもかまわないよ。

❸ 因為這是練習賽，所以即使輸也沒問題。

練習試合だから、負けてもかまわないよ。

❹ 一下子的話在這邊停車也沒問題。

ちょっとならここに駐車してもかまいません。

❺ 不蓋章，改用簽名也沒問題。

ハンコの代わりにサインをしてもかまいません。

◆ TIPS

人氣甜點

蛋糕、糖果、甜食、巧克力等點心統稱為「スイーツ」。尤其，「ショートケーキ（已切塊的蛋糕）」中，「いちごケーキ（草莓蛋糕）」、「ティラミス（提拉米蘇）」、「チーズケーキ（起士蛋糕）」、「モンブラン（蒙布朗蛋糕）」等都很受歡迎。

STEP 2

❶ A このチーズケーキ、おいしそう！
　 B それ、全部食べてもかまわないよ。

❷ A ねえ、チャンネル変えてもいい？
　 B うん、変えてもかまわないよ。

❸ A 明日の日程、少し変更してもかまいませんか。
　 B ええ、かまいません。

❹ A この新聞紙、もう捨ててもいいですか。
　 B はい、丟掉也沒問題。

❶ A 這起士蛋糕看起來真好吃！
　 B 那個啊，你全吃掉也沒問題喔。

❷ A 欸，可以轉台嗎？
　 B 嗯，轉台也沒問題。

❸ A 稍微改變明天行程沒問題嗎？
　 B 是，沒問題。

❹ A 這份報紙丟掉也沒問題嗎？
　 B 是，捨ててもかまいません。

練習試合(れんしゅうじあい) 練習賽
負(ま)ける 輸
ハンコ 印章
代(か)わりに 替代
チーズケーキ 起士蛋糕
チャンネル 頻道
変更(へんこう)する 變更
新聞紙(しんぶんし) 報紙

PATTERN
142

接続動詞「て」形 10

～てほしい

希望能～

意為「希望能～」，表示期待對方幫忙某件事情的句型。敬語為「～てほし
いです」。

🎧 142.MP3　🎧 142J.MP3

STEP 1

❶ 希望能到公司來迎　　　**会社まで迎えに来てほしい。**
接。

❷ 希望老師可以幫我　　　**先生に推薦状を書いてほしい。**
寫推薦函。

❸ 希望可以剪成現在　　　**今流行りのヘアースタイルにし**
流行的髮型。　　　　　**てほしい。**

❹ 希望可以幫我向班　　　**クラスのみんなによろしく伝え**
上同學問好。　　　　　**てほしい。**

❺ 希望能把那張沙發　　　**あのソファーを隣の部屋に移し**
移到隔壁房間。　　　　**てほしいです。**

🔵 **TIPS**

～がほしい vs ～てほしい
「～がほしい」（PATTERN
81）意為「想擁有～」、「需要
～」，「～てほしい」意為希望
對方為自己做某事。

STEP 2

❶ A テスト、早く終わってほしいな。
　B 明日もがんばってね！

❷ A 僕の話を聞いてほしいんだけど。
　B うん、話聞くよ。

❸ A あの、エンジンオイルを点検してほしいんですけど。
　B はい、わかりました。

❹ A 田中さん、希望你可以幫我一下。
　B はい、何ですか。

❶ A 希望考試快點結束。　　❸ A 不好意思，希望能幫我檢查機油。
　B 明天也要加油喔！　　　　B 是，我知道了。

❷ A 希望你可以聽一下我的話。❹ A 田中先生，ちょっと手伝ってほし
　B 嗯，我聽你說。　　　　　　いんですが。
　　　　　　　　　　　　　　B 是，是什麼呢？

迎(むか)えに来(く)る 來迎接
推薦状(すいせんじょう) 推薦函
よろしく伝(つた)える 問安
移(うつ)す 搬移
エンジンオイル 機油
点検(てんけん)する 檢查

175

PATTERN 143

〜ておく

已先做好〜

意為「已先做好〜」，表示為了某事而已預先準備的句型。

 143.MP3　 143J.MP3

STEP 1

❶ 已經預約好票了。

チケットの予約はもうしておいた。

❷ 已經將孩子的成長用錄影錄下來了。

子供の成長をビデオで撮っておいた。

❸ 已經將需要的資料印出來了。

必要な情報はプリントアウトしておいた。

❹ 已經將手機切換成靜音模式。

ケータイをマナーモードに切り替えておいた。

❺ 已經用Excel將產品列表製作出來了。

エクセルで製品リストを作っておきました。

◎ TIPS

「〜ておく」活用

・敬語　　　〜ておきます
　　　　　　（會幫你做好〜）
・過去式　　〜ておいた
　　　　　　（已經做好〜）
　　　　　　〜ておきました
　　　　　　（已經做好〜）

會話中常用的略語

「〜ておく」在日常會話中，常會簡短發音成「〜とく」。

・しておく → しとく
・しておいた → しといた
・切り替えておく →
　　切り替えとく
・撮っておく → 撮っとく

垃圾分類相關表現

「ゴミ収集日」意為垃圾清潔日，「ゴミを出す」，意為「把垃圾放到指定場所」，「ゴミを捨てる」意為「把垃圾丟掉」，

STEP 2

❶ A 後でこのゴミ、出しといて！
　 B うん、わかった。

❷ A 何か食べるもの、ない？
　 B おにぎり作っといたから、食べて。

❸ A これ、10部ずつコピーしといて！
　 B はい、わかりました。

❹ A ここにあった牛乳は？
　 B 已經放在冰箱裡了。

❶ A 等一下把垃圾清出去！
　 B 嗯，知道了。

❷ A 沒有吃的嗎？
　 B 我已經做好飯糰了，吃吧。

❸ A 這個，預先幫我印10份！
　 B 是，我知道了。

❹ A 剛剛在這裡的牛奶呢？
　 B 冷蔵庫の中に入れといたよ。

成長(せいちょう) 成長
ビデオ 影片
情報(じょうほう) 資訊
マナーモード 靜音模式、振動
切(き)り替(か)える 切換
エクセル Excel
製品(せいひん) 產品
リスト 列表
ゴミを出(だ)す 把垃圾清出去
おにぎり 飯糰

接續動詞「て」形 12

～てから

做完～後

意為「做完～後」，表示複數的動作依照時間順序發生的句型。

🎧 144.MP3　🎧 144J.MP3

STEP 1

❶ 看完報紙後去公司。 | **新聞を読ん**でから**会社に行った。**

❷ 喝完咖啡後開始工作。 | **コーヒーを飲ん**でから**仕事を始めた。**

❸ 儲存完資料後關掉電源。 | **データを保存して**から**電源を切った。**

❹ 沐浴後就去游泳池了。 | **シャワーを浴びて**からプールに**入った。**

❺ 去銀行領錢後就前往客戶那裡了。 | **銀行でお金を下ろして**から**取引先へ向かった。**

🔵 TIPS

銀行相關表現

- 提款
  お金(かね)を下(お)ろす
  お金(かね)を引(ひ)き出(だ)す
- 存款
  お金(かね)を預(あず)ける
  貯金(ちょきん)する
- 匯款
  口座(こうざ)に振(ふ)り込(こ)む
- 繳費
  料金(りょうきん)を払(はら)い込(こ)む
- 自動匯款
  自動引(じどうひ)き落(お)とし

STEP 2

❶ A 書類は送ったの？
　 B ううん、コピーをとってから送るつもりよ。

❷ A 私は毎晩ストレッチをしてから寝てます。
　 B だからスリムなんですね。

❸ A 血圧を測ってから、何をするんですか。
　 B レントゲンを撮りますよ。

❹ A 工作結束後要去卡拉OK嗎？
　 B いいですね。行きましょう。

❶ A 資料寄了嗎？
　 B 還沒，打算影印完後再寄。

❷ A 我每天晚上坐完伸展運動後才睡覺。
　 B 所以才會這麼苗條啊。

❸ A 量完血壓後要做什麼？
　 B 要照X光。

❹ A 仕事が終わってから、カラオケに行きませんか。
　 B 好啊，走吧。

電源(でんげん)を切(き)る 關電源
シャワーを浴(あ)びる 沐浴
プール 泳池、游泳池
お金(かね)を下(お)ろす 領錢、提款
コピーをとる 影印
毎晩(まいばん) 每晚
ストレッチ 伸展運動
血圧(けつあつ) 血壓
レントゲンを撮(と)る 照X光

PATTERN
145

接續動詞「て」形 13

〜ている

正在〜、維持〜狀態

意為「正在〜」，表示現在進行式的句型。亦可用來表現某事物正維持著某種狀態。

🎧 145.MP3　🎧 145J.MP3

STEP 1

❶ 正在看電視連續劇。　テレビドラマを見ている。

❷ 正在吃漢堡。　ハンバーガーを食べている。

❸ 正在搭地鐵去公司。　地下鉄で会社に行っています。

❹ 窗戶是開著的。　窓が開いている。

❺ 我跟爸爸長得像。　私は父に似ています。

STEP 2

❶ A ケータイ鳴ってるよ。
　 B あ、ほんとだ。

❷ A 道路、すごく込んでるね。
　 B うん、ここはいつもこうなの。

❸ A 木村君、取引先とアポ取ったよね。
　 B あ、すみません、すっかり忘れてました。

❹ A 你在幹嘛？
　 B 契約書のチェックだよ。

❶ A 手機正響著喔。
　 B 啊，真的耶。

❷ A 路很塞耶。
　 B 嗯，這裡常這樣。

❸ A 木村先生，已經和客戶約好面談了吧？
　 B 啊，抱歉，全忘記了。

❹ A 何してるの？
　 B 正在檢查契約書。

ハンバーガー 漢堡
窓(まど) 窗戶
似(に)る 長得像
ほんとだ 真的
道路(どうろ) 道路
込(こ)む 擁擠
いつも 常常、經常、不管何時
アポ 面談（「アポイントメント」的縮語）
アポを取(と)る 約好面談
すっかり 完全地
契約書(けいやくしょ) 契約書

接續動詞「て」形 14

～てある

維持～狀態

意為「維持～狀態」，表示某人意圖的動作之結果其持續的狀態句型。

 146.MP3　 146J.MP3

STEP 1

❶ 窗戶打開著。 　　　　**窗が開けてある。**

❷ 餐桌上擺著好吃的 　　　**食卓の上にごちそうが並べてあ**
食物。　　　　　　　　**る。**

❸ 菜單貼在牆上。 　　　　**メニュー表は壁に貼ってある。**

❹ 桌子上放著備忘錄。 　　**テーブルの上にメモが置いてあ**
　　　　　　　　　　　　った。

❺ 手冊裡面寫著滿滿 　　　**手帳にはスケジュールがぎっし**
的行程。　　　　　　　**り書いてあります。**

TIPS

～ている vs ～てある

「～ている」接續他動詞時，表示正在進行某事，接續自動詞時，則用來表示狀態。而「～てある」只能用他動詞來接續，意為表示某事物的狀態。

＜進行中＞
・車を止める（停止，他動詞）＋
ている
⇒車を止めている（正在停車）

＜狀態＞
・車が止まる（停止，自動詞）＋
ている
⇒車が止まっている（車停著）

＜狀態＞
・車を止める（停止，他動詞）＋
てある
⇒車が止めてある
（車子是停著的）

STEP 2

❶ A　消費者の好みを年齢別に分類しましたか。
B　はい、分類してあります。

❷ A　電卓はどこにあるの？
B　引き出しの中にしまってあるよ。

❸ A　車の鍵はどこにあるの？
B　ポケットの中に入れてあるよ。

❹ A　旅館訂好了嗎？
B　いいえ、まだです。

❶ A　消費者的取向有以年齡別分類
好嗎？
B　是的，分類好了。

❸ A　車鑰匙在哪裡？
B　放在口袋裡

❷ A　電子計算機在哪？
B　收在抽屜裡。

❹ A　ホテルの予約はしてあります
か。
B　不，還沒。

食卓(しょくたく) 餐桌
ごちそう 好吃的食物、珍饈美饌
並(なら)べる 排列
メニュー表(ひょう) 菜單、食譜
貼(は)る 貼
テーブル 桌子
手帳(てちょう) 手冊
スケジュール 形成
ぎっしり 緊湊的
好(この)み 取向、嗜好
年齢別(ねんれいべつ) 年齡別
分類(ぶんるい)する 分類
電卓(でんたく) 電子計算機
しまう 置入、保管
ポケット 口袋

～ているところ

正在做～當中

意為「正在做～當中」，表示現在正在做某動作的句型。

 147.MP3　 147J.MP3

STEP 1

❶ 現在正在收拾旅行的行李。

今旅行の荷作りをしているところだ。

❷ 正因為公司的人際關係苦惱。

会社の人間関係で悩んでいるところだ。

❸ 現在正在教育新進員工。

今新入社員の教育をしているところだ。

❹ 現在正在影印會議資料。

今会議の資料をコピーしているところだ。

❺ 現在正在醫院接受治療。

今病院で治療を受けているところです。

TIPS

「ところ」的多種意思

雖然「ところ」有強調場所的意思，但也可表現狀況、氛圍、場面與時間。

静かなところ（安靜的地方）
危ないところだった。
（危險的狀況）
ちょうどいいところに
（時機正好）

STEP 2

❶ A 今何してるの？
B 食事の準備をしているところよ。

❷ A 九州工場の電話番号、調べた？
B えっと、まだ調べているところです。

❸ A 今忙しいですか。
B はい、今月の売り上げをまとめているところです。

❹ A プリンターは直りましたか。
B 現在正在修理當中。

❶ A 你現在在幹嘛？
B 正在準備吃飯。

❷ A 你查到九州工廠的電話了嗎？
B 呃，我還正在查。

❸ A 現在忙嗎？
B 嗯，正在整理本月的銷售額。

❹ A 影印機修好了嗎？
B 今修理に出しているところです。

荷作(にづく)り 打包行李
人間関係(にんげんかんけい)
人際關係
悩(なや)む 苦惱
新入社員(しんにゅうしゃいん)
新進員工
教育(きょういく) 教育
治療(ちりょう)を受(う)ける
接受治療
電話番号(でんわばんごう)
電話號碼
修理(しゅうり)に出(だ)す 修理

PATTERN
148

接續動詞「て」形 16

～てくる

去做～

意為「去做～」，「～てくる」表示話者正要去做某動作，過去式「～てきた」則是用來表示「過去漸漸進行到現在」的「狀態變化」的句型。

🎧 148.MP3 　🎧 148J.MP3

STEP 1

❶ 我去洗一下手。 ちょっと手を洗ってくるね。

❷ 土産買回來了。 旅行のおみやげを買ってきた。

❸ 最近體重越來越重。 この頃体重が増えてきた。

❹ 漸漸了解同事的個性。 同僚の性格がだんだんわかってきた。

❺ 好不容易熟悉新的工作。 新しい仕事にようやく慣れてきました。

◉ TIPS

～てきた
「～てくる」在表示狀態的變化時，可以與「この頃（最近）」、「最近（最近）」、「だんだん（漸漸）」、「少しずつ（慢慢地）」、「ようやく（終於）」等副詞使用過去式。

STEP 2

❶ A　今学期の成績はどうだった？
　 B　うん、少しずつよくなってきてるよ。

❷ A　胸がむかむかしてきた！
　 B　えっ？もしかして、バス酔い？

❸ A　最近遠くのものがよく見えないんだ。
　 B　だんだん視力が落ちてきてるのね。

❹ A　最近肚子都出來了。
　 B　いや〜ね！私もよ。

❶ A　這學期的成績如何？
　 B　嗯，一點一點地變好當中。

❷ A　有點想吐。
　 B　什麼？該不會坐公車暈車吧？

❸ A　最近看不太到遠方的事物。
　 B　視力慢慢變差了啊。

❹ A　這頃おなかが出てきたの。
　 B　真〜討厭！我也是。

体重(たいじゅう) 體重
だんだん 漸漸
慣(な)れる 熟悉
今学期(こんがっき) 這學期
少(すこ)しずつ 漸漸地
むかむかする 噁心、想吐
もしかして 該不會
バス酔(よ)い 坐公車暈車
視力(しりょく) 視力
落(お)ちる 下降、變差
おなかが出(で)る 肚子突出

～ていく

～走了

意為「～走了」、「慢慢地～」，表示距離或時間從近漸漸地到遠的句型。
也有表示持續的做某個動作，或是狀態漸漸地變化的意思。

🎧 149.MP3　🎧 149J.MP3

STEP 1

❶ 帶孩子去遊樂園了。　遊園地に子供を連れていった。

❷ 再拖拖拉拉的話，就把你留下囉。　ぐずぐずしていると、置いていくよ。

❸ 每年物價慢慢在上升。　毎年物価は徐々に上がっていく。

❹ 上了年紀後，思考方式也會改變。　年を取ると考え方も変わっていく。

❺ 所有人都慢慢變成大人。　みんなだんだん大人になっていった。

💡 TIPS

～ていった

「～ていく」在表示狀態的變化時，可以改成過去型之後與「この頃（最近）」、「最近（最近）」、「だんだん（漸漸）」、「少しずつ（慢慢地）」、「ようやく（終於）」等副詞一起使用。於陳述一般的事實時，現在與過去的事實可使用過去式。

生活會話常見的略語

日本人平時會話使用這個句型時常會省略掉「い」，舉例來說「生きていくの」會變成「生きてくの」、「よくなっていく」變成「よくなってく」、「減っていく」變成「減ってく」。

STEP 2

❶ A おなかすいたから何か食べていく？
　 B うん、軽くね。

❷ A 明子、結婚しないつもりなの？
　 B うん、私一生一人で生きてくの。

❸ A 今年の秋頃から景気がよくなってくそうよ。
　 B じゃ、給料も上がるかも。

❹ A 感到朋友正漸漸變少。
　 B そうそう、社会人になるとそうなるの。

❶ A 肚子好餓，要不要去吃點東西？
　 B 嗯，吃一點就好。

❷ A 明子你不結婚嗎？
　 B 嗯，我一輩子都要單身活下去。

❸ A 聽說今年秋天開始景氣會漸漸變好。
　 B 那麼，薪水可能也會上調。

❹ A どんどん友だちが減っていく感じがする。
　 B 真的真的，出社會的話就會變這樣。

連（つ）れる 帶去
ぐずぐずする 拖拖拉拉
徐々（じょじょ）に 慢慢地
考（かんが）え方（かた）思考方式
軽（かる）く 輕輕地
一生（いっしょう）平生、一生
生（い）きる 活著
秋頃（あきごろ）秋天時
景気（けいき）がいい 景氣好
給料（きゅうりょう）が上（あ）がる
薪水上漲
感（かん）じ 感覺

PATTERN
150

接續動詞「て」形 18

～てよかった

慶幸做了～

意為「慶幸做了～」、「還好有做～」，表示對於某動作的結果感到滿足的句型。

 150.MP3　 150J.MP3

STEP 1

❶ 很慶幸可以認識你。 あなたに会えてよかった。

❷ 還好早期就發現癌症。 ガンを早期発見できてよかった。

❸ 慶幸自己出生在這世上。 この世に生まれてきてよかった。

❹ 果然這派對真是來對了。 やっぱりパーティーに来てよかった。

❺ 還好有讀過很多書。 本をたくさん読んでおいてよかったです。

> **🔹 TIPS**
>
> ～てよかった
>
> 「よかった」為「いい」的過去式，意思為「太好了」、「幸好」。在其前面接上「て」型的話會變成「幸好有做～」的意思。
>
> あの映画、すごくよかった。
> （那電影很棒呢。）
> よかったね。財布が見つかって。
> （錢包找到，真是太好了。）
> 無事でよかったね。
> （還好沒事）

STEP 2

❶ A 雨が降ってるね。
　 B やっぱりかさ持ってきてよかった。

❷ A 正門の前で事故が起きたそうよ。
　 B 私も聞いた。けが人がいなくてよかったね。

❸ A 入社できてよかったね。
　 B うん、ありがとう。

❹ A リモコンの電池が切れたみたい。
　 B 還好以前有買來放著。

❶ A 有下雨呢。
　 B 還好我有帶雨傘。

❷ A 聽說正門前方出了意外。
　 B 我也聽說了，還好沒有人受傷。

❸ A 恭喜你可以進到公司。
　 B 嗯，謝謝。

❹ A 遙控器電池好像沒電了。
　 B この前、買っておいてよかったね。

ガン 癌症
早期(そうき) 早期
発見(はっけん)する 發現
この世(よ) 這世上
正門(せいもん) 正門
けが人(にん) 受傷的人
入社(にゅうしゃ)する 進入公司
リモコン 遙控器
電池(でんち)が切(き)れる
電池沒電
この前(まえ) 以前

接續動詞「て」形19

〜てばかりいる

只會做〜

意為「只會做〜」，表示只會反覆持續某件事的句型。也可以寫做「〜てばかり」。

🎧 151.MP3　🎧 151J.MP3

STEP 1

❶ 弟弟每天只會玩。　　**弟は毎日遊んでばかりいる。**

❷ 只會睡覺的話對健康不好。　　**寝てばかりいると健康によくない。**

❸ 討厭只會生氣的上司。　　**怒ってばかりいる上司はいやです。**

❹ 失戀後，那女孩一直哭。　　**失恋後、彼女は泣いてばかりいた。**

❺ 分店店長每天只會喝酒。　　**支店長は毎日お酒を飲んでばかりいます。**

➕ **TIPS**

戀愛相關表現
・一目(ひとめ)ぼれ：一見鍾情
・胸(むね)がどきどきする：小鹿亂撞
・告白(こくはく)する：告白
・付(つ)き合(あ)う：交往
・けんかする：吵架、打架
・仲直(なかなお)りする：和解

STEP 2

❶ A 何をそんなに悩んでるの？
　 B 仕事でミスしてばかりで、やる気がないの。

❷ A どうしてうちの犬は寝てばかりいるのかな？
　 B もともと犬はよく寝る動物なのよ。

❸ A どうしたの？バイト休んでばかりだね。
　 B うん、卒業試験があってね。

❹ A これ様一直吃的話會變胖喔。
　 B 大丈夫！明日からダイエットするから。

❶ A 為什麼這樣苦惱？
　 B 一直在工作中出錯，幹勁都沒了。

❷ A 為什麼我們家的狗只會睡覺？
　 B 本來狗就是很會睡覺的動物。

❸ A 怎麼了？為什麼打工一直休息？
　 B 嗯，因為有畢業考。

❹ A そんなに食べてばかりいると太っちゃうよ。
　 B 沒關係！明天開始減肥。

怒(おこ)る 生氣
支店長(してんちょう) 分店店長
やる気(き)がない 沒幹勁
もともと 本來、原本
動物(どうぶつ) 動物
卒業試験(そつぎょうしけん) 畢業考

接續動詞「て」形20

～てすぐ

做完～馬上～

意為「做完～馬上～」，表示完成某個動作後，馬上去做另一個動作的句型。

🎧 152.MP3　🎧 152J.MP3

STEP 1

❶ 我早上起床後，就馬上會去喝水。

朝起きてすぐ、水を飲むことにしている。

❷ 回到家就馬上準備晚餐。

家に帰ってすぐ、晩ご飯の支度をした。

❸ 到達露營地後馬上開始搭帳篷。

キャンプ場に着いてすぐ、テントを張った。

❹ 暑假一開始，就馬上啟程腳踏車旅行。

夏休みが始まってすぐ、自転車旅行に出た。

❺ 皮膚保養在洗澡完後馬上進行比較好。

スキンケアはお風呂から上がってすぐした方がいい。

🔶 **TIPS**

皮膚保養相關表現

・顔(かお)を洗(あら)う：洗臉
・化粧水(けしょうすい)をつける：擦化妝水
・乳液(にゅうえき)をつける：擦乳液
・保湿(ほしつ)クリームをぬる：擦保濕產品

STEP 2

❶ A ホテルはどこにする？
　 B ビーチから歩いてすぐのホテルがいいな。

❷ A 金さんはいつから仕事を始めましたか。
　 B 高校を卒業してすぐ働きに出ましたよ。

❸ A バス乗り場はどこですか。
　 B ホテルを出てすぐの所にあります。

❹ A 早上起床後馬上開始使用智慧手機據說對眼睛不好喔。
　 B へ〜え、僕は時間を見てるだけだよ。

❶ A 旅館要訂哪間？
　 B 從海灘走一下馬上可以到達的旅館比較好。

❷ A 金先生何時開始工作？
　 B 高中畢業後馬上開始工作了。

❸ A 公車站在哪？
　 B 從旅館出去後馬上就可以看到了。

❹ A 朝起きてすぐスマホを見ると目に悪いそうよ。
　 B 是嗎？我只是看看時間而已。

支度(したく) 準備
キャンプ場(じょう) 露營地
テントを張(は)る 搭帳棚
スキンケア SKINCARE、皮膚保養
お風呂(ふろ)から上(あ)がる
洗完澡後出來
ビーチ 海灘
高校(こうこう) 高中
働(はたら)きに出(で)る 開始工作
バス乗(の)り場(ば) 公車站

Unit 12

「動詞た形」的句型

接續動詞「た」形 01

～たことがある

曾經有過～

意為「曾經有過」，表示過去有做過某件事的經驗之句型。

 153.MP3　 153J.MP3

STEP 1

❶ 有吃過羊肉。 　　羊の肉を食べたことがある。

❷ 飼養過雞。 　　にわとりを飼ったことがある。

❸ 有見過外國的演員。 　　海外の俳優に会ったことがある。

❹ 有在百貨公司打工過。 　　デパートでバイトしたことがある。

❺ 有看過歌舞伎。 　　歌舞伎を見たことがあります。

STEP 2

❶ A カナダに行ったことある？
　 B うん、去年行って来たよ。

❷ A クルーズに乗ったことある？
　 B うん、乗ったことあるよ。

❸ A ゴルフをしたことがありますか。
　 B はい、何度かあります。

❹ A 你吃過墨西哥料理嗎？
　 B もちろん、ありますよ。とてもおいしかったです。

❶ A 你去過加拿大嗎？
　 B 嗯，去年有去過。

❷ A 有搭過郵輪嗎？
　 B 嗯，有搭過。

❸ A 有打過高爾夫球嗎？
　 B 是，打過幾次。

❹ A メキシコ料理を食べたことありますか。
　 B 當然有囉。非常好吃。

TIPS

歌舞伎

歌舞伎是發揚於17世紀中半期日本的傳統舞蹈表演藝術。所有的演出者都是男性，所以女性角色也皆由男性擔綱。綜合華麗的衣服、音樂、舞蹈、技藝等，非常具有看頭。表演內容主要是以貴族與武士為主角的時代劇，或是描繪江戶時代庶民與領主等的生活的作品。最具權威的歌舞伎演員承襲活躍於17世紀的市川團十郎之名，2020年的5月時傳到第13代。

～ことがある vs ～たことがある

若「～ことがある」（請參照 Pattern 87）接在動詞的基本型之後，可表示偶爾發生的事，而若將「～たことがある」接在動詞「た」形之後，則是表示過去的經驗。

時々ゴルフをすることがある。
（偶爾會去打高爾夫球）
ゴルフをしたことがある。
（有打過高爾夫球）

羊(ひつじ) 羊
にわとり 雞
俳優(はいゆう) 演員
歌舞伎(かぶき) 歌舞伎（日本傳統藝能）
カナダ 加拿大
クルーズ 郵輪
何度(なんど)か 幾次
メキシコ 墨西哥

PATTERN
154

接續動詞「た」形 02

〜たことはない

沒有過〜

「〜たことがある」的否定形，表示沒有經驗過某事的句型。否定形時不可使用「が」，而要使用助詞「は」。「〜たことはない」的敬語為「〜たことはありません」。

 154.MP3　 154J.MP3

STEP 1

① 沒去過沖繩。 　　沖縄へ行ったことはない。

② 沒有用分期付款買過東西。 　　分割払いで買ったことはない。

③ 沒有吃過椰子。 　　ココナッツを食べたことはない。

④ 沒有去過歐洲。 　　ヨーロッパへ行ったことはない。

⑤ 沒有接受過手術。 　　手術を受けたことはありません。

◆ TIPS

沖縄

號稱亞洲的夏威夷的沖繩位於日本最南端，由100多個美麗島嶼組成。於1879年併入日本之前為名為琉球王國的獨立國家。太平洋戰爭結束後美軍基地進駐，之後至1972年之前皆受美國的統治，可看作是另一個戰爭留下的傷痕。

STEP 2

① A バンジージャンプ、やったことある？
　 B やったことないから、一度やってみたいな。

② A 人生で一番後悔したことは？
　 B まだ一度も後悔したことはないよ。

③ A ラジオ番組にリクエストをしたことないですか。
　 B ええ、一度もありません。

④ A 富士山に登ったことある？
　 B ううん、沒有爬過。

① A 有玩過高空彈跳嗎？
　 B 沒有玩過，所以我想跳一次看看。

② A 人生中最後悔的事是？
　 B 我還一次都沒有後悔過喔。

③ A 你沒有向廣播電台點過歌嗎？
　 B 嗯，一次都沒有。

④ A 你爬過富士山嗎？
　 B 不，登ったことないよ。

沖縄(おきなわ) 沖繩（地名）
分割払(ぶんかつばら)い 分期付款
ココナッツ 椰子
手術(しゅじゅつ)を受(う)ける
接受手術
バンジージャンプ 高空彈跳
後悔(こうかい)する 後悔
リクエストをする 申請、要求

PATTERN 155

接續動詞「た」形 03

〜た方がいい

做〜比較好

意為「做〜比較好」，表示勸說對方或是向對方提出忠告的句型。

🎧 155.MP3　　🎧 155J.MP3

STEP 1

❶ 再多存一點錢會比較好。

もっと**貯金**した方がいい。

❷ 先預約會比較好。

前もって予約した方がいい。

❸ 雨傘帶著比較好。

かさを持っていった方がいい。

❹ 聽上司的話比較好。

上司の言うことは聞いた方がいい。

❺ 臉色很糟，稍微休息一下比較好。

顔色が悪いから、少し休んだ方がいいです**よ。**

> **⊕ TIPS**
>
> 〜方がいい vs 〜た方がいい
>
> 「〜方がいい」（Pattern 107）是用來表達複數選項之中的其中一個選項比較好的句型，相較之下「〜た方がいい」帶有勸說對方或提出忠告之意。
>
> 〈選擇〉
> 遊ぶよりは勉強する方がいい。
> （念書比起玩更好。）
>
> <忠告>
> たくさん遊んだから、そろそろ勉強した方がいい。
> （已經玩得很久了，也該要開始唸書了。）

STEP 2

❶ A カードを落としたみたい。
　 B じゃ、銀行に連絡した方がいいよ。

❷ A この資料、コピーをとった方がいいですか。
　 B そうだね、とっておいて。

❸ A しばらく安静にした方がいいですよ。
　 B はい、わかりました。

❹ A 私、風邪ひいたみたい。
　 B じゃ、早點吃藥比較好。

❶ A 好像弄丟卡片了。
　 B 那麼趕快聯絡銀行比較好喔。

❷ A 這份資料先影印比較好嗎？
　 B 對啊，先印好吧。

❸ A 目前先養病比較好。
　 B 好，我知道了。

❹ A 我好像感冒了。
　 B 那麼，早めに薬を飲んだ方がいいよ。

貯金(ちょきん) 存錢
前(まえ)もって 預先
持(も)っていく 帶走
しばらく 目前、暫時
安静(あんせい)にする 養病

189

〜たり…たりする

做〜或做〜

意為「做〜或做〜」、「做〜也做〜」，表示列舉許多動作的句型。

🎧156.MP3　🎧156J.MP3

STEP 1

❶	在地鐵讀書或是聽音樂。	電車の中で本を読んだり、音楽を聞いたりする。
❷	在休假日逛街買東西或是約會。	休みの日は買い物したり、デートしたりする。
❸	在周日去教會或是吃外食。	日曜日には教会に行ったり、外食したりする。
❹	首爾與東京之間可以一天往返。	ソウルと東京は一日で行ったり来たりできる。
❺	在周末踢足球或是打網球。	週末はサッカーをしたり、テニスをしたりします。

🔅 TIPS

北海道雪祭

北海道每年2月會舉辦持續約一週的雪祭「雪祭（ゆきまつ）り」，從世界各地大約會有200萬人以上的觀光客來訪。活動以札幌的大通公園為中心舉辦，整座都市都會擺飾著用雪與冰雕做成的藝術品，到了夜晚則會打開照明，充滿著夢幻的氛圍。

STEP 2

❶ A　夏休みに何したの？
　 B　ボランティア活動したり、海に行ったりしたよ。

❷ A　インターネットでどんなことができますか。
　 B　情報を検索したり、メールを送ったりできますよ。

❸ A　北海道に行って何をしましたか。
　 B　雪祭りに行ったり、かにを食べたりしました。

❹ A　ストレスがたまった時、どうする？
　 B　會去喝酒，或是唱歌。

❶ A　暑假時做了什麼？
　 B　參加志工活動，也去了海邊。

❷ A　用網路可以做什麼？
　 B　可以搜索資訊，或是寄發電子郵件。

❸ A　去北海道做了什麼？
　 B　去了雪祭，也吃了螃蟹。

❹ A　壓力累積時怎麼辦？
　 B　飲みに行ったり、カラオケに行ったりするよ。

教会(きょうかい) 教會
外食(がいしょく) 外食
インターネット 網路
検索(けんさく)する 檢索
雪祭(ゆきまつ)り 雪祭
かに 螃蟹
ストレスがたまる 累積壓力

〜たら

若〜

意為「若〜」，表示若某事實現，則後面的事情也會實現的句型。若句子是過去式，則會有回想當時「一〜就〜」之意。

🎧 157.MP3　🎧 157J.MP3

STEP 1

❶ 明天若下雨就不去爬山。

明日雨が降ったら、山登りは中止だ。

❷ 我想你若吃下這個藥，身體會變好。

この薬を飲んだら、よくなると思うよ。

❸ 若做了這種事會有大問題的。

そんなことをしたら、問題になってしまうよ。

❹ 被公司解雇的話，我打算換行業。

会社をクビになったら、職業を変えるつもりだ。

❺ 有不懂的地方可以問我喔。

わからないことがあったら、私に聞いてね。

TIPS

「たら」的各種用法

・この薬を飲んだら、風邪が治った。
（吃了這個藥，感冒就會好。）
・空港に着いたら、友だちが迎えに来ていた。
（一到機場，朋友就來接我。）

STEP 2

❶ A　いい考えがあったら、教えてください。
　B　はい、わかりました。

❷ A　仕事が終わったら、居酒屋で一杯どうですか。
　B　いいですよ。

❸ A　高校を卒業したら、何が一番したい？
　B　運転免許とりたいよ。

❹ A　抵達機場後要聯絡我喔。
　B　わかった、着いたら電話するね。

❶ A　有好的想法的話請告訴我。
　B　是，知道了。

❷ A　工作結束後去居酒屋喝一杯如何？
　B　好啊。

❸ A　高中畢業後最想做什麼事？
　B　想要考駕照。

❹ A　空港に着いたら連絡してね。
　B　知道了，抵達的話會打給你的。

問題(もんだい) 問題
クビになる 裁員、解雇
職業(しょくぎょう) 職業、行業
居酒屋(いざかや) 居酒屋
運転免許(うんてんめんきょ) 駕照
免許(めんきょ)をとる 考執照
電話(でんわ)する 打電話

191

接續動詞「た」形 06

〜たらどう？

做〜如何？

意為「做〜如何？」，欲引誘對方做某事時使用的句型。有時亦省略「どう」，只講「〜だら？」。

 158.MP3　 158J.MP3

STEP 1

❶ 髮型做一些小改變如何？

髪型を少し変えてみたらどう？

❷ 再好好考慮一次如何？

もう一度よく考えてみたらどう？

❸ 和他慢慢地講講看如何？

彼とゆっくり話してみたらどう？

❹ 吹一下外面空氣如何？

外の空気でも吸ってきたらどう？

❺ 差不多可以和解了吧？

この辺で仲直りしたらどうですか。

⊕ TIPS

美髮相關表現

・パーマをかける：燙髮
・カットする：剪髮
・前髪(まえがみ)を切(き)る：剪瀏海
・カラーする：染髮
・くせ毛(げ)：捲髮
・ストレートパーマ：燙直

STEP 2

❶ A 私、このデザイン気に入った！
　 B じゃ、買ったら？

❷ A プレゼント、開けてみたら？
　 B うん、何だろうね。

❸ A 目の上にこぶができたの。
　 B じゃ、サングラスでもかけたら？

❹ A 目が赤いよ。休息一下如何？
　 B あ、大丈夫だよ。

❶ A 我喜歡這個造型！
　 B 那就買了吧？

❷ A 禮物，打開看看吧？
　 B 嗯，是什麼呢？

❸ A 眼睛上面腫起來了。
　 B 那麼，戴太陽眼鏡如何？

❹ A 眼睛好紅。少し休んだらどう？
　 B 啊，沒關係的。

髪型(かみがた) 髮型
もう一度(いちど) 再一次
外(そと)の空気(くうき) 外面空氣
吸(す)う 呼吸、吸入
この辺(へん)で 這附近
気(き)に入(い)る 中意、喜歡
こぶができる 腫起來
目(め)が赤(あか)い 眼睛紅（充血）

PATTERN
159

接續動詞「た」形 07

〜たらいい

做〜就好了

意為「做〜就好了、做〜比較好」，為話者提出建言或勸誘時使用的句型。加上「なあ」變為「〜たらいいなあ」後，則變成「希望做〜就好了」，語中帶有期待。

 159.MP3　 159J.MP3

STEP 1

❶ 想哭的時候就哭吧。　　泣きたい時は泣いたらいいよ。

❷ 家電產品在哪裡買？　　家電はどこで買ったらいいの？

❸ 我想要是薪水能上　　給料が上がったらいいなあと思漲就好了。　　　　　う。

❹ 我想要是有外國朋　　外国人の友だちがいたらいいな友就好了。　　　　あと思う。

❺ 「中秋」用日語要　　「中秋」は日本語で何と言っ怎麼説比較好？　　たらいいですか。

⊕ TIPS

日本的盂蘭盆節

　日本在每年的 8 月 15 日有稱為「お盆（ぼん）」的活動，目的為祭拜祖先的靈魂，和台灣的中元節類似。這天前後的連休稱為「お盆休（ぼんやす）み」，各地皆會穿著浴衣跳著「盆踊（ぼんおど）り」。

STEP 2

❶ A　郵便局までどう行ったらいい？
　 B　この道をまっすぐ行ったらいいよ。
❷ A　会議の前に何をしたらいいですか。
　 B　プロジェクターをセットしておいてください。
❸ A　チケットはどこで買ったらいいですか。
　 B　あそこのチケット売り場です。
❹ A　搭什麼到台北站比較好？
　 B　バスと電車だね。

❶ A　到郵局怎麼走比較好？　　　❸ A　票要在哪裡買？
　 B　一直走這條路就可以了。　　　 B　那裏有售票處。

❷ A　會議開始前做什麼好？　　　❹ A　台北駅まで何に乗ったらい
　 B　把投影機設定好。　　　　　　　 い？
　　　　　　　　　　　　　　　　　 B　巴士和地鐵。

時（とき）〜的時候
家電（かでん）家電產品
外国人（がいこくじん）外國人
郵便局（ゆうびんきょく）郵局
まっすぐ 一直、直線
プロジェクター 投影機
セットする 設置
チケット売（う）り場（ば）售票處

PATTERN
160

接續動詞「た」形 08

〜たところ

現在剛〜

意為「現在剛〜」，表示某動作或事件剛結束的句型。

 160.MP3　 160J.MP3

STEP 1

❶ 現在剛起床。　　　　**今起きたところだ。**

❷ 現在剛到家。　　　　**今家に帰ったところだ。**

❸ 畢業典禮剛結束。　　**今卒業式が終わったところだ。**

❹ 媽媽的手術剛開始。　**母の手術は今始まったところだ。**

❺ 現在剛抵達機場。　　**今空港に着いたところです。**

> ⊙ **TIPS**
>
> 會話中常使用的略語
>
> 日常會話中，「ところ」也可省略成「とこ」。
>
> ・今起きたところ → 今起きたとこ
> ・今帰ったところ → 今帰ったとこ
> ・友だちのところ → 友だちのとこ → 友だちんとこ
>
> 「の」在日常會話中常常簡略成「ん」。
>
> ・ここのところ（最近）→ ここのとこ → ここんとこ

STEP 2

❶ A 選挙の結果、聞いた？
　 B うん、たった今聞いたところだよ。

❷ A 田中さん、来てる？
　 B うん、今来たところ。

❸ A 鈴木さんに新しいマニュアル、教えた？
　 B うん、今教えたとこよ。

❹ A 来週のマーケティング会議の準備、した？
　 B うん、剛做好。

❶ A 聽說到選舉結果了嗎？
　 B 嗯，剛剛聽說了。

❷ A 田中先生來了嗎？
　 B 嗯，現在剛抵達。

❸ A 有告訴鈴木先生新的使用說明嗎？
　 B 嗯，剛告訴他。

❹ A 下周的行銷會議準備好了嗎？
　 B 嗯，今終わったとこ。

卒業式(そつぎょうしき) 畢業典禮
たった今(いま) 剛剛
マーケティング 行銷

接續動詞「た」形 09

〜たばかり

做〜不久

意為「做〜不久、剛做完〜」，表示動作或事件發生沒多久的句型。

🎧 161.MP3　　🎧 161J.MP3

STEP 1

❶ 剛進公司。　　　会社に入ったばかりだ。

❷ 大學畢業沒多久。　　大学を卒業したばかりだ。

❸ 這套西裝剛買沒多久。　　このスーツは買ったばかりだ。

❹ 活動現在剛開始。　　イベントは今始まったばかりだ。

❺ 剛確認完銷售額。　　今売り上げをチェックしたばかりです。

TIPS

〜たところ vs 〜たばかり

前面出現的「〜たところ」，表示某動作結束後的瞬間。「〜たばかり」則表示某件事或某動作才發生沒多久。

入ったところ（剛進去的瞬間）

入ったばかり（進去沒多久）

STEP 2

❶ A 赤ちゃん、誰に似てるの？
　 B 生まれたばかりだから、まだわかんないよ。
❷ A バイトはどう？
　 B 先週始めたばかりだけど、楽しくやってるよ。
❸ A 新しいケータイはどう？
　 B 買ったばかりだけど、気に入ってるよ。
❹ A 結婚生活はどう？
　 B 剛結婚沒多久，家事好辛苦。

❶ A 小孩長得像誰呢？
　 B 才剛出生沒多久，還不知道啊。
❷ A 打工如何？
　 B 雖然上周才開始，但是挺快樂的。

❸ A 新手機如何？
　 B 雖然剛買沒多久，但很喜歡。
❹ A 結婚生活如何？
　 B まだ結婚したばかりだから、家事が大変なの。

スーツ 西裝
イベント 活動

〜たあとで

做〜之後

意為「做〜之後」，用以表示某個動作完成之後，進行另一個動作的句型。

🎧 162.MP3　🎧 162J.MP3

STEP 1

❶ 打掃完後沐了浴。

　掃除をしたあとで、シャワーを浴びた。

❷ 吃完飯後把餐具收拾好了。

　ご飯を食べたあとで、**食器を片付けた。**

❸ 慢跑完後喝了啤酒。

　ジョギングをしたあとで、ビールを飲んだ。

❹ 洗完頭髮後用吹風機吹乾了。

　髪を洗ったあとで、ドライヤーでブローした。

❺ 下班後去學了英文會話。

　会社が終わったあとで、**英会話を習いに行った。**

TIPS

常見用法
・名詞＋「の」＋「あとで」
　食事のあとで（吃完飯後）
・動詞「た」形＋「あとで」
　洗ったあとで（洗完後）

STEP 2

❶ A　バイトが終わったあとで何するの？
　　B　妹と買い物するつもりだよ。

❷ A　学校が終わったあとで何するつもり？
　　B　図書館で勉強するの。

❸ A　映画見たあとで何したい？
　　B　レストランでおいしいもの食べたい。

❹ A　最近、僕、口のにおいが気になるんだ。
　　B　じゃ、吃完飯後刷牙比較好喔。

❶ A　打工結束後要做什麼？
　　B　打算要和妹妹去購物。

❷ A　下課後打算要做什麼？
　　B　要去圖書館念書。

❸ A　看完電影後要做什麼？
　　B　想去餐廳吃好吃的。

❹ A　最近我很在意我的口臭。
　　B　那麼，ご飯を食べたあとで歯をみがいた方がいいよ。

食器(しょっき) 碗、餐具
髪(かみ)を洗(あら)う 洗頭髮
ドライヤー 吹風機
ブローする 吹頭髮
口(くち)のにおい 嘴巴的味道、口臭
歯(は) 牙齒
みがく 刷洗

接續動詞「た」形 11

～たまま

維持～的狀態

意為「維持～的狀態」，表示某人事物正維持著某種狀態。後方接續動詞時則是用來表示「在維持某種狀態的情況下進行其他的動作」的句型。

🎧 163.MP3　　🎧 163J.MP3

STEP 1

❶	研究室窗簾仍是關著的。	研究室のカーテンは閉めたままだ。
❷	車燈正維持著開啟的狀態。	車のライトがついたままになっている。
❸	在玄關前面站著抽了菸。	玄関の前で立ったままタバコを吸った。
❹	不小心把雨傘留在公車上後直接下車了。	バスにかさを置いたまま降りてしまった。
❺	因為喝太多，直接在座位上睡著了。	飲みすぎて席に座ったまま寝てしまった。

⊕ **TIPS**

常見用法

- 名詞＋「の」＋「まま」
　昔のまま（和以前一樣）
- 「な」形容詞詞幹＋「な」＋「まま」
　不便なまま（仍是不方便的）
- 「い」形容詞＋「まま」
　明るいまま（仍是明亮的）
- 動詞「た」形＋「まま」
　閉めたまま（仍是關著的）
- 動詞「ない」形＋「まま」
　食べないまま（仍是不吃的）

STEP 2

❶ A 風邪ひいたの？
　 B うん、夕べ窓を開けたまま寝ちゃってね。

❷ A どうしよう！鍵をかけたままドアを閉めちゃった。
　 B じゃ、鍵屋を呼ぼう。

❸ A 机に向かったまま何ぼんやりしてるの？
　 B 今日の計画を立ててるよ。

❹ A 又把電視開著睡著了嗎？
　 B ごめん、いつの間にか眠っちゃった。

❶ A 感冒了嗎？
　 B 嗯，昨天沒關窗戶就睡著了。

❷ A 怎麼辦！我不小心把門鎖起來了。
　 B 那麼去把鑰匙店找來吧。

❸ A 坐在書桌前發呆什麼啊？
　 B 正在計畫今天要做的事。

❹ A またテレビをつけたまま寝たの？
　 B 抱歉，不知不覺就睡著了

研究室(けんきゅうしつ) 研究室
ライトがつく 開燈
立つ(た)つ 站立
降(お)りる 下降
飲(の)みすぎる 喝太多
鍵(かぎ)をかける 鎖起來
ドアを閉(し)める 關門
鍵屋(かぎや) 鑰匙行、開鎖的人
呼(よ)ぼう 呼叫
机(つくえ)に向(む)かう 坐在書桌前
ぼんやりする 發呆
計画(けいかく)を立(た)てる 訂立計畫
テレビをつける 打開電視

Unit 13

「動詞ない形」的句型

164

接續動詞「ない」形 01

〜ない？

不做〜嗎？

意為「不做〜嗎？」、「不打算做〜嗎？」，為勸誘對象一起做某事時常用的常體句型。

 164.MP3　 164J.MP3

STEP 1

❶ 下班後不一起喝杯茶嗎？
会社のあと、お茶しない？

❷ 今晚要不要一起喝啤酒？
今夜ビールでも飲まない？

❸ 明天不想一起去看電影嗎？
明日映画でも見に行かない？

❹ 不一起組組看樂團嗎？
バンド、一緒にやってみない？

❺ 星期六不大家一起去兜風嗎？
土曜日にみんなでドライブしない？

⊕ **TIPS**

會話中常用的略語

會話中「やめておく」常被省略成「やめとく」。

やっぱり、やめとく。
（還是不做了）
開業するべきか、やめとくべきか。（要開業，還是不要呢）
今日はやめとく。
（今天不做）

STEP 2

❶ A あの店に行ってみない？
B オッケー！

❷ A 休講になったから、お茶でも飲まない？
B うん、いいよ。

❸ A 放課後、テニスしない？
B 今日は体調が悪いからやめとく。

❹ A 這次的紅利要不要拿去買廣角電視？
B 少し考えてみる。

❶ A 不去那間店看看嗎？
B OK！

❷ A 今天停課，不一起喝杯茶嗎？
B 嗯，好啊。

❸ A 下課後不一起打網球嗎？
B 今天身體狀況不太好，不去了。

❹ A 今度のボーナスでワイドテレビ買わない？
B 讓我再想想。

お茶(ちゃ)する 喝茶
バンド 樂團
休講(きゅうこう) 停課
放課後(ほうかご) 下課後
体調(たいちょう)が悪(わる)い 身體不好
やめとく 停止、不想做
ワイドテレビ 廣角電視
〜てみる 做做看〜

199

接續動詞「ない」形 02

〜ない方がいい

不做〜比較好

「〜ない方（ほう）がいい」意為「不做〜比較好」，勸誘最好對方不要做某件事，或是向對方提出忠告時會使用的句型。

🎧 165.MP3　🎧 165J.MP3

STEP 1

❶ 不要説別人壞話比較好。

人の悪口は言わない方がいい。

❷ 不要喝太多酒比較好。

お酒を飲みすぎない方がいい。

❸ 不要亂花錢比較好。

お金を無駄づかいしない方がいい。

❹ 不要和説謊成精的人在一起比較好。

うそつきとは付き合わない方がいい。

❺ 不要玩遊戲玩到這麼晚比較好。

夜遅くまでゲームしない方がいい。

TIPS

日常會話中的發音變化

會話中「ら」會簡單的發音成「ん」。

・つまらない（無聊）→
　つまんない

・わからない（不懂）→
　わかんない

・しらない（不知道）→
　しんない

・終わらない（沒有結束）→
　終わんない

・入らない（不進去）→
　入んない

・しゃべらない（不説話）→
　しゃべんない

STEP 2

❶ A　のどが痛いの。

　 B　じゃ、声を出さない方がいいよ。

❷ A　あの映画、どうだった？

　 B　つまんないから、見ない方がいいよ。

❸ A　そこは駐車場がないから車で行かない方がいいですよ。

　 B　はい、わかりました。

❹ A　私、風邪ひいたみたい。

　 B　じゃ、不要勉強自己比較好。

❶ A　喉嚨好痛。

　 B　那麼，不要發出聲音比較好。

❷ A　那部電影如何？

　 B　很無聊，所以不要看比較好。

❸ A　那裏沒有停車場，所以不要開車去比較好喔。

　 B　是，知道了。

❹ A　我好像感冒了。

　 B　那麼，無理しない方がいいよ。

悪口（わるくち）を言（い）う 罵髒話、出惡言

無駄（むだ）づかいする 亂花

声（こえ）を出（だ）す 發出聲音

つまらない 不有趣、無聊

駐車場（ちゅうしゃじょう）停車場

PATTERN 166

〜ないで

不做〜

意為「不做〜」，表示不做某種動作的狀態。

🎧 166.MP3　🎧 166J.MP3

STEP 1

❶ 沒吃早餐就去上班了。

朝ご飯を食べないで出勤した。

❷ 今天沒化妝就外出了。

今日は化粧をしないで出かけた。

❸ 傍晚沒關燈就睡了。

夕べ電気を消さないで寝てしまった。

❹ 因為太累所以沒洗澡就睡了。

疲れたので、お風呂に入らないで寝た。

❺ 沒有附上附件就把電子信件寄出了。

ファイルを添付しないでメールを送った。

STEP 2

❶ A あの人、水着を着ないで泳いでるよ。
　 B えっ？肌色の水着だよ。

❷ A コート、素敵ね。
　 B ありがとう。セールしてたから迷わずに買っちゃった。

❸ A 一つも残さず食べるのよ。
　 B やだよ、にんじん食べない！

❹ A 兄弟之間不要吵架要好好一起玩。
　 B は〜い。

❶ A 那個人沒穿泳衣在游泳耶。
　 B 咦？那是膚色的泳衣啦。

❷ A 外套很好看喔。
　 B 謝謝，因為打折所以毫不猶豫就買下了。

❸ A 要全部吃完喔。
　 B 不要，不要吃蘿蔔！

❹ A 兄弟げんかしないで仲よく遊ぶのよ。
　 B 好〜。

🔵 TIPS

〜ずに

「〜ずに」是與「〜ないで」同意的古語，但是現代也很常見。

・食べないで＝食べずに
（不吃）
・化粧しないで＝化粧せずに
（不化妝）
・消さないで＝消さずに
（不消去）
・入らないで＝入らずに
（不進去）
・添付しないで＝添付せずに
（不附加）

〜のよ

動詞的基本型＋「のよ」意為柔性的叮囑對方一定要做某件事，通常對晚輩使用。

仲よく遊ぶのよ。
（要好好在一起玩喔 → 去玩吧）
残さず食べるのよ。
（要全部吃完喔 → 吃吧）

朝(あさ)ご飯(はん) 早餐
出勤(しゅっきん)する 上班
化粧(けしょう) 化妝
添付(てんぷ) 附加
水着(みずぎ) 泳裝
泳(およ)ぐ 游泳
肌色(はだいろ) 膚色
セール 打折
迷(まよ)う 猶豫、猶疑
残(のこ)す 留下
兄弟(きょうだい)げんか 兄弟鬩牆
仲(なか)よく 感情好的

接続動詞「ない」形04

〜ないでください

請不要〜

意為「請不要〜」，為欲禁止某行動時使用的句型。

🎧 167.MP3 🎧 167J.MP3

STEP 1

❶ 請不要太擔心。　　　あまり心配しないでください。

❷ 請不要太期待。　　　あまり期待はしないでください。

❸ 請不要説的那麼簡　　そんなに簡単に言わないでくだ
　　單。　　　　　　　　さい。

❹ 請不要干渉別人的　　人のことに口出ししないでくだ
　　事。　　　　　　　　さい。

❺ 請不要任意決定。　　勝手に決めないでください。

🔵 TIPS

〜ないで

「〜ないでください（請不要做〜）」的常體為「〜ないで（請不要做〜）」。

・心配しないでください
　→心配しないで（別擔心）
・しないでください
　→しないで（別做）
・言わないでください
　→言わないで（別做）
・決めないでください
　→決めないで（別做決定）

STEP 2

❶ A 甘いものをたくさん食べないでください。
　　B わかってはいるんだけど……。

❷ A どんなにつらくても夢をあきらめないでね。
　　B うん、わかってるよ、ありがとう。

❸ A 部長の独り言、気にしないでくださいね。
　　B 別に気にしてませんよ。

❹ A 木村さん、請不要太勉強自己。
　　B いつもやさしい言葉、ありがとうね。

❶ A 請不要吃太多甜食。	❸ A 部長的自言自語，請不要在意喔。
B 知道事知道啦…	B 我沒有很在意啦。
❷ A 不管多辛苦也請不要放棄夢想。	❹ A 木村先生，あまり無理しないでくださいね。
B 嗯，我知道，謝謝。	B 感謝你一直溫柔的話語。

期待(きたい) 期待
簡単(かんたん)に 簡単
口出(くちだ)し 出口干渉
どんなに 不管多〜
つらい 難受
独(ひと)り言(ごと) 自言自語
別(べつ)に 不會、沒有
やさしい 溫柔
言葉(ことば) 話

168

接續動詞「ない」形 05

～なくて

因為不做～

意為「因為不做～」，表示因為無法做到、或是沒有「て」之前的某事，而招來「て」之後的結果。

 168.MP3　 168J.MP3

STEP 1

1 媽媽不在所以很寂寞。

母がいなくて寂しい。

2 因為不會英語所以很丟臉。

英語ができなくて恥ずかしい。

3 很抱歉無法馬上回覆。

すぐに返事できなくてごめんね。

4 開會沒有結論令人很困擾。

会議の結論が出なくて困っている。

5 外賣一直不來讓我很不耐煩。

出前がなかなか来なくていらいらした。

TIPS

常見用法

・名詞＋「じゃ」＋「なくて」
　金さんじゃなくて
　（不是金先生）
・「な」形容詞詞幹＋「じゃ」＋
　「なくて」
　便利じゃなくて（不是很方便）
・「い」形容詞詞幹＋「く」＋「なくて」
　おいしくなくて（不是很好吃）
・動詞「ない」形＋「なくて」
　来なくて（沒有來）

STEP 2

1 A　このバナナ、売れなくて困ってるの。
　　B　値下げしたらどう？

2 A　どうしたの？
　　B　希望の会社に入れなくてがっかりしてるの。

3 A　鈴木君、今年卒業できないの？
　　B　うん、単位が足りなくてね。

4 A　アメリカ旅行、どうだった？
　　B　無法用英文溝通，很是辛苦。

1 A　這香蕉賣不掉，很煩惱。
　　B　把價格降低點如何？

2 A　怎麼了？
　　B　沒有進到想去的公司所以很失望。

3 A　鈴木同學，今年無法畢業嗎？
　　B　嗯，因為學分不夠。

4 A　美國旅行如何？
　　B　英語が通じなくて苦労したよ。

すぐに 馬上
返事(へんじ)する 回覆
結論(けつろん)が出(で)る 得出結論
出前(でまえ) 外賣
いらいらする 不耐煩、躁怒
バナナ 香蕉
値下(ねさ)げ 價格下降
がっかりする 失望
単位(たんい) 學分
足(た)りる 足夠
足(た)りない 不夠
アメリカ 美國
通(つう)じる 可以溝通
苦労(くろう)する 辛苦

203

接續動詞「ない」形06

〜なくてもいい

不做〜也可以

意為「不做〜也可以」、「不〜也沒問題」，為欲告訴對方不做某事也可以時會用到的句型。亦可省略「も」，變為「〜なくていい」。

 169.MP3　 169J.MP3

STEP 1

❶ 不用太擔心也可以。
あまり心配しなくてもいい。

❷ 醫院不用再去也可以。
もう病院に行かなくてもいい。

❸ 今天不用回公司也沒關係。
今日は会社に戻らなくてもいい。

❹ 西洋式的房間不用脫鞋子也沒關係。
洋室ではくつを脱がなくていい。

❺ 還不用交報告也沒關係。
レポートはまだ出さなくてもいいです。

TIPS

てもいい vs なくてもいい

「〜てもいい」為「做〜也可以」，「〜なくてもいい」為「不做〜也可以」。

常見用法

・名詞＋「じゃ」＋「なくてもいい」
今日じゃなくてもいい
（不是今天也可以）

・「な」形容詞詞幹＋「じゃ」＋「なくてもいい」
便利じゃなくてもいい
（不方便也沒關係）

・「い」形容詞詞幹＋「く」＋「なくてもいい」
おいしくなくてもいい
（不好吃也沒關係）

・動詞「ない」形＋「なくてもいい」
しなくてもいい
（不做也沒關係）

STEP 2

❶ A これ、報告しなくてもいいの？
B いや、するよ。

❷ A ここにもサインするんですか。
B いや、しなくてもいいです。

❸ A 今日は残業しなくてもいいんですか。
B はい、しなくてもいいですよ。

❹ A これ、不跟營業部聯絡也沒關係嗎？
B もうしたよ。

❶ A 這個不用報告也沒關係嗎？
B 不，要報告。

❷ A 這裡也要簽名嗎？
B 不，不簽也沒關係。

❸ A 今天不加班也沒關係嗎？
B 對，不加班也可以。

❹ A 這個，營業部不連絡也沒關係嗎？
B 已經聯絡了。

戻(もど)る 回去、回來
洋室(ようしつ) 洋室、寢室
くつ 鞋子
脱(ぬ)ぐ（衣服、鞋子等）脫掉
レポートを出(だ)す 交報告

〜なきゃならない

一定要做〜

意為「不可以不做〜」，也就是「一定要做〜」，表示某件事一定要做的句型。常見於說明某個規則或是道德、習慣等普遍的常識。

 170.MP3　 170J.MP3

STEP 1

❶	一定要遵守交通規則。	交通ルールは守らなきゃならない。
❷	一定要遵守約定。	約束は必ず守らなきゃならない。
❸	在學校一定要穿制服。	学校では制服を着なきゃならない。
❹	今天之內一定要交資料。	今日中に書類を送らなきゃならない。
❺	發生火災一定要打119。	火事の時は119に電話しなきゃなりません。

TIPS

變化與類似語

「〜なきゃならない」是「〜なければならない」的略語，敬語是「〜なきゃなりません（一定要做〜）」，但是需要講敬語的場合通常會講「〜なければなりません」。另外，日常會話中，「〜なきゃならない」常會簡化成「〜なきゃ」。

常見用法

- 名詞＋「じゃ」＋「なくてもいい」
  金さんじゃなきゃならない
  （一定是金先生）
- 「な」形容詞詞幹＋「じゃ」＋「なくてもいい」
  便利じゃなきゃならない
  （一定要方便）
- 「い」形容詞詞幹＋「く」＋「なくてもいい」
  おいしくなきゃならない
  （一定要好吃）
- 動詞「ない」形＋「なくてもいい」
  守らなきゃならない
  （一定要遵守）

STEP 2

❶ A 昨日、近所にどろぼうが入ったそうよ。
　 B うそー！うちも注意しなきゃならないね。

❷ A あ〜！眠いけど洗濯しなきゃ。
　 B じゃ、俺が洗濯機回しとくよ。

❸ A 明日の朝、大事な会議があるんだ。
　 B そう？じゃ、早く寝なきゃ。

❹ A これから一杯飲みに行かない？
　 B ごめん、今天一定要早點回家。

❶ A 聽說昨天鄰居遭小偷。
　 B 真的嗎？我們也要小心才行。

❷ A 啊〜雖然很想睡但一定要洗衣服才行。
　 B 那麼，我來開洗衣機吧。

❸ A 明天早上有重要的會議。
　 B 是嗎？那要早點睡才行。

❹ A 現在不去喝一杯嗎？
　 B 抱歉，今日は早く帰らなきゃならないの。

ルール 規則、規定
火事(かじ) 火、火災
近所(きんじょ)
どろぼうが入(はい)る 遭小偷
洗濯機(せんたくき) 洗衣機
回(まわ)す 轉動、啟動

接續動詞「ない」形 08

PATTERN 171

〜なくちゃいけない

一定要做〜

意為「不可以不做〜」，也就是「一定要做〜」，表示某件事一定要做的義務與必要的句型。和強調客觀常識的「〜なきゃならない」（Pattern 170）不同的是這個句型較強調個人認為的責任。

 171.MP3　 171J.MP3

STEP 1

❶	這時鐘一定要修理。	この時計は修理しなくちゃいけない。
❷	六點一定要從車站出發。	6時に駅を出発しなくちゃいけない。
❸	自己的事一定要自己做。	自分のことは自分でしなくちゃいけない。
❹	一定要買今天晚餐的小菜。	今晩のおかずを買わなくちゃいけない。
❺	要在下一站轉車才行。	次の駅で乗り換えなくちゃいけません。

STEP 2

❶ A なんで勉強しなくちゃいけないの？
B 夢を叶えるためだよ。

❷ A ちょっと、これ手伝って！
B ごめん！今からお客さんに会わなくちゃいけないんだ。

❸ A もうそろそろ行かなくちゃ。
B まだいいじゃない。

❹ A 為了夏天一定要減肥才行。
B ハハハ、がんばってね。

❶ A 為什麼一定要念書？
B 因為要達成夢想啊。

❷ A 這個幫忙我一下！
B 抱歉！現在一定要得去見客人。

❸ A 也該走了。
B 不是還可以的嗎？

❹ A 夏に向けてダイエットしなくちゃ。
B 哈哈哈，加油啊。

TIPS

變化與類似語

「〜なくちゃいけない」是「〜なくてはいけない」的略語，敬語是「〜なくちゃいけません」，但是需要講敬語的場合通常會講「〜なくてはいけません」。另外，日常會話中，「〜なくちゃいけない」常會簡化成「〜なくちゃ」。

常見用法

・名詞＋「じゃ」＋「〜なくちゃいけない」
　金さんじゃなくちゃいけない
　（一定要是金先生）

・「な」形容詞詞幹＋「じゃ」＋「〜なくちゃいけない」
　便利じゃなくちゃいけない
　（一定要方便）

・「い」形容詞詞幹＋「く」＋「〜なくちゃいけない」
　おいしくなくちゃいけない
　（一定要好吃）

・動詞「ない」形＋「〜なくちゃいけない」
　守らなくちゃいけない
　（一定要遵守）

なきゃならない vs なくちゃいけない

「〜なきゃならない」表示某件事具有客觀的義務性，是一定要做的，而「〜なくちゃいけない」則用來表現主觀的意志，表示是話者覺得這一定要做。在日常會話中，可以簡略成「〜なきゃ」和「〜なくちゃ」。

時計(とけい) 時鐘
出発(しゅっぱつ)する 出發
自分(じぶん)で 自行　おかず 小菜
次(つぎ)の駅(えき) 下一站
乗(の)り換(か)える 轉車
夢(ゆめ)を叶(かな)える 完成夢想
〜に向(む)けて 往〜、因應〜

接續動詞「ない」形 09

〜ないといけない

一定要做〜

意為「不可以不做〜」，也就是「一定要做〜」，表示某件事一定要做的的句型。這個句型跟「〜なくちゃいけない」（Pattern 171）意思幾乎相同，但是「〜なくちゃいけない」給人感覺會比較正式。

 172.MP3　 172J.MP3

STEP 1

❶	一定要在下一站下車。	次の駅で降りないといけない。
❷	3點前一定要去。	3時までに行かないといけない。
❸	一定要把話聽完才行。	話を最後まで聞かないといけない。
❹	在公司一定要保持緊張。	会社では緊張していないといけない。
❺	一定要孝順雙親。	両親に親孝行しないといけません。

TIPS

常見用法

· 名詞+「じゃ」+「ないといけない」
今日じゃないといけない
（一定要是今天）

· 「な」形容詞詞幹+「じゃ」+「ないといけない」
便利じゃないといけない
（一定要方便）

· 「い」形容詞詞幹+「く」+「ないといけない」
おいしくないといけない
（一定要好吃）

· 動詞「ない」形+「ないといけない」
降りないといけない
（一定要下車）

會話中常用的略語

日常會話中，「わかっています」常會省略為「わかってます」，「出しておく」常會省略為「出しとく」。

STEP 2

❶ A 机の上をいつもきれいにしないといけないよ。
　 B すみません、これからは気をつけます。

❷ A この企画書は少し直さないといけないね。
　 B はい、直しておきます。

❸ A 第3営業部はもっとがんばらないとね。
　 B はい、わかってます。

❹ A 這件衣服一定要拿去乾洗。
　 B じゃ、私が出しとく。

❶ A 書桌上一定要時常保持乾淨。
　 B 抱歉，以後會注意的。

❷ A 這份計畫書要修改一下。
　 B 是，我會修改的。

❸ A 第三營業部還要再加油點。
　 B 是，知道了。

❹ A この服、クリーニングに出さないと。
　 B 那麼，我拿去。

緊張(きんちょう)する 緊張
両親(りょうしん) 雙親
親孝行(おやこうこう)する 孝順
第3(だいさん) 第三
クリーニングに出(だ)す
拿去乾洗

接續動詞「ない」形 10

〜ないとだめ

一定要做〜

意為「不〜不行」，也就是「一定要做〜」，勸誘某件事一定要做或是提出忠告時使用的句型。和前幾個句型相比是更口語的講法。

 173.MP3　　 173J.MP3

STEP 1

❶ 今天一定要早睡。　　**今日は早く寝ないとだめだ。**

❷ 一定要準備考試。　　**試験勉強をしないとだめだ。**

❸ 做哥哥的一定要忍耐喔。　　**お兄ちゃんは我慢しないとだめよ。**

❹ 早餐一定要吃。　　**朝ご飯はちゃんと食べないとだめよ。**

❺ 一定要記住負責人的名字。　　**担当者の名前は覚えないとだめです。**

STEP 2

❶ A あの店は予約しないとだめなんだって。
   B じゃ、私がしておくね。

❷ A 車に乗ったら、シートベルトをしないとだめよ。
   B そんなの誰だってわかってるよ。

❸ A あ、そうだ！アイロン、かけないと。
   B もう遅いから明日にしたら？

❹ A 最近越來越胖，一定要運動才行。
   B 私と一緒にしない？

❶ A 聽說那家店一定要預約。
   B 那麼，我先預約好。

❷ A 坐車一定要繫安全帶。
   B 這種事誰都知道。

❸ A 哎呀，對了！要燙衣服才行。
   B 現在很晚了明天再做吧。

❹ A 最近、太ってきたから、運動しないと。
   B 要不要跟我一起運動？

變化與類似語

敬語為「〜ないとだめです」。在日常會話中，常簡略為「〜ないと」。

常見用法

・名詞＋「じゃ」＋「ないとだめ」
　明日じゃないとだめ
　（一定要是明天）

・「な」形容詞詞幹＋「じゃ」＋「ないとだめ」
　便利じゃないとだめ
　（一定要方便）

・「い」形容詞詞幹＋「く」＋「ないとだめ」
　おいしくないとだめ
　（一定要好吃）

・動詞「ない」形＋「ないとだめ」
　寝ないとだめ（一定要睡覺）

ないといけない vs ないとだめ

「〜ないといけない」與「〜ないとだめ」比起前面出現的「〜なきゃならない」或是「〜なくちゃいけない」較有口語的感覺。此外，「〜ないとだめ」表示100%不可能，「〜ないといけない」則仍有留下一點餘地。日常會話中欲向別人提出忠告，或是叮囑一定要做的事的時候可以只說「〜ないと」。

お兄(にい)ちゃん 哥哥
我慢(がまん)する 忍耐
シートベルト 安全帶、座位安全帶
誰(だれ)だって 不管是誰
アイロンをかける 燙衣服

PATTERN
174

接續動詞「ない」形 11

〜ないうちに

做〜之前

意為「做〜之前」、「趁還沒〜之前」，用以表示在進入某種狀態之前就發生了某件事的句型。

 174.MP3　 174J.MP3

STEP 1

❶ 天黑前下了山。 | 暗くならないうちに山を下りた。

❷ 下雨前洗好衣服了。 | 雨が降らないうちに洗濯をした。

❸ 公車沒等五分鐘就到了。 | 5分も待たないうちにバスが来た。

❹ 不知不覺中得了憂鬱症。 | 気づかないうちにうつ病になった。

❺ 暫時沒看到你的期間長大了不少呢。 | しばらく見ないうちに大きくなったね。

TIPS

相關句型（Pattern 98）

前面介紹過的動詞基本型＋「うちに（做〜期間、做〜之間）」的句型。

・暗いうちに（還天黑時）
・暗くならないうちに
　（天黑之前）

STEP 2

❶ A 出張先のホテル、取っておいた？
　 B あ、忘れないうちに今すぐ予約するよ。

❷ A スープが冷めないうちに、どうぞ。
　 B わ〜、いただきます。

❸ A 知らないうちに、ここ、けがしてるの。
　 B えっ、大丈夫？

❹ A 趁早回家吧。
　 B そうね、明日の朝も早いし。

❶ A 出差地的旅館訂好了嗎？
　 B 啊，趁忘記之前我現在馬上去訂。

❷ A 在湯冷掉之前喝吧。
　 B 哇～我要開動了。

❸ A 不知不覺這裡就受傷了。
　 B 什麼？你還好嗎？

❹ A 遲くならないうちに帰ろう。
　 B 對啊，明天也要早起呢。

山(やま)を下(お)りる 下山
気(き)づく 查覺到
出張先(しゅっちょうさき)
出差地點
ホテルを取(と)る 訂旅館
今(いま)すぐ 馬上就
冷(さ)める 冷掉
けがする 受傷

PATTERN **175**

接續動詞「ない」形 12

〜ないように

盡量不要做〜

意為「盡量不要做〜」，表示希望不要成為某種結果，或狀態時使用的句型。

🎧 175.MP3　🎧 175J.MP3

STEP 1

❶ 就這次不要再失敗喔。

今度こそ失敗しないようにね。

❷ 盡量不錯過任何一堂課。

授業はサボらないようにしている。

❸ 盡量不買不需要的東西。

要らないものは買わないようにしている。

❹ 請盡量不要比約定時間晚到。

約束の時間に遅れないようにしてください。

❺ 請盡量不要吃消夜。

夜食はなるべく食べないようにしてください。

> **TIPS**
>
> 外來語演變日語動詞的例子
> ・サボる：曠課
> 　サボタージュ（sabotage，偷懶）＋る → サボる
> ・マクる：買麥當勞吃
> 　マクドナルド（MacDonald，麥當勞）＋る → マクる
> ・ダブる：重複、層疊
> 　ダブル（double，雙重）＋る → ダブる
> ・ググる：在Google搜尋
> 　グーグル（Google，谷歌）＋る → ググる

STEP 2

❶ A 面接の時に緊張しない方法、ないかな？
　 B 緊張しないように好きな音楽を聞くのもいいよ。

❷ A 田中君、会議中に居眠りしないようにね。
　 B あ、どうもすみませんでした。

❸ A 急に寒くなったね。
　 B 風邪をひかないように気をつけてね。

❹ A 年尾盡量不要喝太多。
　 B 忘年会が続いているから、それはちょっと……。

❶ A 有沒有在面試時不會緊張的方法呢？
　 B 為了盡量不要緊張也可以聽你喜歡的音樂喔。

❷ A 田中同學，請不要在會議時睡覺。
　 B 啊，很抱歉。

❸ A 突然變冷咧。
　 B 小心不要感冒。

❹ A 年末は飲みすぎないようにね。
　 B 因為還有尾牙，所以有點困難…。

今度(こんど)こそ 就這次
失敗(しっぱい)する 失敗
サボる 錯過、曠課
夜食(やしょく) 消夜
なるべく 可以的話
方法(ほうほう) 方法
忘年会(ぼうねんかい) 忘年會、尾牙

Unit 14

「動詞ば形」的句型

PATTERN
176

接續動詞「ば」形 01

〜ば

如果做〜

意為「如果做〜」，用以表示若某個假設條件成立，就會得到某個結果的句型。

🎧 176.MP3　🎧 176J.MP3

STEP 1

❶	趕快的話應該可以趕上。	急げば間に合うだろう。
❷	讀書的話成績會上升。	勉強すれば成績が上がる。
❸	吃多的話會變胖。	たくさん食べれば太るよ。
❹	只要有你其他什麼都不要了。	君さえいれば何も要らない。
❺	接受治療的話過敏症狀會治好的。	治療を受ければアレルギーは治る。

⊙ TIPS

跳蚤市場（フリーマーケット）
跳蚤市場即是二手市場，販賣許多老舊物品。在日本也稱作「のみの市（いち）」，但一般都稱為「フリーマーケット」，或是簡稱為「フリマ」。

STEP 2

❶ A 展示会場までどのくらいかな？
　 B 車で行けば30分ぐらいだよ。

❷ A 僕もギター、上手になりたいな。
　 B 練習すれば君も上手になるよ。

❸ A このバッグ、フリーマーケットで買ったの？
　 B うん、そこに行けば安く買うことができるよ。

❹ A 沖縄の海はとてもきれいでしたよ。
　 B 有機會的話想去看看。

---

❶ A 到展覽會場需要多久時間？
　 B 開車的話大概30分鐘吧。

❷ A 我也想要把吉他彈好。
　 B 練習的話你也可以彈得很好的。

❸ A 這個包包是在跳蚤市場買的嗎？
　 B 嗯，去那邊的話可以用很便宜的價錢買到。

❹ A 沖縄的海邊很美。
　 B 機会があれば一度行ってみたいですね。

急(いそ)ぐ 趕快
治療(ちりょう) 治療
アレルギー 過敏
フリーマーケット 跳蚤市場
機会(きかい) 機會

PATTERN
177

接續動詞「ば」形 02

～ば…ほど

越做越～

意為「越做越～」，表示若進行某動作或是狀況，就會造成某種結果的句型。

 177.MP3　 177J.MP3

STEP 1

❶ 這本書越讀越有趣。　　この本は読めば読むほど**面白い**。

❷ 嬰兒越看越可愛。　　赤ちゃんは見れば見るほどかわいい。

❸ 越努力越會有好結果。　　努力すればするほど**いい**結果が出る。

❹ 唱歌是越練習就會唱得越好的。　　歌は練習すればするほどうまくなる。

❺ 越辛苦越會有成就感。　　苦労すればするほど**達成感**があるよ。

🔵 **TIPS**

「～ば…ほど」的各種用法
這個句型不僅可配合動詞，亦可配合形容詞。

　夢は大きければ大きいほどいい。（夢想越大越好）
　給料が多ければ多いほど生活は楽だ。
　（薪水越多則生活越輕鬆）

STEP 2

❶ A　この20年経ったワイン、おいしいね。
　B　うん、ワインは古くなればなるほど味が出るからね。

❷ A　運転免許は若いうちに取った方がいいよ。
　B　そうだね、年を取れば取るほど時間がかかるからね。

❸ A　私も課長のようにお酒が強くなりたいです。
　B　ハハハ、お酒は飲めば飲むほど強くなるよ。

❹ A　漢字の勉強はどう？
　B　越學越感到困難。

❶ A　這20年以上的紅酒真好喝！
　B　嗯，紅酒是越古老味道越好的。

❷ A　駕照趁年輕時取得比較好。
　B　對啊，因為年紀越大要花的時間就越多。

❸ A　我也想要像課長一樣酒量好。
　B　哈哈哈，酒量是會越喝越好的。

❹ A　漢字學得如何？
　B　習えば習うほど難しいよ。

達成感(たっせいかん) 成就感

経(た)つ 經過

味(あじ)が出(で)る 更有味道、味道出來

年(とし)を取(と)る 上年紀

213

接續動詞「ば」形 03

～ばいい

做～就好了

意為「做～就好了」，表示期望、或是給予他人提議與忠告的句型。

 178.MP3　 178J.MP3

STEP 1

❶	討厭的事情拒絕就好。	いやなことは**断れ**ばいい。
❷	往新宿的巴士在這邊搭就可以了。	**新宿行きのバスはここで乗れ**ばいい。
❸	申請書用下載的就好了。	**申し込み書はダウンロードすれ**ばいい。
❹	我們家附近有公園就好了。	うちの近くに公園が**あれ**ばいいなあ。
❺	若是薪水可以比現在更提高就好了。	今よりもっと給料が**上がれ**ばいいなあ。

TIPS

電車乘車券

・SUICA「スイカ」：可於「JR東日本」公司的電車、巴士使用的交通卡，也能用來在某些商店購物。

・定期券「ていきけん」：上班族或是學生上下班、上下課交通時使用的定期券。

STEP 2

❶ A あと何分ぐらい行けばいいの？
　 B えっと、15分ぐらいかな……。

❷ A 台北駅に行くにはどこで乗り換えますか。
　 B 次の駅で乗り換えればいいですよ。

❸ A 今の不景気、早く終わればいいなあ。
　 B もうじきよくなると思うよ。

❹ A ストッキング、どこで売ってるのかな？
　 B 在便利商店買就好了。

---

❶ A	還要走幾分鐘才可以？	
B	嗯，大概15分鐘吧…。	
❷ A	如果要去台北站，要在哪邊換車？	
B	在下一站換車就好了。	

❸ A	現在的不景氣要是可以趕快結束就好了。
B	我想很快會變好的。
❹ A	絲襪哪裡有賣？
B	コンビニで買えばいいよ。

断(ことわ)る 拒絕
新宿(しんじゅく) 新宿
不景気(ふけいき) 不景氣、景氣差
もうじき 快要
ストッキング 絲襪

接續動詞「ば」形 04

～ばよかった

做～就好了

意為「做～就好了」，用以表示失望或是可惜等強烈後悔情緒的句型。

🎧 179.MP3　🎧 179J.MP3

STEP 1

❶ 在學生時期多讀點書就好了。
学生時代にもっと勉強すればよかった。

❷ 能多聽點父母的話就好了。
もっと両親の言うことを聞けばよかった。

❸ 能夠跟很多人有來往就好了。
いろんな人と付き合えばよかった。

❹ 有記下電話號碼就好了。
電話番号をメモしておけばよかった。

❺ 有也去挑戰看看國外公司就好了。
外国系の会社にもチャレンジすればよかった。

💬 **TIPS**

賞櫻花

在日本，到了春天人們就會在櫻花樹下面鋪上墊子，聚集起來吃東西、喝酒、賞櫻花（花見 [はなみ]）。尤其是晚上賞夜櫻的景色更是絕佳。雖然説道賞櫻的有名場地就是上野公園（上野公園，東京）、吉野（奈良縣吉野）等地，但全國各地區皆有許多可以賞櫻的地方。

STEP 2

❶ A どうしたの？二日酔い？
B うん、夕べあんなに飲まなければよかったな。

❷ A 上野公園の桜、すごくきれいだったね。
B うん、もっと写真撮ればよかったな。

❸ A もうじき卒業だね。
B うん、もっとみんなと仲よくすればよかったな。

❹ A これ、バーゲンセールですごく安く買ったのよ。
B いいね、早知道我也一起去。

❶ A 為什麼這樣？宿醉嗎？
B 嗯，昨晚不要喝這麼多就好了。

❷ A 上野公園的櫻花好美啊。
B 嗯，多照點照片就好了。

❸ A 快要畢業了呢。
B 嗯，早知道就更跟同學們好好相處就好了。

❹ A 這個在打折的時候用很便宜的價錢買了。
B 真好，我也一起去就好了。

学生時代(がくせいじだい)
學生時期
いろんな 多樣的
外国系(がいこくけい) 外籍
チャレンジする 挑戰、試試
二日酔(ふつかよ)い 宿醉
上野公園(うえのこうえん)
上野公園
仲(なか)よくする 相處融洽

Unit 15

「動詞（よ）う形」的句型

PATTERN **180**

接續動詞「（よ）う」形 01

～(よ)う

一起做～

意為「一起做～」，向身邊的人勸誘或是叮囑時使用的句型。

🎧 180.MP3　🎧 180J.MP3

STEP 1

❶ 順序用猜拳決定吧。　　**順番**はじゃんけんで**決め**よう。

❷ 以後也要持續保持聯繫喔。　　これからもずっと**連絡**しよう。

❸ 已經知道了，所以那些話就別再說了。　　わかったから、もうその話は**や**めよう。

❹ 明明是重要的會議卻遲到的話怎麼辦？　　**重要な会議なのに遅れたらどう**しよう。

❺ 現在身上沒有現金，所以要刷卡支付。　　**今現金がないから、カードで払**おう。

💡 TIPS

猜拳

日語裡猜拳遊戲稱為「じゃんけん」，玩的時候需以三個拍子喊出「じゃん」、「けん」、「ぽん」。剪刀是「チョキ（剪刀發出的聲音）」、石頭則是「グー（石頭）」、布則是「パー（紙）」的意思，日語的順序為「チョキ」、「グー」、「パー」。

STEP 2

❶ A これ、半分こしよう。
　 B そうしよう。

❷ A 学校まで自転車で行こう！
　 B 私は後ろに乗せて。

❸ A 旅行の予算が合わないな。
　 B じゃ、安いホテルに泊まろうよ。

❹ A おなかすいたね。
　 B うん、差不多來一起吃飯吧。

❶ A 這個一人一半吧。
　 B 就那樣吧。

❷ A 一起騎腳踏車到學校吧。
　 B 讓我坐你後面。

❸ A 旅行預算不合耶。
　 B 那麼就住便宜一點的旅館吧。

❹ A 肚子餓。
　 B 嗯，そろそろ食事にしよう。

順番(じゅんばん) 順序、依序
じゃんけん 猜拳
現金(げんきん) 現金
払(はら)う 支付
半分(はんぶん)こ 分一半
後(うし)ろ 後面
乗(の)せる 乘載
予算(よさん)が合(あ)う 符合預算
泊(と)まる 住宿

217

PATTERN
181

接續動詞「（よ）う」形 02

～(よ)うか

要一起做～嗎？

意為「要一起做～嗎？」，向身邊的人勸誘或是叮嚀時使用的句型。

 181.MP3　 181J.MP3

STEP 1

❶ 要不要喝一杯慶祝
找到工作？

就職祝いに一杯飲もうか。

❷ 下次連假要做什麼
呢？

今度の連休に何しようか。

❸ 那麼，要開始會議
了嗎？

じゃ、会議を始めようか。

❹ 今天我來請客吧。

今日は僕がおごろうか。

❺ 媽媽的生日禮物要
買什麼？

ママのプレゼントに何買おう
か。

💡 **TIPS**

就職祝い（慶祝就職）

慶祝就職時日本會把祝賀金放在
信封當作禮物，或是贈予對方職
場生活所需物品。禮物包含商品
券、定期券盒、名片盒、錢包、
印章、手錶、筆等等，通常家
人、親戚、朋友都會送禮，有時
大學或研究所的指導教授也會參
與。

STEP 2

❶ A あっちの方に行ってみようか。
　 B うん、そうしよう。

❷ A 今度、海に行こうか。
　 B いいね、ドライブもしよう。

❸ A せっかくだから、お寿司でもとろうか。
　 B 賛成！

❹ A 要一起搭那個纜車嗎？
　 B うん、おもしろそう。

❶ A 要去那邊看看嗎？　　❸ A 機會難得，要不要叫壽司外送？
　 B 嗯，好啊。　　　　　　 B 賛成！

❷ A 這次要一起去海邊嗎？　❹ A あのケーブルカーに乗ろうか。
　 B 好啊，也一起兜風吧。　　 B 嗯，應該很好玩。

就職(しゅうしょく)就職
祝(いわ)い 祝賀
おごる 請客
せっかく 難得、不容易
お寿司(すし)をとる 壽司外送
賛成(さんせい)贊成
ケーブルカー 纜車

接續動詞「（よ）う」形 03

〜(よ)うと思う

打算做〜

「〜（よ）うと思（おも）う」意為「打算做〜」，表示話者的意志或預定的句型。

🎧 182.MP3　　🎧 182J.MP3

🔵 TIPS

清掃相關詞彙

・ほうき：掃帚
・雑巾(ぞうきん)：抹布
・燃(も)えるごみ：可燃垃圾
・燃(も)えないごみ：不可燃垃圾
・生(なま)ごみ：廚餘
・資源(しげん)ごみ：可回收垃圾

STEP 1

❶ 我打算學滑雪。　　　　スケートを習おうと思う。

❷ 我打算減肥。　　　　　ダイエットしようと思う。

❸ 我打算下個月開始去健身房。　　来月からジムに通おうと思う。

❹ 我打算住日本的旅館。　　日本の旅館に泊まろうと思う。

❺ 我打算買新冰箱。　　　新しい冷蔵庫を買おうと思う。

STEP 2

❶ A　土曜日に何する？
　 B　大掃除しようと思ってるよ。

❷ A　週末は何をするつもりですか。
　 B　お墓参りに行こうと思っています。

❸ A　夕日を見に行こうと思ってるんだけど、一緒にどう？
　 B　わあ、うれしい。私も行く。

❹ A　我打算下周開始學英語會話。
　 B　がんばってね。

❶ A　周六要幹嘛？
　 B　打算要大掃除。

❷ A　周末要做什麼？
　 B　打算要去掃墓。

❸ A　我打算要去看夕陽，你要一起去嗎？
　 B　哇，好開心，我也一起去。

❹ A　来週から英会話を始めようと思ってるんだ。
　 B　加油喔。

旅館(りょかん) 旅館
大掃除(おおそうじ) 大掃除
お墓参(はかまい)り 掃墓
夕日(ゆうひ) 夕陽

接續動詞「（よ）う」形 04

〜(よ)うとする

想要做〜

意為「想要做〜」、「正要做〜」，表示去嘗試某件事，或是正要做某件事的時候的句型。

🎧 183.MP3　　🎧 183J.MP3

STEP 1

❶ 正要離開辦公室時，電話響起了。

オフィスを出ようとすると、電話が鳴った。

❷ 若想要減肥就會想到蛋糕。

ダイエットしようとすると、ケーキが思い浮かぶ。

❸ 雖然想和大企業交易，但失敗了。

大手企業と取り引きしようとしたが、だめだった。

❹ 雖然原本想六點起床，但卻睡過頭了。

6時に起きようとしたが、寝坊してしまった。

❺ 雖然想向她告白，但卻鼓不起勇氣。

彼女に告白しようとしたが、勇気が出なかった。

● TIPS

日本上班族喜愛的大企業

第一名	Google（グーグル）
第二名	Toyota（トヨタ）
第三名	Sony（ソニー）
第四名	Recruit（リクルート）
第五名	ANA（全日本空輸）

STEP 2

❶ A 暑いから、窓を開けたらどう？
　 B 開けようとしたけど、開かないの。

❷ A 朝寝坊のくせを直そうとしてもだめなんだ。
　 B うん、くせになるとなかなか直らないよね。

❸ A 昨日、早めに寝ようとしたけど、眠れなかったんだ。
　 B すごく暑かったからね。

❹ A 雖然想買機票，但卻客滿了。
　 B じゃ、キャンセル待ちね。

❶ A 好熱，開窗戶如何？
　 B 試著想開，但卻開不了。

❷ A 想要改正睡過頭的習慣，卻改不了。
　 B 嗯，養成習慣的話就很難改。

❸ A 昨天原本想早點睡，但睡不著。
　 B 因為很熱啊。

❹ A 飛行機のチケット、買おうとしたら満席だったの。
　 B 那麼，只能候位了。

オフィス 辦公室
思(おも)い浮(う)かぶ 浮現、想起
大手企業(おおてきぎょう) 大企業
取(と)り引(ひ)きする 交易
勇気(ゆうき)が出(で)る 鼓起勇氣
くせ 習慣
満席(まんせき) 滿員
キャンセル待(ま)ち 候位

04

說出流暢日語的技巧：連結話語的句型

我們在練習會話的同時常常會面臨到的問題即是：學過的話語無法流暢連接，不得不途中打斷，或著是說出來的句子前後文上下不通，這是因為在學習文法時，我們常習慣以一句一句的方式背誦而導致。為了解決這種困境，Part4集合了日語裡常見的連結句子的句型，也就是可以連接複數名詞、形容詞、動詞的句型，與專門用來連接單字的連接助詞。只要熟悉這些內容，講出來句子再也不會斷斷續續，能夠將想表達的事流暢且正確地說出來。

20

Unit 16

連接單字與單字的
連接句型

連接名詞

～は…で、

～是…（也）是…

意為「～是…（也）是…」的句型。用以說明某名詞同時具有多種身分，或是把兩個分別說明不同名詞的身分的句子連結起來的句型。

 184.MP3　 184J.MP3

STEP 1

❶ 我二十歲，是大學生。

私は二十歳で、大学生です。

❷ 山下先生是日本人也是歌手。

山下さんは日本人で、歌手です。

❸ 這手錶是哥哥的也是瑞士製的。

この時計は兄ので、スイス製だよ。

❹ 這個是洗髮精，那個是護髮乳。

これはシャンプーで、それはリンスだよ。

❺ 我要點美式咖啡，你是拿鐵咖啡對吧。

僕はアメリカーノで、君はカフェラテだね。

TIPS

家族稱呼

跟別人對話提到自己的哥哥、兄長時，成人講「兄（あに）」，小孩講「お兄（にい）さん」、「お兄ちゃん」。稱呼姊姊、大姊時，成人講「姉（あね）」，小孩講「お姉（ねえ）さん」、「お姉ちゃん」。

STEP 2

❶ A 明日も試験なの？
　 B うん、英語で、10時からだよ。

❷ A 鈴木さん夫婦は作家ですか。
　 B ご主人は作家で、奥さんは画家ですよ。

❸ A あのかばん、王さんのですか。
　 B いいえ、あれは林さんので、王さんのじゃないです。

❹ A 王さんってどんな人？
　 B 他是中國人，也是餐廳廚師。

❶ A 明天又考試嗎？
　 B 嗯，是英語考試，十點開始喔。

❷ A 鈴木夫婦是作家嗎？
　 B 丈夫是作家，夫人是畫家喔。

❸ A 那個包包是王小姐的嗎？
　 B 不，那個包包是林小姐的，不是王小姐的。

❹ A 王先生是怎樣的人？
　 B 中国人で、レストランのコックさんだよ。

二十歳(はたち) 20歳
スイス 瑞士
~製(せい) ～製造
シャンプー 洗髮精
リンス 護髮乳
アメリカーノ 美式咖啡
夫婦(ふうふ) 夫婦
ご主人(しゅじん) 丈夫
奥(おく)さん 夫人
画家(がか) 畫家
中国人(ちゅうごくじん) 中國人
コックさん 廚師

〜は…で、

〜是…又是…

意為「〜是…又是…」、「〜因為…所以」。用以說明某名詞同時符合複數「な」形容詞，或是說明因果關係的句型。

185.MP3　185J.MP3

STEP 1

❶ 那座橋很雄偉所以很有名。

あの橋は立派で、有名だ。

❷ 這周很閒所以很無聊。

今週はひまで、退屈だった。

❸ A型的人很誠實且安靜。

A型は真面目で、静かです。

❹ 佐藤先生長得英俊又親切。

佐藤さんはハンサムで、親切です。

❺ 這支手機很薄且方便。

このケータイはスリムで、便利です。

TIPS

レインボー橋（彩虹橋）
東京旅行不可錯過的觀光景點之一是位於「お台場 [だいば]（台場）」的「レインボー橋 [はし]（彩虹橋）」。這座複合式懸垂橋於1993年開通，車子與火車可同時行駛，一周會更換七次照明，夜景非常美麗。台場其他有名的景點還有自由女神像、富士電視台等。

STEP 2

❶ A ソウルはどうでしたか。
　 B とてもにぎやかで、活気がありました。

❷ A どんな人が好きですか。
　 B 素直で、きれいな人が好きです。

❸ A 彼のデザインはどう？
　 B とてもユニークで、いいね。

❹ A 駅前のホテル、どうだった？
　 B 非常方便且舒適。

❶ A 首爾如何？
　 B 非常繁華且充滿活力。

❷ A 你喜歡什麼樣的人？
　 B 我喜歡直率且漂亮的人。

❸ A 他的設計如何？
　 B 非常獨特，所以很不錯。

❹ A 車站前面的旅館如何？
　 B とても便利で、快適だったよ。

橋(はし) 橋

今週(こんしゅう) 這周

退屈(たいくつ)だ 無聊

活気(かっき) 活力

素直(すなお)だ 純真、直率

ユニークだ 獨特、特別

快適(かいてき)だ 舒適

～は…くて、

～是…又是…

意為「～是…又是…」、「～因為…所以」。用以說明某名詞同時符合複數「い」形容詞，或是說明因果關係的句型。

🎧 186.MP3　🎧 186J.MP3

STEP 1

❶ 海洋又寬又大。　海は広くて、大きい。

❷ 今早開始眼睛又紅又痛。　朝から目が赤くて、痛い。

❸ 這條道路很窄所以很危險。　この道路は狭くて、危険です。

❹ 那個女生很溫柔且可愛。　彼女は優しくて、かわいいです。

❺ 那間餐廳很便宜又好吃。　あのレストランは安くて、おいしいです。

💠 TIPS

表示個性的「い」形容詞
・溫柔：「やさしい」
・厚臉皮：「ずうずうしい」
・文靜：「おとなしい」
・有趣：「おもしろい」
・可怕：「こわい」
・冷淡：「つめたい」
・噁心：「きもい」
・開朗：「あかるい」

STEP 2

❶ A　このスマホ、どう？
　　B　画面が大きくて便利だよ。
❷ A　石田先輩、かっこいいね。
　　B　うん、性格もよくて頭もいいんだよ。
❸ A　新しい部屋は明るいですか。
　　B　はい、窓が大きくて明るいですよ。
❹ A　バレーは楽しいですか。
　　B　はい、很好玩且對健康也很好。

❶ A　這隻智慧手機如何？
　　B　畫面很大所以很方便。
❷ A　石田前輩很帥氣呢。
　　B　嗯，個性很好頭腦也好。
❸ A　新房間明亮嗎？
　　B　是的，窗戶很大所以很亮。
❹ A　芭蕾好玩嗎？
　　B　是的，楽しくて健康にもいいです。

危険(きけん)だ 危險
優(やさ)しい 溫柔
画面(がめん) 畫面
健康(けんこう) 健康

PATTERN
187

～て、

做完～做～

意為「做完～做～」的句型，常見用以表示某動作完成的順序，也會用來表示方法手段、因果關係等，是用途很多的句型。配合動詞「て」形使用。

 187.MP3　 187J.MP3

STEP 1

❶ 早上起床就洗臉。　　　**朝起きて、顔を洗います。**

❷ 從家裡走到車站要　　　**家から駅まで歩いて10分です。**
10分鐘。

❸ 已附上附件寄出。　　　**ファイルを添付して送りました。**

❹ 寫完企劃書給課長　　　**企画書を書いて、課長に見せ**
看過了。　　　　　　　**た。**

❺ 辭職開了咖啡廳。　　　**会社を辞めて、カフェをオープ**
ンした。

TIPS

会議 vs 打ち合わせ

「会議 [かいぎ]（會議）」為公司或團體舉辦的正式會議，內容大多是討論公司團體經營的方向性等等。「打ち合わせ [うちあわせ]（事前討論）」則是指在進行某事前預先討論決定方法或詳細內容，常常「会議」之前會需要進行「打ち合わせ」。

STEP 2

❶ A 今日もバイト？
　 B ううん、今日はうちに帰って寝るよ。

❷ A 今日のスケジュールは？
　 B 10時に取引先に行って、打ち合わせをします。

❸ A 昨日は何をしましたか。
　 B 友だちと映画を見て、食事をしました。

❹ A 日曜日は何をしますか。
　 B 打掃完後帶狗去散步。

❶ A 今天也打工嗎？　　❸ A 昨天做了什麼？
　 B 不，今天要回家睡覺。　　B 和朋友一起看了電影，還吃了飯。

❷ A 今天的行程是？　　❹ A 星期日要做什麼？
　 B 10點要到交易處開會。　　B 掃除をして、犬と散歩をします。

添付(てんぷ)する 附上
打(う)ち合(あ)わせ 事前討論

227

Unit 17

讓話語變長的魔法：接續動詞的句型

PATTERN
188

接續助詞 01

〜から

因為〜

意為「因為〜」，為說明某件事的原因或是理由時使用的句型。

 188.MP3 　 188J.MP3

STEP 1

❶ 因為流汗所以洗了澡。

汗をかいたからシャワーを浴びた。

❷ 因為感冒，所以會在家休息。

風邪を引いたから、家で休みます。

❸ 因為討厭肉，所以不太吃。

お肉は嫌いですから、あまり食べません。

❹ 明天休假，所以要和家人去遊樂園。

明日は休みだから、家族と遊園地へ行きます。

❺ 開車無聊，所以都會聽廣播。

運転中は退屈だから、いつもラジオを聞いている。

> **TIPS**
>
> 常見用法
> ・名詞＋「だ」＋「から」
> 　休みだから（因為是休假）
> ・「な」形容詞詞幹＋「だ」＋「から」
> 　嫌いだから（因為討厭）
> ・「い」形容詞＋「から」
> 　暑いから（因為熱）
> ・動詞普通體＋「から」
> 　使うから（因為會使用）

STEP 2

❶ A 今晩、一杯どう？
　 B 先約があるから、今度にするね。

❷ A 新しい部屋はどう？
　 B 大学まで歩いて10分だからとても便利なの。

❸ A 李さんはコンサートに来ますか。
　 B 昨日約束したから、来ると思います。

❹ A 很熱，要開冷氣嗎？
　 B うん、お願いね。

❶ A 今晩喝一杯如何？
　 B 已經有約了，所以下次再說吧。

❷ A 新房間如何？
　 B 走路到大學約十分鐘，很方便。

❸ A 李先生會來演唱會嗎？
　 B 昨天跟他約好了，我想會來的。

❹ A 暑いから、クーラーつける？
　 B 嗯，麻煩你。

汗(あせ)をかく 流汗
退屈(たいくつ)だ 無聊
先約(せんやく) 有約
今度(こんど) 下次、這次

〜ので

因為〜

意為「因為〜」，為說明某件事的原因或是理由時使用的句型。

 189.MP3　 189J.MP3

STEP 1

❶ 因為牙痛所以去看牙科。

歯が痛いので歯科に行きます。

❷ 電車誤點了所以遲到。

電車が遅れたので遅刻しました。

❸ 因為有事所以先失禮了。

用事があるのでお先に失礼します。

❹ 因為朋友要來所以去機場。

友だちが来るので空港に行きます。

❺ 因為時間到了所以開始會議。

時間になりましたので会議を始めます。

TIPS

から vs ので

「から」表示主觀的原因，「ので」則為客觀的理由。此外「ので」給人較柔和且更尊敬的感覺。

常見用法

- 名詞＋「な」＋「ので」
  病気なので（因為生病）
- 「な」形容詞詞幹＋「な」＋「ので」
  不便なので（因為不方便）
- 「い」形容詞＋「ので」
  痛いので（因為痛）
- 動詞普通體＋「ので」
  遅れたので（因為晚到）

STEP 2

❶ A 中村さん、お帰りですか。
B はい、母が病気なので、少し早めに帰ります。

❷ A どこに行くんですか。
B ケータイがこわれたので、修理センターに行きます。

❸ A このお店にはよく来ますか。
B はい、コーヒーがおいしいので毎日。

❹ A 田中さん、引っ越しするんですか。
B はい、因為交通不便所以搬到公司附近。

❶ A 中村先生要回家了嗎？
B 是，因為母親身體不適，所以早點回去。

❷ A 去哪裡？
B 因為手機壞掉了，所以要去維修中心。

❸ A 你常來這家店嗎？
B 是，因為咖啡好喝所以每天來。

❹ A 田中先生要搬家嗎？
B 是的，交通不便なので、会社の近くに。

歯科(しか) 牙科
用事(ようじ) 事情、辦事情
お先(さき)に 先行
失礼(しつれい)する 失禮
お帰(かえ)り 回家
こわれる 破掉、壞掉
修理(しゅうり)センター 維修中心

PATTERN
190

接續助詞 03

〜のに

雖然〜

意為「雖然〜」、「明明〜」，表達對於與預想不同的結果感到意外或失望的句型。

190.MP3　190J.MP3

STEP 1

① 即使已經9月了但還是很熱。 ／ 9月になったのにまだ暑い。

② 鈴木先生明明是有錢人但還是很小氣。 ／ 鈴木さんはお金持ちなのにけちだ。

③ 好不容易去了那邊卻是公休日。 ／ せっかく行ったのに定休日だった。

④ 即使認真念書但成績未見改進。 ／ 一生懸命勉強したのに成績が上がらない。

⑤ 全部人都到了但他還沒到。 ／ みんな来ているのに彼はまだ来ない。

TIPS

常見用法

・名詞+「な」+「のに」
　お金持ちなのに
　（即使是有錢人）
・「な」形容詞詞幹+「な」+「のに」
　便利なのに（即使便宜）
・「い」形容詞+「のに」
　安いのに（明明很便宜）
・動詞普通體+「のに」
　勉強したのに（明明有念書）

STEP 2

① A 彼氏とデートしないの？
　 B うん、私は土日が休みなのに、彼は平日が休みなの。

② A 先月から老人ホームで働いているんです。
　 B 若いのにえらいですね。

③ A 夕ご飯を食べたのに、すぐまたおなかがすくんだ。
　 B 豆腐やゆで卵は食べても太らないよ。

④ A 這家店的餃子即使便宜卻還是好吃！
　 B そうだね。

① A 不和男朋友約會嗎？
　 B 嗯，我週六、周日雖然休息，但男友平日休息。

② A 上個月開始在養老院工作。
　 B 雖然年輕卻很了不得呢。

③ A 明明吃過晚飯但肚子又餓了。
　 B 豆腐和水煮蛋吃了也不會變胖喔。

④ A この店の餃子、安いのにおいしいね。
　 B 是啊。

金持(かねも)ち 有錢人
けち 小氣
一生懸命(いっしょうけんめい) 認真地
土日(どにち) 週六、日
平日(へいじつ) 平日
老人(ろうじん)ホーム 養老院
えらい 了不起
ゆで卵(たまご) 水煮蛋
餃子(ぎょうざ) 餃子

231

接續助詞 04

〜ために

因為〜、為了〜

意為「因為〜」、「為了〜」，表示原因或是理由，或是用來說明自己的目標的句型。

 191.MP3　 191J.MP3

STEP 1

❶ 因為下雨所以體育大會要延期。	雨のために体育大会は延期します。
❷ 因為訂單突然變多所以沒庫存了。	急に注文が増えたため、在庫がありません。
❸ 爸爸為了家計正在工作。	父は私たち家族のために働いている。
❹ 我是為了見到你才來到這世上的。	僕は君に出会うために生まれてきたよ。
❺ 為了健康每天都去慢跑。	健康のために毎日ジョギングをしている。

⊕ TIPS

常見用法
・名詞＋「の」＋「ために」
　雨のために（因為下雨）
・「な」形容詞詞幹＋「な」＋「ために」
　不便なために（因為不方便）
・「い」形容詞＋「ために」
　暑いために（因為熱）
・動詞普通體＋「ために」
　増えたために（因為變多了）

ため
如果是表示理由時，則可以省略「に」只使用「ため」。

STEP 2

❶ A 昨日はどうしたんですか。
　 B 熱があったため、家で休みました。

❷ A 今日もバレーの練習ですか。
　 B いいえ、足をけがしたため、今日はしません。

❸ A なわとび、買ったの？
　 B うん、ダイエットするためにね。

❹ A 田中さん、毎月貯金してるの？
　 B うん、為了結婚正在存錢。

❶ A 昨天是怎麼回事？
　 B 發燒所以在家裡休息。

❷ A 今天也要練習芭蕾嗎？
　 B 不，因為腳受傷所以今天不練。

❸ A 你買跳繩了嗎？
　 B 嗯，因為要減肥。

❹ A 田中先生，你每個月都有存錢嗎？
　 B 嗯，結婚するためにお金ためてるの。

体育大会(たいいくたいかい)
體育大會
延期(えんき)する 延期
生(う)まれてくる 出生
なわとび 跳繩
毎月(まいつき) 每個月
貯金(ちょきん)する 存錢
ためる 累積

接續助詞 05

〜が、

但是〜

意為「但是〜」，可以連接兩個相關的資訊，常用來表示某事進行途中遇到了轉折的句型。

🎧 192.MP3　🎧 192J.MP3

STEP 1

❶ 天氣雖然好但是風很冷。

天気はいいが、風が冷たい。

❷ 雖然喜歡海鮮但討厭肉。

魚は好きだが、肉は嫌いだ。

❸ 女朋友是公司職員，但我是學生。

彼女は会社員だが、僕は学生だ。

❹ 雖然化了妝但不滿意。

メイクをしたが、気に入らない。

❺ 現在已到了約定的時間了，但是沒有人來。

もう約束の時間だが、誰も来ていない。

❶ TIPS

常見用法

所有品詞的基本型、否定形、過去式、過去否定形都可以用這個句型連接。

- 化粧水(けしょうすい)：化妝水
- 乳液(にゅうえき)：乳液
- 日焼(ひや)け止(ど)め：防曬乳
- メイク落(お)とし：卸妝乳
- 口紅(くちべに)：口紅

STEP 2

❶ A 大学生活はどうですか。
　 B 毎日課題が多いですが、なんとかがんばっています。

❷ A 将来の夢は何ですか。
　 B 野球選手ですが、エンジニアにも興味があります。

❸ A 海外に住んでますが、投票できますか。
　 B はい、大使館でできますよ。

❹ A この部屋には暖房がありますか。
　 B 雖然有冷氣，但是沒有暖氣。

❶ A 大學生活如何？
　 B 雖然每天有很多作業，但勉強還是都很努力地做。

❷ A 未來的夢想是什麼？
　 B 雖然想當棒球選手，但也對當工程師有興趣。

❸ A 你住在海外可以投票嗎？
　 B 可以的，可以在大使館投。

❹ A 這間房間有冷氣嗎？
　 B 冷房はありますが、暖房はありません。

会社員(かいしゃいん) 公司職員
メイクをする 化妝
課題(かだい) 作業
将来(しょうらい) 將來
エンジニア 工程師
投票(とうひょう)する 投票
大使館(たいしかん) 大使館
暖房(だんぼう) 暖氣
冷房(れいぼう) 冷氣

〜けれども

雖然〜

意為「雖然〜」，連接對比的兩個內容時使用的句型。「けれども」、「けれど」、「けど」皆為同樣的意思，但越長越有禮貌。

🎧 193.MP3　🎧 193J.MP3

STEP 1

❶ 今天早上雖然比較早出門，但還是遲到了。

今朝は早めに出たけれども、遅刻した。

❷ 弟弟雖然不太會念書但是頭腦很好。

弟は勉強はできないけれど、頭はいい。

❸ 我既沒有時間也沒有錢。

僕は時間もないけど、お金もない。

❹ 木村先生雖然話不多但卻是位溫柔的人。

木村さんは無口だけど、優しい人だ。

❺ 這對雙胞胎雖然長得像但個性完全不同。

この双子は顔はそっくりだけど、性格は全然違う。

🔵 TIPS

常見用法
所有品詞的基本型、否定形、過去式、過去否定形都可以用這個句型連接。

形容個性的詞
・おしゃべり：話匣子
・恥(は)ずかしがりや：害羞的人
・わがままな人(ひと)：任性的人
・心配症(しんぱいしょう)：
　愛擔心的人
・生意気(なまいき)な人(ひと)：
　自大的人

STEP 2

❶ A 今日、スタバで一緒に勉強しない？
　 B 30分ぐらいならいいけど、それ以上はちょっと……。

❷ A 田中さんのご両親はお元気ですか。
　 B はい、年は取っているけれど、二人とも元気です。

❸ A 最近、よく山に登ってるね。
　 B うん、登るのは苦しいけど、頂上はとても気持ちいいよ。

❹ A 昨日はどうもありがとうございました。
　 B 雖然下雨了，但是兜風玩得很有趣。

❶ A 今天要不要去星巴克一起念書？
　 B 30分鐘是可以，但是超過的話就有點…。

❷ A 田中先生的雙親健在嗎？
　 B 是的，雖然有點年紀但是兩位都健在。

❸ A 最近常常爬山呢。
　 B 嗯，雖然爬山很累，但是爬到山頂時得感覺很舒服。

❹ A 昨天非常感謝你。
　 B 雨だったけど、楽しいドライブでしたね。

無口(むくち)だ 沉默寡言
双子(ふたご) 雙胞胎
そっくりだ 很相像
〜とも 都〜
苦(くる)しい 辛苦、痛苦
頂上(ちょうじょう) 山頂
気持(きも)ちがいい 舒服

日語中常見卻又
惱人的句型

日語中公認最複雜又容易搞混的表現有動詞基本
形、受動形、使役形、使役受身形、授受動詞與敬
語等等,尤其使役受身形不是我們會常用的表現,
另外授受動詞與敬語的表現也很複雜,學習時無法
避免的要多加努力。但是,這些令人傷腦筋的表現
方式也會依照場面及狀況使用,只要熟悉本書的句
型,努力熟讀到最後一個部分,則可以嘗到因為有
始有終而獲得的甜美果實。

Unit 18

「可以做～」
可能性動詞句型

PATTERN
194

動詞可能形（第一類）01

〜（え段）る

可以做〜

「え段」包括「え、け、せ、て、ね、へ、め、れ、ゑ」。意為「可以做〜」，表示可以做某動作的句型。

🎧 194.MP3　🎧 194J.MP3

STEP 1

❶	難得的好好睡了一覺。	久しぶりにぐっすり眠れた。
❷	日本報紙的漢字幾乎都看得懂。	日本の新聞の漢字はほとんど読める。
❸	由美是可以不拘禮節説話的朋友。	ユミちゃんは遠慮なく話せる友だちだ。
❹	便利商店可以買到高速巴士的票。	コンビニで高速バスのチケットが買える。
❺	搭計程車到會場約10分鐘就可以。	会場までタクシーに乗れば10分で行ける。

💬 TIPS

第一類動詞可能形

第一類動詞可能形只要將詞尾的「う段」改為「え段」後，加上「る」即可。

・眠る→眠れる
　⇒眠れない，眠れて，眠れた
・買う→買える
　⇒買えない，買えて，買えた
・話す→話せる
　⇒話せない，話せて，話せた
・読む→読める
　⇒読めない，読めて，読めた
・行く→行ける
　⇒行けない，行けて，行けた

STEP 2

❶ A 顔色悪いね。
　 B うん、この頃ゆっくり休めなくてね。

❷ A 中国語でメール書ける？
　 B うん、一応ね。

❸ A ねえ、一緒に遊ぼう！
　 B ごめん、これから塾だから遊べないよ。

❹ A クラス会、どうだった？
　 B 可以見到國中時的朋友很開心。

❶ A 臉色很不好呢。
　 B 嗯，最近沒辦法好好休息。

❷ A 能夠用中文寫信嗎？
　 B 嗯，還算可以。

❸ A 喂！一起玩吧！
　 B 抱歉，現在要去補習所以不能玩。

❹ A 同學會如何？
　 B 中学時代の友だちに会えてうれしかった。

ぐっすり 充分地
眠(ねむ)る 睡覺
遠慮(えんりょ)なく 不拘禮
高速(こうそく)バス 高速巴士
一応(いちおう) 勉強算是
クラス会(かい) 同學會
中学時代(ちゅうがくじだい)
中學時代

動詞可能形（第二類）02

～られる

可以做～

意為「可以做～」，表示可以做某動作的句型。

 195.MP3　 195J.MP3

STEP 1

❶ 誰都可以戒菸。 　　タバコは誰でもやめられる。

❷ 如果是他説的話就可以相信。 　　彼の言うことなら信じられる。

❸ 休假時想睡幾小時都可以。 　　休みの日は何時間でも寝られる。

❹ 如果是這個鬧鐘的話就一定起得來。 　　このアラームなら絶対起きられる。

❺ 腿部的傷痊癒後就可以參加比賽。 　　足の怪我が治ったら、試合に出られる。

> **TIPS**
>
> 第二類動詞可能形
>
> 第二類動詞可能形只要將詞尾的「る」省略再加上「られる」即可。
>
> ・やめる→やめられる
> ⇒ やめられない, やめられて, やめられた
> ・寝る→寝られる
> ⇒ 寝られない, 寝られて, 寝られた
> ・起きる→起きられる
> ⇒ 起きられない, 起きられて, 起きられた
> ・出る→出られる
> ⇒ 出られない, 出られて, 出られた
> ・信じる→信じられる
> ⇒ 信じられない, 信じられて, 信じられた

STEP 2

❶ A プリンターのトナー、変えられる？
　 B うん、私に任せて。

❷ A この質問に答えられる人、手をあげて！
　 B はい！

❸ A 新しい会社にはもう慣れた？
　 B まだ同僚の名前や顔が覚えられないよ。

❹ A お腹いっぱいだな。
　 B 我也無法再吃了。

❶ A 會換印表機的墨粉嗎？
　 B 嗯，交給我。

❷ A 可以回答這題的人，舉手！
　 B 我！

❸ A 已經適應新公司了嗎？
　 B 同事的名字和臉還沒記住。

❹ A 好飽喔。
　 B 私もこれ以上食べられないよ。

やめる 停止
アラーム 鬧鐘
怪我(けが) 受傷
試合(しあい)に出(で)る 參加比賽
トナー 墨粉
任(まか)せる 交付
質問(しつもん) 問題
答(こた)える 回答
手(て)をあげる 舉手
お腹(なか)いっぱい 肚子飽

239

動詞可能形（第三類）03

できる / 来られる

可以做〜/可以來〜

「できる」、「来（こ）られる」意為「可以做〜」、「可以來〜」，表示能夠做某個動作的句型。

🎧 196.MP3　🎧 196J.MP3

STEP 1

❶ 那個女生的説明可以接受。　彼女の説明は納得できる。

❷ 無法忍受他的態度。　彼の態度には我慢できなかった。

❸ 因為有無法理解的地方所以去詢問了。　理解できない点があって問い合わせた。

❹ 託各位的福才能走到這裡。　みんなのおかげでここまで来られた。

❺ 因為下周有事所以不能來打工。　来週は用事があってバイトに来られない。

TIPS

第三類動詞可能形

第三類動詞（變格動詞）的可能形只要將「する」變為「できる」、「る」變為「られる」即可。

・納得する → 納得できる
　⇒ 納得できない，納得できて，納得できた
・我慢する → 我慢できる
　⇒ 我慢できない，我慢できて，我慢できた
・理解する → 理解できる
　⇒ 理解できない，理解できて，理解できた
・来(く)る → 来(こ)られる
　⇒ 来(こ)られない，来(こ)られて，来(こ)られた

STEP 2

❶ A 明日の花見に参加できますか。
　B はい、参加するつもりです。

❷ A 金さんは英語の通訳ができますか。
　B はい、日常会話ぐらいならできますよ。

❸ A パソコンの電源が入らないんだけど、修理できる？
　B うん、ちょっと見せて。

❹ A どうして昨日、レッスンに来なかったの？
　B 因為發燒所以不能來。

納得(なっとく)する 接受
態度(たいど) 態度
理解(りかい)する 理解
問(と)い合(あ)わせる 詢問
おかげだ 多虧
通訳(つうやく) 口譯
日常会話(にちじょうかいわ) 日常會話
レッスン 課程
熱(ねつ)が出(で)る 發燒

❶ A 明天可以參加賞花活動嗎？
　B 是，我想參加。

❷ A 金先生可以口譯英文嗎？
　B 是，日常生活會話程度的話是可以的。

❸ A 電腦電源打不開，你會修理嗎？
　B 嗯，給我看一下。

❹ A 為什麼昨天沒來上課？
　B 熱が出て来られなかったの。

Unit 19

「遭受～」受身形 動詞的句型

PATTERN 197

動詞受身形（第一類）01

〜（あ段）れる

遭受〜

「あ段」包括「あ、か、さ、た、な、は、ま、や、ら、わ」。意為「遭受〜」、「成為〜」，表示受到某動作影響的句型。動詞的主體會加上助詞「に」。

 197.MP3　 197J.MP3

STEP 1

❶ 因為遲到所以被課長罵。

遅刻して課長に怒られた。

❷ 8樓現在在舉行簽名會。

8階でサイン会が行われています。

❸ 這本小說全世界都有人閱讀。

この小説は世界中の人に読まれている。

❹ 差點被他給騙了。

うっかり彼にだまされるところだった。

❺ 被社長叫過去，所以去了社長辦公室。

社長に呼ばれて社長室に行きました。

💡 TIPS

第一類動詞受身形

第一類動詞受身形只要將詞尾的「う段」改為「あ段」後，加上「れる」即可。

・怒る→怒られる
　⇒ 怒られない，怒られて，
　　怒られた
・呼ぶ→呼ばれる
　⇒ 呼ばれない，呼ばれて，
　　呼ばれた
・行う→行われる
　⇒ 行われない，行われて，
　　行われた
・読む→読まれる
　⇒ 読まれない，読まれて，
　　読まれた
・だます→だまされる
　⇒ だまされない，だまされて，
　　だまされた

STEP 2

❶ A 元気ないね。どうしたの？
　B 昨日、彼にふられちゃったんだ。

❷ A お客さんにまた文句言われちゃった。
　B ほら、元気出して。

❸ A 朝から機嫌いいね。
　B うん、林さんに食事に誘われたの。

❹ A 在地鐵裡被偷走錢包了。
　B えっ！大変だったね。

❶ A 你沒有精神欸，怎麼了？
　B 昨天被男朋友甩了。

❷ A 又被客人抱怨了。
　B 來，打起精神。

❸ A 一早開始就心情很好呢。
　B 嗯，因為林先生邀請我一起吃飯。

❹ A 地下鉄の中で財布を盗まれたの。
　B 咦！那真辛苦你了。

サイン会(かい) 簽名會
行(おこな)う 進行、舉行
世界中(せかいじゅう) 全世界
だます 騙
社長室(しゃちょうしつ) 社長室
ふる 分手、拒絕
文句(もんく)を言(い)う 抱怨
誘(さそ)う 勸誘、誘惑
盗(ぬす)む 偷竊

〜られる

遭受〜

意為「遭受〜」、「成為〜」，表示受到某動作影響的句型。動詞的主體會加上助詞「に」。

 198.MP3　 198J.MP3

STEP 1

❶ 被媽媽看到了我的日記。
ママに日記を見られた。

❷ 第一次獲得上司認可。
初めて上司に認められた。

❸ 嬰兒時是奶奶養育我的。
赤ちゃんの時、祖母に育てられた。

❹ 因為報告書那件事被部長稱讚了。
報告書の件で部長に誉められました。

❺ 前輩教我電腦的使用方法。
先輩にパソコンの使い方を教えられた。

TIPS

第二類動詞受身形

第二類動詞要改成受身形，只要將詞尾的「る」省略再加上「られる」即可。

・見る→見られる
⇒ 見られない, 見られて, 見られた
・認める→認められる
⇒ 認められない, 認められて, 認められた
・誉める→誉められる
⇒ 誉められない, 誉められて, 誉められた
・育てる→育てられる
⇒ 育てられない, 育てられて, 育てられた
・教える→教えられる
⇒ 教えられない, 教えられて, 教えられた

STEP 2

❶ A シンガポール、どうだった？
B 高層ビルがたくさん建てられていたよ。

❷ A 階段から落ちそうだったの？
B うん、近くにいた男性に助けられたの。

❸ A 小さい頃、太ってたの？
B うん、だから「ぶた」っていじめられてたな。

❹ A 韓国には古いお寺が多いね。
B うん、因為4世紀時佛教就傳入了。

❶ A 新加坡如何？
B 有很多高聳的大樓。

❷ A 你差一點從樓梯上掉下來？
B 嗯，被附近的男性幫了一把。

❸ A 小時候很胖嗎？
B 嗯，所以常被欺負說是「豬」。

❹ A 韓國有很多歷史悠久的佛寺。
B 嗯，4 世紀に仏教が伝えられたからね。

初（はじ）めて —開始
認（みと）める 認可
祖母（そぼ）奶奶
育（そだ）てる 養育
誉（ほ）める 稱讚
使（つか）い方（かた）使用方法
シンガポール 新加坡
高層（こうそう）高層
建（た）てる 建築、建立
男性（だんせい）男性
助（たす）ける 幫忙、救助
ぶた 豬
いじめる 欺負
4世紀（よんせいき）4世紀
仏教（ぶっきょう）佛教

PATTERN
199

動詞受身形（第三類）03

される/来られる

遭受～/受訪～

「される」意為「遭受～」，「（こ）られる」意為「受訪～」，表示受到某動作影響的句型。動詞的主體會加上助詞「に」，有時也使用「から」。

 199.MP3　 199J.MP3

STEP 1

❶ 下個月會開始賣新產品。

来月、新製品が発売されます。

❷ 李先生介紹約翰先生給我認識。

李さんからジョンさんを紹介された。

❸ 被學生問到政治的問題。

学生から政治問題について質問されました。

❹ 美術館展示著有名畫家的繪畫。

美術館には有名な画家の絵が展示されていた。

❺ 忙碌的時候朋友來了。

忙しい時に友だちに来られた。

TIPS

第三類動詞受身形

第三類動詞（變格動詞）的受動形只要將「する」變為「される」、「来る」變為「来られる」即可。

・紹介する→紹介される
　⇒紹介されない, 紹介されて, 紹介された
・発売する→発売される
　⇒発売されない, 発売されて, 発売された
・質問する→質問される
　⇒質問されない, 質問されて, 質問された
・展示する→展示される
　⇒展示されない, 展示されて, 展示された
・来(く)る→来(こ)られる
　⇒来られない, 来られて, 来られた

「来(こ)られる」
「来(く)る」不會用在被動型。

STEP 2

❶ A 商品が配送されたか確かめましたか。
　B はい、確認しました。

❷ A ホテルの朝食はいくらですか。
　B お泊まりの方には無料で提供されています。

❸ A またしつこい訪問販売員に来られたの。
　B それは、困ったね。

❹ A 不喜歡被命令「去讀書」。
　B そうそう、逆にやる気なくしちゃうよね。

❶ A 確認過商品配送嗎？
　B 是，已經確認了。

❷ A 旅館早餐多少錢？
　B 我們提供住宿房客免費早餐。

❸ A 那位糾纏不放的推銷員又來了。
　B 真讓人困擾。

❹ A 「勉強しなさい」って命令されるの、いやだね。
　B 是啊是啊，反而會讓人失去幹勁。

発売(はつばい)する 開賣
紹介(しょうかい)する 介紹
政治(せいじ) 政治
展示(てんじ)する 展示
商品(しょうひん) 商品
配送(はいそう)する 配送
朝食(ちょうしょく) 早餐、早飯
お泊(と)まり 住宿
提供(ていきょう)する 提供
しつこい 糾纏不放
訪問販売員(ほうもんはんばいいん) 推銷員
逆(ぎゃく)に 反而
やる気(き)をなくす 失去幹勁

動詞受身形（受到損害）04

〜(ら)れる

遭受〜

意為「遭受〜」，表示因受到某動作影響，而受到損害的句型。動詞的主體會加上助詞「に」。通常翻譯成中文時很少會加上「被」。

 200.MP3   200J.MP3

STEP 1

❶	之前養的貓逃走了。	飼っていた猫に逃げられた。
❷	抱嬰兒抱到一半嬰兒就哭了。	赤ちゃんを抱っこしたら、泣かれてしまった。
❸	因為下雨不能打網球。	雨に降られて、テニスができなかった。
❹	小時候因為父親去世所以生活困難。	小さい時に父に死なれて、生活が大変だった。
❺	因為有客人來訪所以不能去買東西。	お客に来られて買い物に行けなかった。

TIPS

隱藏在句型中的意思

這個句型的主要用途並非用來表現客觀的事實，而是要表現某人因為某事而受到損害，但實際句子中不一定會明白講出。以STEP 1的各個例句來講，話者分別因為飼養的貓逃走而悲傷、小孩大哭而感到疲累、因為下雨無法打網球而感到困擾、爸爸去世導致經濟困難、因為客人來訪而無法去買東西感到困擾等。就算句子中沒有明講，實際會話時也有必要自己察覺。

STEP 2

❶ A どうしたの？
　B 若い社員に辞められて困ってるんだ。

❷ A どうしてそんなに怒ってるの？
　B 弟にケーキを食べられたの。

❸ A 疲れてるみたいだね。
　B うん、昨夜子供に泣かれて全然眠れなかったんだ。

❹ A 夕べ、一生懸命勉強した？
　B ううん、因為朋友突然來訪所以無法念書。

❶ A 怎麼了？
　B 因為年輕職員離職讓我非常困擾。

❷ A 為什麼那麼生氣？
　B 因為蛋糕被弟弟吃掉了。

❸ A 你好像很累。
　B 嗯，因為昨晚孩子哭所以完全無法睡覺。

❹ A 昨晚有認真念書嗎？
　B 沒有，急に友だちに来られて勉強できなかったよ。

逃(に)げる 逃走
抱(だ)っこする 抱
社員(しゃいん) 職員
昨夜(さくや) 昨晚

Unit 20

「使～做」使役形
動詞的句型

PATTERN 201

～（あ段）せる

使～做

意為「使～做」，表示下達某個命令或指示的句型。主語為要求做動作的人，而被要求做動作的人會加上助詞「に」或「を」。

 201.MP3　 201J.MP3

STEP 1

❶ 叫女兒去跑腿。　　　　娘をお遣いに行かせた。

❷ 餵孩子喝奶。　　　　　赤ちゃんにミルクを飲ませた。

❸ 叫秘書紀錄會議。　　　秘書に会議のメモを取らせた。

❹ 因為是媽媽生日所以叫哥哥做飯。　母の誕生日なので兄に料理を作らせた。

❺ 模仿猴子讓大家都笑了。　さるの真似をしてみんなを笑わせた。

> **TIPS**
>
> 第一類動詞使役形
>
> 第一類動詞的使役形只要將「う段」改為「あ段」發音後，加上「せる」即可。
>
> ・飲む→飲ませる
> ⇒ 飲ませない,飲ませて,飲ませた
> ・行く→行かせる
> ⇒ 行かせない,行かせて,行かせた
> ・取る→取らせる
> ⇒ 取らせない,取らせて,取らせた
> ・作る→作らせる
> ⇒ 作らせない,作らせて,作らせた
> ・笑う→笑わせる
> ⇒ 笑わせない,笑わせて,笑わせた

STEP 2

❶ A 友だちを困らせちゃだめよ。
　 B わかってるよ。

❷ A 李さん今日休みなの？
　 B うん、両親が事故で入院したそうだから休ませたよ。

❸ A ボーナスで家族みんなにプレゼント買ったの？
　 B うん、驚かせようと思ってね。

❹ A 真抱歉讓你等了30分鐘。
　 B もう～！頭にくる～！

❶ A 不可以讓朋友為難。
　 B 我知道。

❷ A 李先生今日休假嗎？
　 B 嗯，聽說父母出意外住院所以我讓他放假了。

❸ A 你用紅利給所有家人買了禮物？
　 B 嗯，想要給他們驚喜。

❹ A 30分も待たせてごめんね。
　 B 唉唷～！氣死人了！

娘(むすめ) 女兒
お遣(つか)いに行(い)く 去跑腿
秘書(ひしょ) 秘書
さる 猴子
真似(まね) 模仿
笑(わら)う 笑
驚(おどろ)く 驚訝
頭(あたま)にくる 生氣

247

動詞的使役形（第二類）02

～させる

使～做

意為「使～做」，表示下達某個命令或指示的句型。主語為要求做動作的人，而被要求做動作的人會加上助詞「に」或「を」。

 202.MP3　 202J.MP3

STEP 1

❶ 叫了年長的孩子照顧年紀較小的孩子。

上の子に下の子の面倒を見させた。

❷ 想要去可以忘掉夏天熱氣的地方。

夏の暑さを忘れさせる所へ行きたい。

❸ 每天給家人吃有機農蔬菜。

毎日家族に有機野菜を食べさせている。

❹ 我打算讓常遲到的職員辭職。

遅刻ばかりしている社員は辞めさせるつもりだ。

❺ 一定要讓孩子學會忍耐。

子供に我慢することを覚えさせなきゃならない。

TIPS

第二類動詞的使役形

第二類動詞的使役形只要將「る」省略後加上「させる」即可。

・見る→見させる
　⇒ 見させない, 見させて, 見させた
・忘れる→忘れさせる
　⇒ 忘れさせない, 忘れさせて, 忘れさせた
・食べる→食べさせる
　⇒ 食べさせない, 食べさせて, 食べさせた
・辞める→辞めさせる
　⇒ 辞めさせない, 辞めさせて, 辞めさせた
・覚える→覚えさせる
　⇒ 覚えさせない, 覚えさせて, 覚えさせた

STEP 2

❶ A　田中が戻ったら、電話をかけさせましょうか。
　 B　いいえ、私の方からまた電話します。

❷ A　お子さんの進路、もう決まりましたか。
　 B　いいえ、まだいろいろ調べさせています。

❸ A　朝夕はだいぶ涼しくなってきたね。
　 B　うん、もう夏の終わりを感じさせるね。

❹ A　この本、どんな内容なの？
　 B　人に思考死亡的書。

❶ A　田中回來的話要不要叫他回電？
　 B　不用，我會再打過來。

❷ A　你家小孩未來出路已經決定了嗎？
　 B　不，還在讓他試試各種可能。

❸ A　早晚變得好涼。
　 B　嗯，令人感到夏天的結束。

❹ A　這本書的內容是什麼？
　 B　死について考えさせる本だよ。

上(うえ)の子(こ) 年長的小孩
下(した)の子(こ) 年紀較小的小孩
面倒(めんどう)を見(み)る 照顧
有機野菜(ゆうきやさい) 有機蔬菜
朝夕(あさゆう) 早晚
涼(すず)しい 涼爽
感(かん)じる 感覺
死(し) 死亡

動詞的使役形（第三類）03

させる/来させる

使喚/被要求來～

「させる」意為「使喚」，「来（こ）させる」意為「使～來」，表示下達某個命令或指示的句型。主語為要求做動作的人，而被要求做動作的人會加上助詞「に」或「を」。

 230.MP3　 203J.MP3

STEP 1

❶	想要把孩子送去倫敦留學。	息子をロンドンに留学させるつもりだ。
❷	媽媽常常叫我打掃或洗衣服。	母はよく掃除や洗濯をさせました。
❸	為了實現夢想正在努力。	夢を実現させるために努力している。
❹	完成拼圖後掛在牆上。	パズルを完成させて、壁に飾った。
❺	他的演講感動了世界。	彼のスピーチは世界を感動させた。

TIPS

第三類動詞使役形

第三類動詞只要將「する」變為「させる」、「来る」變為「来させる」即可。

- ・留学する→留学させる
  ⇒ 留学させない, 留学させて, 留学させた
- ・する→させる
  ⇒ させない, させて, させた
- ・実現する→実現させる
  ⇒ 実現させない, 実現させて, 実現させた
- ・完成する→完成させる
  ⇒ 完成させない, 完成させて, 完成させた
- ・来(く)る→来(こ)させる
  ⇒ 来させない, 来させて, 来させた

STEP 2

❶ A 車買ったの？私にも運転させて。
　 B それはだめ！

❷ A 子供が友だちに怪我をさせちゃって、大変だったの。
　 B うまく収まってよかったね。

❸ A 公園で犬と何して遊んでますか。
　 B ボールを投げて犬に持って来させたりしますよ。

❹ A 今年の願い事は何ですか。
　 B 快點結婚讓父母安心。

❶ A 買車了嗎？也讓我開一下。
　 B 那可不行！

❷ A 孩子弄傷了朋友，可辛苦了。
　 B 還好事情解決了。

❸ A 在公園和狗狗玩什麼？
　 B 會丟球叫狗狗撿回來喔。

❹ A 今年的願望是什麼？
　 B 早點結婚讓兩親安心させることです。

留学(りゅうがく)する 留學
実現(じつげん)する 實現
パズル 拼圖
飾(かざ)る 裝飾、掛上
うまく収(おさ)まる 順利解決
ボール 球
投(な)げる 丟
願(ねが)い事(ごと) 願望
安心(あんしん)する 安心

249

～(さ)せてください

請讓我～

意為「請讓我～」，為請求自身動作的許可之句型。

204.MP3　　204J.MP3

STEP 1

❶	下次請讓我參加。	次回はぜひ参加させてください。
❷	請讓我説一句話。	ちょっと一言言わせてください。
❸	這個計畫請讓我來做。	このプロジェクトは私にやらせてください。
❹	請讓我想一下要不要結婚。	結婚するかどうか少し考えさせてください。
❺	下周前請一定要結束問卷調查。	来週までにアンケート調査を終わらせてください。

TIPS

動詞的使役形

- 参加する→参加させる
  ⇒ 参加させてください
- 聞く→聞かせる
  ⇒ 聞かせてください
- やる→やらせる
  ⇒ やらせてください
- 考える→考えさせる
  ⇒ 考えさせてください
- 終わる→終わらせる
  ⇒ 終わらせてください

STEP 2

❶ A すみませんが、電話を使わせてください。
　 B はい、どうぞ。

❷ A 部長、僕もパリコレに行かせてください。
　 B わかった、考えてみるよ。

❸ A 新車発表会の司会、君に頼んでもいい？
　 B はい、ぜひ私にやらせてください。

❹ A 身體不舒服，請讓我早點回家。
　 B わかった、帰ってゆっくり休んで。

❶ A 抱歉，請讓我用一下電話。
　 B 是，請用。

❷ A 部長，請讓我去巴黎時裝周。
　 B 知道了，我考慮看看。

❸ A 新車發表會司儀可以麻煩你嗎？
　 B 是，請務必讓我當。

❹ A 体調が悪いので、早く帰らせてください。
　 B 知道了，回去好好休息。

次回(じかい) 下次
一言(ひとこと) 一句話
パリコレ 巴黎時裝周
新車(しんしゃ) 新車
発表会(はっぴょうかい)
司会(しかい) 司儀
頼(たの)む 拜託

Unit 21

「被要求做～」
使役受身形動詞
的句型

PATTERN 205

～（あ段）される

被要求做～

意為「被要求做～」、「被迫～」，用以表示被某人要求做某種動作的句型，亦可用來表示因外部刺激而呈現某種狀態之意。主語為被要求做動作的人，而要求做動作的人會加上助詞「に」。

 205.MP3　 205J.MP3

STEP 1

❶ 明明不想念書，但還是被迫去補習班。

勉強したくないのに塾に行かされた。

❷ 在診斷的時候被餵了很多藥。

検診でいろんな薬を飲まされた。

❸ 不擅長唱歌，但還是被逼在KTV唱了歌。

歌が苦手なのにカラオケで**無理やり歌わ**された。

❹ 居酒屋打工時曾經被逼一天工作16小時。

居酒屋のバイトで16時間働かされたことがある。

❺ 現在被三角關係所煩惱著。

今三角関係に悩まされています。

STEP 2

❶ A 週末、何したの？
B 妹の引っ越しを手伝わされたよ。

❷ A マコトは偉人のことに詳しいね。
B 小さい頃から伝記ばかり読まされたからな。

❸ A ミスをして課長に怒られたでしょう？
B うん、反省文を3枚も書かされたよ。

❹ A 先輩にレポートの資料、もらった？
B うん、但是在教室前面等了約30分鐘。

❶ A 週末做了什麼？
B 幫妹妹搬家。

❷ A 小誠對於偉人非常了解呢。
B 因為從小就被迫只讀傳記呢。

❸ A 因為失誤所以被課長罵了吧？
B 嗯，被迫寫了三張反省文。

❹ A 從前輩那拿到報告資料了嗎？
B 嗯，でも教室の前で30分も待たされたよ。

PATTERN 206

〜させられる

被要求做〜

意為「被要求做〜」、「被迫〜」，用以表示某人被要求做某種動作的句型，亦可用來表示因外部刺激而呈現某種狀態之意。主語為被要求做動作的人，而要求做動作的人會加上助詞「に」。

 206.MP3　　 206J.MP3

STEP 1

❶ 看了一部令人省思關於家族的事的影片。
家族について考えさせられる動画を見た。

❷ 被説因為是周末，所以要照顧小孩。
週末だからといって子供の面倒を見させられた。

❸ 雖然不想吃早餐但是被迫吃了。
朝ご飯は食べたくなかったのに、食べさせられた。

❹ 因為要按摩所以被要求換上白色的睡袍。
マッサージのため、白いガウンに着替えさせられた。

❺ 雖然認為自己很積極工作，但還是被炒了。
積極的に働いたつもりなのに、仕事を辞めさせられた。

⊕ TIPS

第二類動詞 使役受身形

第二類動詞的使役受身形只要將使役形「させる」加上受動形「られる」變為「させられる」即可。

・考える→考えさせられる
⇒ 考えさせられない, 考えさせられて, 考えさせられた
(외부의 자극)

・見る→見させられる
⇒ 見させられない, 見させられて, 見させられた

・食べる→食べさせられる
⇒ 食べさせられない, 食べさせられて, 食べさせられた

・着替える→着替えさせられる
⇒ 着替えさせられない, 着替えさせられて, 着替えさせられた

・辞める→辞めさせられる
⇒ 辞めさせられない, 辞めさせられて, 辞めさせられた

STEP 2

❶ A 英語の先生、厳しかったね。
　 B うん、毎日新しい単語を30個ずつ覚えさせられたよ。

❷ A アニメ、好きなの？
　 B うん、父がアニメ好きだから私も見させられたの。

❸ A 彼氏のお母さんに別れさせられそうなの。
　 B ひどいな、本人たちで解決しないと。

❹ A へえ〜！ウニも食べられるの？
　 B うん、從小時候就被要求什麼都吃。

❶ A 英語老師很嚴格吧。
　 B 嗯，每天都被要求背三十個新單字。

❷ A 喜歡動畫嗎？
　 B 嗯，因為爸爸喜歡動畫所以我也被要求一起看。

❸ A 被男友媽媽逼得快分手了。
　 B 太過分了，要由本人解決才行啊。

❹ A 哇！你會吃海膽啊？
　 B 嗯，小さい頃から何でも食べさせられたからね。

動画(どうが) 影片
マッサージ 按摩
ガウン 睡袍
着替(きが)える 換穿
積極的(せっきょくてき) 積極的
厳(きび)しい 嚴格
30個(さんじゅっこ) 30個
ひどい 嚴重、過分
本人(ほんにん)たち 本人
解決(かいけつ)する 解決
ウニ 海膽

PATTERN 207

させられる/来させられる

被要求做～/
被要求來～

意為「被要求做～」、「被迫～」和「被要求來～」，用以表示某人被要求做某種動作的句型，亦可用來表示因外部刺激而呈現某種狀態之意。主語為被要求做動作的人，而要求做動作的人會加上助詞「に」。

 207.MP3　 207J.MP3

STEP 1

❶ 媽媽要我整理庭院。　母に庭の手入れをさせられた。

❷ 讀完這本書後深受感動。　この本を読んで深く感動させられた。

❸ 不喜歡被強制參加會議。　ミーティングに強制的に参加させられるのはいやです。

❹ 硬是被逼著讀書的孩子很可憐。　無理やり勉強させられる子供たちはかわいそうだ。

❺ 常常周末被要求到公司上班。　週末も会社に来させられることがよくある。

TIPS

第三類動詞的使役受身形
第三類動詞只要將「する」變為「させられる」、「来（く）る」變為「来（こ）させられる」即是使役受身形。

・する→させられる
　⇒ させられない, させられて, させられた

・感動する→感動させられる
　⇒ 感動させられない, 感動させられて, 感動させられた（受外部刺激）

・勉強する→勉強させられる
　⇒ 勉強させられない, 勉強させられて, 勉強させられた

・参加する→参加させられる
　⇒ 参加させられない, 参加させられて, 参加させられた

・来（く）る→来（こ）させられる
　⇒ 来させられない, 来させられて, 来させられた

STEP 2

❶ A　ご主人、アフリカに転勤させられたの？
　 B　うん、でも私はここに残るつもりよ。

❷ A　高橋君、ちょっとやせたんじゃない？
　 B　へへ、嫁さんに苦労させられてやせちゃったんです。

❸ A　昔は親の決めた相手と結婚させられた人が多かったよ。
　 B　うん、うちのおばあちゃんもそうなの。

❹ A　山下さんね、写真コンテストで優勝したんだって。
　 B　常常被他嚇到呢。

❶ A　妳先生被調職到非洲了嗎？
　 B　嗯，但是我打算留在這裡。

❷ A　高橋先生，你是不是瘦一點了啊？
　 B　哈哈，因為老婆的關係過得很辛苦，所以瘦了。

❸ A　以前和父母決定的對象結婚的人很多。
　 B　嗯，我奶奶也是那樣。

❹ A　山下先生啊，聽說他在攝影比賽獲得了優勝呢。
　 B　彼にはいつもびっくりさせられるよ。

庭（にわ）庭院
手入（てい）れ 修剪、保養
深（ふか）く 深深地
強制的（きょうせいてき）強制的
かわいそうだ 可憐
アフリカ 非洲
転勤（てんきん）する 轉調
嫁（よめ）さん 老婆、太太
親（おや）父母
おばあちゃん 奶奶、婆婆
写真（しゃしん）コンテスト
攝影比賽
優勝（ゆうしょう）する 優勝
びっくりする 驚訝

Unit 22

表現一來一往的
授受動詞

PATTERN 208

動詞的授受表現 01

あげる / さしあげる

給予～

意為「給予～」，給予某人某樣東西時使用的句型。對平輩與晚輩會講「あげる」，對於長輩、上司等需表達尊敬的對象則會講「さしあげる」。對家中長輩通常會使用「あげる」。

🎧 208.MP3　🎧 208J.MP3

STEP 1

❶ 送給了雙親康乃馨。
両親にカーネーションをあげた。

❷ 給了公司同仁義理巧克力。
会社の同僚に義理チョコをあげた。

❸ 每個月月底發給職員薪水。
毎月月末に職員に給料をあげます。

❹ 寄了鈴木先生感謝的郵件。
鈴木さんにお礼のメールをさしあげた。

❺ 給老師寫滿感謝話語的卡片。
先生に感謝の思いを書いた手紙をさしあげた。

🔵 TIPS

やる
「やる」為給予晚輩或是動植物禮物、食物或是水時使用的詞。

　犬にえさをやった。
（給狗吃飼料）

日本的情人節
在日本的情人節，女生向真正喜歡的男生贈送的巧克力稱為「本命（ほんめい）」，是用來給男朋友、心儀的對象或是丈夫的禮物。另一方面，送給同事或是朋友的巧克力則稱為「義理（ぎり）チョコ」。這兩個在價格與品質上都會有差異。

STEP 2

❶ A　金さんの誕生日に何あげたの？
　B　キャンドルよ。

❷ A　今度、サイン本を何冊かあげるね。
　B　ありがとう。

❸ A　先生へのお礼に何さしあげたの？
　B　ギフト券。

❹ A　給鳥吃飼料了嗎？
　B　うん、たっぷりやったよ。

❶ A　金先生的生日你送了什麼？
　B　蠟燭。

❷ A　下次簽名的書給你幾本。
　B　謝謝。

❸ A　要給老師什麼答禮？
　B　商品券。

❹ A　鳥にえさ、やったの？
　B　嗯，給了很多。

カーネーション 康乃馨
義理(ぎり)チョコ 義理巧克力
職員(しょくいん) 職員
お礼(れい) 感謝
キャンドル 蠟燭
サイン本(ぼん) 有簽名的書
何冊(なんさつ) 幾本
ギフト券(けん) 禮品券、商品券
鳥(とり) 鳥
えさ 飼料
たっぷり 滿滿地

動詞的授受表現 02

〜てあげる / 〜てさしあげる

幫你做〜/
幫您做〜

意為「幫你做〜」，為對方做某個動作時會使用的句型。對平輩與晚輩會講「〜てあげる」，對於長輩、上司等需表達尊敬的對象則會講「〜てさしあげる」。對家中長輩通常會使用「〜てあげる」。

🎧 209.MP3　🎧 209J.MP3

STEP 1

❶ 給有點感冒的母親做了粥。	風邪気味の母におかゆを作ってあげた。
❷ 給男朋友烤了手工的餅乾。	彼氏に手作りのクッキーを焼いてあげた。
❸ 織了毛衣送給爸爸當父親節禮物。	父の日のプレゼントにセーターを編んであげた。
❹ 幫老師照了照片。	先生に写真を撮ってさしあげた。
❺ 開車載老闆去了車站。	社長を車で駅まで送ってさしあげました。

🔵 TIPS

〜てやる

「〜てやる」為幫晚輩或是動植物做某件事時會用的詞。

弟に数学を教えてやった。
（教弟弟數學）

父親節與母親節

日本像台灣一樣有父親節和母親節。「母（はは）の日（ひ）」為五月的第二個禮拜日，「父（ちち）の日（ひ）」是六月的第三個禮拜日。母親節送康乃馨，父親節則是送黃玫瑰。

STEP 2

❶ A 「ペロ」って、かわいい名前だね。
　 B 僕がつけてやったよ。

❷ A 田中先生と市内観光したの？
　 B うん、あちこち案内してさしあげたよ。

❸ A ピンクのかさ、見なかった？
　 B あ、それ、アキちゃんに貸してあげたよ。

❹ A 要買給你果汁嗎？
　 B ありがとう。ちょうどのどが乾いてたの。

❶ A 「Pero」這個名字好可愛。
　 B 是我給他取的。

❷ A 和田中老師去市區觀光了嗎？
　 B 嗯，給老師介紹了很多地方。

❸ A 沒有看到粉色雨傘嗎？
　 B 嗯，那把雨傘我借給小秋了。

❹ A ジュース、買ってあげようか。
　 B 謝謝，剛好口很渴。

〜気味（ぎみ）有點、稍微
セーター 毛衣
編（あ）む 編織
名前（なまえ）をつける 取名
市内観光（しないかんこう）市區觀光
あちこち 到處
案内（あんない）する 介紹
ピンク 粉紅色
貸（か）す 借給
のどが乾（かわ）く 口渴

257

動詞的授受表現 03

くれる / くださる

給我～

意為「給我～」，某人給予自己某東西時使用的句型。對平輩與晚輩會講「くれる」，對於長輩、上司等需表達尊敬的對象則會講「くださる」。對家中長輩通常會使用「くれる」。

🎧 210.MP3 🎧 210J.MP3

STEP 1

❶ 媽媽每周一給我零用錢。
毎週月曜日に母がお小遣いをくれる。

❷ 朋友在我生日時給了我花束。
友だちが私の誕生日に花束をくれた。

❸ 姊姊送了我領巾當生日禮物。
姉がプレゼントにスカーフをくれた。

❹ 社長給了我特別紅利。
社長が特別ボーナスをくれました。

❺ 老師給了我詩集。
先生が私に詩集をくださいました。

⊕ TIPS

あげる vs くれる

雖然這兩個字翻譯成中文都會是「給予」，但是「あげる」意指我，或是我所屬的團體給予其他人東西，「くれる」則是別人給予我、或是我所屬的團體時使用。

・我給金先生禮物。
私は金さんにプレゼントをあげた。(O)
私は金さんにプレゼントをくれた。(X)

・金先生給我禮物。
金さんは私にプレゼントをあげた。(X)
金さんは私にプレゼントをくれた。(O)

STEP 2

❶ A これ、私にくれるの？
   B うん、ひまな時読んでみて。

❷ A すごくきれいな日の出だね。
   B あれは自然がくれたプレゼントだね。

❸ A アメリカから先生がメールをくださったの。
   B それはよかったね。

❹ A わあ、きれいなハンカチだね。
   B 這是映里給我的伴手禮。

❶ A 這是給我的嗎？
   B 嗯，沒事的時候讀讀看。

❷ A 非常美麗的日出呢。
   B 那是大自然給的禮物呢。

❸ A 老師從美國寄給我信件了。
   B 那太好了。

❹ A 哇，好漂亮的手帕呢。
   B エリちゃんが旅行のおみやげにくれたの。

お小遣(こづか)い 零用錢
花束(はなたば) 花束
姉(あね) 姊姊
スカーフ 領巾
特別(とくべつ) 特別
詩集(ししゅう) 詩集
日(ひ)の出(で) 日出
自然(しぜん) 大自然
ハンカチ 手帕

動詞的授受表現 04

〜てくれる/〜てくださる

幫我做〜

意為「幫我做〜」，對方給予我某東西時使用的句型。對平輩與晚輩會講「〜てくれる」，對於長輩、上司等需表達尊敬的對象則會講「〜てくださる」。對家中長輩通常會使用「〜てくれる」。

🎧 211.MP3　🎧 211J.MP3

STEP 1

❶ 他一直會泡給我好喝的咖啡。

彼はいつもおいしいコーヒーを入れてくれる。

❷ 乘務員親切地幫我帶路。

乗務員が親切に案内してくれた。

❸ 田中先生給我介紹了一間好店家。

田中さんがいい店を紹介してくれた。

❹ 感謝您的多多關心。

いろいろと気づかってくれてありがとう。

❺ 老師幫我寫了就職的推薦書。

就活の推薦状を先生が書いてくださった。

🔵 TIPS

髮形相關表現

・カット：剪髮
・ショットカット：剪短髮
・シャギーカット：羽毛剪
・レイヤードカット：剪層次
・パーマ：燙髮
・ストレートパーマ：燙直
・デジタルパーマ：數碼燙髮
・スポーツ刈(か)り：運動髮形

STEP 2

❶ A ちょっと手伝ってくれる？
　B ごめん、今忙しいんだ。

❷ A エミ、ショートがよく似合うよ。
　B ありがとう。ユタカもそう言ってくれたの。

❸ A いろいろ教えてくださってありがとうございます。
　B いいえ、どういたしまして。

❹ A 他一直都會送你回家嗎？
　B うん、そうだよ。

❶ A 可以幫忙一下嗎？
　B 抱歉，現在很忙。

❷ A 惠實，短髮很適合你。
　B 謝謝，阿豐也這麼說。

❸ A 感謝您教我這一切。
　B 不，別客氣。

❹ A いつも彼が家まで送ってくれるの？
　B 嗯，是啊。

乗務員(じょうむいん) 乘務員

気(き)**づかう** 關心 (＝気をつかう)

ショート 短髮 (ショートヘア)

動詞的授受表現 05

～てくれませんか / ～てくださいませんか

可以幫我做～嗎？

意為「可以幫我做～嗎？」，期望對方可以幫自己做某事或是拜託時使用的句型。常體為「～てくれない？」。

 212.MP3　 212J.MP3

STEP 1

❶ 可以幫我寄這封信嗎？

この手紙を送ってくれませんか。

❷ 這DVD可以借給我嗎？

このDVDを貸してくれませんか。

❸ 可以告訴我你的聯絡方式嗎？

ご連絡先を教えてくださいませんか。

❹ 可以明天九點到辦公室嗎？

明日9時に事務所まで来てくださいませんか。

❺ 可以和我結婚嗎？

僕と結婚してくれない？

TIPS

求婚表現

・一生(いっしょう)幸(しあわ)せにします。結婚(けっこん)してください。（我會讓你一輩子幸福的，請跟我結婚。）

・世界(せかい)で一番(いちばん)、あなたのことを愛(あい)しています。（全世界我最愛你。）

・君(きみ)とこれから先(さき)、ずっと一緒(いっしょ)に笑(わら)って行(い)きたいと思(おも)う。結婚(けっこん)してほしい。（我未來想永遠和你一起笑著，和我結婚吧。）

STEP 2

❶ A これ、その辺に置いといてくれませんか。
　 B はい、机の上に置いときます。

❷ A すみません、5階のボタンを押してくださいませんか。
　 B ええ、いいですよ。

❸ A あの、もう一度説明してくださいませんか。
　 B はい、いいですよ。

❹ A あの、可以幫我拿醬料嗎？
　 B はい、どうぞ。

❶ A 這東西可以放在那附近就好嗎？
　 B 是，我會放在書桌上。

❷ A 抱歉，可以幫我按五樓嗎？
　 B 是，好的。

❸ A 抱歉，可以再說明一次嗎？
　 B 是，好的。

❹ A 抱歉，ソースを取ってくれませんか。
　 B 是，在這裡。

事務所(じむしょ) 事務所
その辺(へん) 那附近
ソースを取(と)る 拿醬料

PATTERN 213

もらう/いただく

接受

意為「接受」，從對方接受到某東西時使用的句型。對平輩與晚輩會講「もらう」，對於長輩、上司等需表達尊敬的對象則會講「いただく」。對家中長輩通常會使用「もらう」。

 213.MP3　🎧 213J.MP3

STEP 1

❶	從爺爺那邊拿到了壓歲錢。	おじいさんにお年玉をもらった。
❷	從男朋友那邊拿到了熊的玩偶。	彼氏にくまのぬいぐるみをもらった。
❸	在公司創立日那天拿到了時鐘。	会社の創立記念日に時計をもらった。
❹	從喜歡的前輩那邊收到了校服的鈕扣。	好きな先輩に制服のボタンをもらった。
❺	從老師那邊收到出版紀念會的邀請函。	先生に出版記念会の招待状をいただきました。

🔵 TIPS

一窺日本的畢業典禮

日本畢業典禮中有要畢業的男學生將校服上的鈕扣贈與中意的女學生的一種傳統，為得到五個鈕扣中靠近心臟最近的第二顆鈕扣，女學生需要快點鼓起勇氣表白自己的心意。

STEP 2

❶ A ねえ、ガム買ってからおつりもらったの？
　 B うん、もらったよ。

❷ A 初月給もらって何に使ったの？
　 B まず、両親に下着を買ってあげたよ。

❸ A 先生から何か送られましたか。
　 B はい、応援のメッセージをいただきました。

❹ A このネックレス、買ったの？
　 B ううん、從朋友那邊收到的。

---

❶ A 欸，你買了口香糖後有收到零錢嗎？
　 B 嗯，有啊。

❷ A 第一次領到的薪水你用在哪了？
　 B 首先要買內衣送給父母。

❸ A 老師寄了什麼給你？
　 B 嗯，留言為我打氣。

❹ A 這項鍊是買的嗎？
　 B 不，友だちにもらったの。

おじいさん 爺爺
お年玉(としだま) 壓歲錢
くま 熊
ぬいぐるみ 縫製的玩偶
創立記念日(そうりつきねんび) 創立紀念日
出版記念会(しゅっぱんきねんかい) 出版紀念會
招待状(しょうたいじょう) 邀請函
おつり 零錢
初月給(はつげっきゅう) 第一份薪水
下着(したぎ) 內衣
応援(おうえん) 加油、打氣
メッセージ 訊息、留言
ネックレス 項鍊

動詞的授受表現 07

〜てもらう / 〜ていただく

幫我做〜

意為「別人幫我做〜」，用來表示某人為我做了某事的句型。對平輩與晚輩會講「〜てもらう」，對於長輩、上司等需表達尊敬的對象則會講「〜ていただく」。對家中長輩通常會使用「〜てもらう」。

🎧 214.MP3 　🎧 214J.MP3

STEP 1

❶ 前輩請了我吃烏龍麵。

先輩にうどんをおごってもらった。

❷ 朋友介紹給我女生認識。

友だちに女の子を紹介してもらった。

❸ 王先生幫我翻譯了英文資料。

王さんに英語の資料を翻訳してもらった。

❹ 因為腰痛所以去看了醫生。

腰が痛くて、お医者さんに診てもらった。

❺ 川田先生一直對我很好。

川田さんにいつもやさしくしていただきました。

TIPS

〜てもらう

在這個句型之中，接受幫助的人是主語，而給予幫助的人會用助詞「に」表示。常見的用法如「〜に…てもらう」，用以表示「某人為我做了某動作」。

日本的蓋飯

在日本可以吃到很多種蓋飯。蓋飯的名稱通常會在材料後面加上「丼（「どんぶり（碗）」的縮語）」就可以了牛肉蓋飯就是「牛丼（ぎゅうどん）」，豬排蓋飯就是「カツ丼（どん）」，有炸蝦與炸蔬菜的天婦羅蓋飯稱為「天丼（てんどん）」，鰻魚蓋飯就是「鰻丼（うなごどん）」。名稱比較特殊的有鮪魚蓋飯，稱為「鉄火丼（てっかどん）」，雞肉加上雞蛋的蓋飯稱為「親子丼（おやこどん）」。

STEP 2

❶ A わあ、天丼おいしそう。
B 今日はパパに作ってもらったの。

❷ A 体調はどう？
B うん、注射を打ってもらったから、よくなったよ。

❸ A スピーチ大会の原稿は出来上がりましたか。
B はい、先生にも見ていただきました。

❹ A ここの計算、できたの？
B うん、哥哥教了我。

❶ A 哇～天婦羅蓋飯看起來好好吃。
B 這是今天爸爸給我做的。

❷ A 身體如何？
B 嗯，因為有打針所以變好了。

❸ A 演講大會的稿子完成了嗎？
B 是，老師也幫我看了。

❹ A 這邊的都計算好了嗎？
B 嗯，お兄ちゃんに教えてもらったの。

翻訳(ほんやく)する 翻譯
腰(こし) 腰
診(み)る 診斷
やさしくする 溫柔、貼心的對待
天丼(てんどん) 天婦羅蓋飯
注射(ちゅうしゃ)を打(う)つ 打針
出来上(できあ)がる 完成

動詞的授受表現 08

～てもらえませんか/～ていただけませんか

能幫我做～嗎？

意為「能幫我做～嗎？」，是拜託對方幫忙時常常會使用到的句型。常體為「～てもらえない？」。

🎧 215.MP3　🎧 215J.MP3

STEP 1

❶ 可以算我更便宜一點嗎？
　もうちょっと安くしてもらえませんか。

❷ 剩下的東西可以幫我打包嗎？
　残ったものは包んでもらえませんか。

❸ 可以郵寄我的證書嗎？
　郵便で証明書を送ってもらえませんか。

❹ 可以給我看你的票嗎？
　チケットを見せていただけませんか。

❺ 關於契約的事，可以明天見個面嗎？
　契約の件で、明日会っていただけませんか。

> **TIPS**
>
> 尊敬的拜託表現
>
> 「～てくれませんか/～てくださいませんか」（PATTERN 212）與「～てもらえませんか/～ていたたけませんか」為一樣的意思，皆是委婉、有禮貌地拜託對方時使用的句型。但「～てくれませんか」較強調詢問對方的意願，「～てもらえませんか」則比較強調話者自己需要幫助。

STEP 2

❶ A　あの、もう少しゆっくり話してもらえませんか。
　B　はい、わかりました。

❷ A　午前10時にホテルに迎えに来ていただけませんか。
　B　はい、いいですよ。午前10時ですね。

❸ A　あの、注文書をファックスで送っていただけませんか。
　B　もちろん、いいですよ。

❹ A　あの、可以告訴我你的郵件地址嗎？
　B　はい、こちらです。

❶ A　那個，可以再講慢一點嗎？
　B　是，我知道了。

❷ A　上午10點以前可以帶來旅館嗎？
　B　是，好的，上午十點前。

❸ A　抱歉，訂購單可以傳真給我嗎？
　B　當然，好啊。

❹ A　抱歉，メールアドレスを教えてもらえませんか。
　B　是，在這裡。

郵便(ゆうびん) 郵寄
証明書(しょうめいしょ) 證書
午前(ごぜん) 上午
注文書(ちゅうもんしょ) 訂購單
メールアドレス 郵件地址

～(さ)せてもらう/～(さ)せていただく　讓我做～

直譯為「（因為對方允許）所以我要做」，通常是用以恭敬地告訴對方自己要做某動作。由於這個講法在中文比較少見，翻譯成中文時常常會忽略掉「讓我～」的部分。

 216.MP3　 216J.MP3

STEP 1

❶ 今天我要講一下話。　今日は僕から一言言わせてもらいます。

❷ 歐洲出差去了三次。　ヨーロッパに3回ほど出張で行かせてもらった。

❸ 因為身體不好想休息。　体調不良でお休みさせていただきます。

❹ 邊看簡報邊為您説明。　プレゼンを見ながらご説明させていただきます。

❺ 明天是國定假日所以休業。　明日は定休日につき、休業させていただきます。

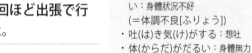

● TIPS

身體狀況相關表現
・体調(たいちょう)が悪(わる)い：身體狀況不好
　(＝体調不良[ふりょう])
・吐(は)き気(け)がする：想吐
・体(からだ)がだるい：身體無力
・熱(ねつ)がある：發燒
・気分(きぶん)が悪(わる)い：心情不好、不開心
・肩(かた)がこる：肩膀痠痛

STEP 2

❶ A あの、この店の写真を1枚撮らせてもらえますか。
　B はい、何枚でもどうぞ。

❷ A 使わないパソコンがあるんだけど、貸してあげようか。
　B 本当？じゃ、大切に使わせてもらうね。

❸ A 今回のプロジェクトに参加させていただきまして、光栄です。
　B 今後ともどうぞよろしくお願いします。

❹ A 鈴木さん、新製品のカタログを1部送っていただけますか。
　B はい、馬上寄給您。

❶ A 抱歉，可以照一張這家店的照片嗎？
　B 是，照幾張都可以。

❷ A 我有一台沒在使用的電腦，你要借嗎？
　B 真的嗎？那麼我會小心使用的。

❸ A 很榮幸可以參加這次的計畫。
　B 以後也請多多關照。

❹ A 鈴木先生，可以將新產品目錄的第一冊寄給我嗎？？
　B 是，さっそく送らせていただきます。

体調不良(たいちょうふりょう)
身體狀況不佳
～につき 根據～
休業(きゅうぎょう)する 休業
何枚(なんまい) 幾張
光栄(こうえい) 榮幸
今後(こんご)とも 今後、以後
カタログ 目錄
さっそく 馬上、立即

Unit 23

日常生活中常用的敬語句型

いらっしゃる

在、走、來

有「在」、「走」、「來」三種不同意思，是用來對對方的行動表達尊敬的句型。同時是「いる」、「行く」、「来る」的敬語版本，實際意思需視情況判斷。

 217.MP3　 217J.MP3

STEP 1

❶ 石田先生在嗎？　　　**石田**さん、いらっしゃいますか。

❷ 社長在座位上。　　　**社長は席に**いらっしゃいます。

❸ 專務長去哪裡了？　　**専務は**どちらへいらっしゃいましたか。

❹ 會長今天幾點來？　　**会長は今日何時に**いらっしゃいますか。

❺ 部長因為有急事，不會參加歡迎會。　　**部長は急用のため歓迎会には**いらっしゃいません。

STEP 2

❶ A 社長は明日の総会にいらっしゃいますか。
　 B はい、いらっしゃると思います。

❷ A また遊びにいらっしゃってくださいね。
　 B はい、今日はごちそうさまでした。

❸ A 部長はこれから東京へいらっしゃるんですか。
　 B はい、今週いっぱい東京です。

❹ A もしもし、川田先生在嗎？
　 B 申し訳ありません。川田はただ今席をはずしておりますが。

❶ A 社長明天會來總會嗎？
　 B 是，明天他會來。

❷ A 請再來玩喔。
　 B 是，今天感謝您的招待。

❸ A 部長現在要去東京嗎？
　 B 是，這周都會在東京。

❹ A 喂，川田さんいらっしゃいますか。
　 B 抱歉，現在川田不在位子上。

専務(せんむ) 專務
会長(かいちょう) 會長
歓迎会(かんげいかい) 歡迎會
総会(そうかい) 總會
もしもし 喂
申(もう)し訳(わけ)ない 抱歉
席(せき)をはずす 離席

〜(ら)れる

做〜

意為「做〜」，為用以向對方表示敬意的尊敬語句型。第一類動詞會變化為「〜あ段＋れる」，第二類動詞為「〜られる」，第三類動詞為「する」或「される」，「来（く）る」則為「来（こ）られる」。

🎧 218.MP3　　🎧 218J.MP3

STEP 1

❶ 校長先生在校內廣播説話。　　校内放送で校長先生が話される。

❷ 最近在讀什麼書？　　この頃どんな本を読まれますか。

❸ 這資料是部長寫的。　　この資料は部長が書かれたものです。

❹ 部長剛和客人出去了。　　部長は先ほどお客様と出かけられました。

❺ 社長今天出席了創意會議。　　社長は今日のアイディア会議に出席されました。

⊕ TIPS

敬語變化方式

與動詞受身形一樣，第一類動詞只要將尾音的「う段」換為「あ段」再加上「れる」即可，第二類動詞則將詞尾的「る」省略再加上「られる」，第三類動詞則將「する」換成「される」，「来る」換成「来られる」。

「する」的尊敬語

「する」的尊敬語有「される」與「なさる」兩種。
・連絡する→連絡される／
　　　　　　連絡なさる
　　　　　（聯絡）
・出席する→出席される／
　　　　　　出席なさる
　　　　　（出席）

STEP 2

❶ A　最近ゴルフを始められたそうですね。
　 B　はい、昨日も行ってきましたよ。

❷ A　課長は、今朝何時に起きられましたか。
　 B　いつものように6時に起きたよ。

❸ A　お支払いはどうなさいますか。
　 B　カードでお願いします。

❹ A　部長、客人來了。
　 B　応接室へご案内して。

❶ A　聽說你最近開始打高爾夫球？
　 B　是的，昨天也去打了。

❷ A　課長您今天早上幾點起床呢？
　 B　和平常一樣6點起床。

❸ A　您要怎麼結帳呢？
　 B　麻煩刷卡。

❹ A　部長，お客様が来られました。
　 B　帶到接客室。

校内放送(こうないほうそう)
校內廣播
校長(こうちょう) 校長
先(さき)ほど 剛剛
お客様(きゃくさま) 客人
アイディア 創意、想法
出席(しゅっせき)する 出席
いつものように 和平常一樣
お支払(しはら)い 支付、結算
応接室(おうせつしつ) 接客室

267

動詞的敬語表現（尊敬語）03

お〜になる

做〜

意為「做〜」，為用來向對方表示敬意的尊敬語句型。於「になる」之前置入動詞「ます」形即可。若「になる」之前為漢字，則前面的「お」要改成「ご」。

 219.MP3　 219J.MP3

STEP 1

❶ 客人來了。

お客様がお見えになった。

❷ 部長已經回去了。

部長はもうお帰りになりました。

❸ 社長每天早上都會看報紙。

社長は毎朝新聞をお読みになります。

❹ 有聽説日程變更了嗎？

日程の変更についてお聞きになりましたか。

❺ 使用之前請閱讀這個。

ご利用になる前に、こちらをお読みください。

⊕ TIPS

提高對方地位的尊敬語

尊敬語是用來表現對對方的尊敬的一種敬語型態，下三種變化皆屬於一種尊敬語。

・〜れる/られる
・「お」＋動詞「ます」形＋「になる」
・特殊變化
　いる, 行く, 来る → いらっしゃる
　食べる → 召し上げる
　言う → おっしゃる

STEP 2

❶ A　カードのポイントをお使いになりますか。
　 B　はい、使います。

❷ A　お預けになる荷物はございませんか。
　 B　はい、ありません。

❸ A　最近、なかなか寝付けなくて困ってるんだ。
　 B　お休みになる前に牛乳を一杯飲んでみてください。

❹ A　今天要喝什麼呢？
　 B　えっと、ウイスキーね。

❶ A　要使用信用卡點數嗎？
　 B　是，我要使用。

❷ A　沒有要存放的行李嗎？
　 B　是，沒有。

❸ A　最近睡不太著，很苦惱。
　 B　可以試試睡覺之前喝一杯牛奶。

❹ A　今日は何をお飲みになりますか。
　 B　嗯，請給我威士忌。

見(み)える 來
ポイント 點數
預(あず)ける 存放
寝付(ねつ)く 睡著
ウイスキー 威士忌

動詞的敬語表現（尊敬語）04

お〜ください

請幫我〜

意為「請幫我〜」，同樣是向對方拜託某事時會使用的句型，但比「〜てください」給人感覺有敬意。使用時於「ください」之前置入動詞「ます」形，而若「ください」之前為漢字，則前面的「お」要改成「ご」。

🎧 220.MP3　🎧 220J.MP3

STEP 1

① 請等一下。　　　　　　**少々お待ち**ください。

② 請進來這邊。　　　　　**どうぞこちらへお入り**ください。

③ 請務必要保重身體。　　**どうぞお体にお気をつけ**ください。

④ 請轉達鈴木先生有人打電話來。　　**鈴木から電話があったとお伝え**ください。

⑤ 有事情的話請聯絡我。　　**何かあったらご連絡**ください。

TIPS

名詞的敬語表現

名詞的敬語表現基本上分為「お+固有名詞」和「ご+漢字構成的名詞」兩種，但也有「お+漢字構成的名詞」的例子。

お電話（電話）
お手紙（信件）
お時間（時間）
お写真（照片）
お会計（計算）
お約束（約定）
お留守（不在家）

STEP 2

① A お客様、こちらにおかけください。
　 B ええ、どうも。

② A こちらに連絡先をご記入ください。
　 B はい、ケータイの番号でいいですね。

③ A 皆様、グラスをお持ちください。よろしいですか。では、乾杯！
　 B 乾杯！

④ A 到車站的話請打電話給我。
　 B はい、わかりました。

---

① A 小姐，請坐在這邊。
　 B 是，謝謝。

② A 請在這邊輸入聯絡方式。
　 B 是，手機號碼就可以了吧？

③ A 各位，請舉杯，好了嗎？那麼，乾杯！
　 B 乾杯！

④ A 駅に着いたらお電話ください。
　 B 是，知道了。

少々(しょうしょう) 暫時
伝(つた)える 傳達
かける 坐
記入(きにゅう) 輸入
皆様(みなさま) 各位
グラス 杯、玻璃杯
よろしい 好（「いい」的敬語）
乾杯(かんぱい) 乾杯

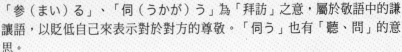

PATTERN 221

動詞的敬語表現（謙讓語）05

参る/伺う

去、拜訪

「参（まい）る」、「伺（うかが）う」為「拜訪」之意，屬於敬語中的謙讓語，以貶低自己來表示對於對方的尊敬。「伺う」也有「聽、問」的意思。

🎧 221.MP3　🎧 221J.MP3

STEP 1

❶ 下午兩點會去會場。　　午後2時に会場へ参ります。

❷ 我一個小時前來的。　　私は一時間ほど前に参りました。

❸ 來參加3點的面試。　　3時の約束で面接に参りました。

❹ 現在要去拜訪老師的家。　　これから先生のお宅に伺います。

❺ 常常聽説您的事。　　お話はよく伺っております。

➕ TIPS

参る vs 伺う

「参る」為「行く（去）」、「来る（來）」的謙讓語，所以意為「去」、「來」。「伺う」為「聞く（問、聽）」、「訪問する（拜訪）」的謙讓語，因此帶有「詢問」、「聽」、「拜訪」等意思。

謙讓語形態

貶低自己行為表示對方尊敬的謙讓語方式，以下整理出兩種。
・「お」＋動詞「ます」形＋「する」
・特定的形態
　言う→申す 申し上げる
　食べる 飲む→いただく
　いる→おる

STEP 2

❶ A　私、面接に参りました李ユリと申します。
　 B　こちらでしばらくお待ちください。

❷ A　お名前を伺ってもよろしいですか。
　 B　はい、鈴木由美と申します。

❸ A　明日、ご相談に伺ってもよろしいでしょうか。
　 B　はい、結構です。

❹ A　明日は何時ごろいらっしゃいますか。
　 B　10點左右會到。

❶ A　我是來面試的李有里。
　 B　請在這邊稍等一下。

❷ A　可以請問您的名字嗎？
　 B　是，我叫鈴木由美。

❸ A　明天可以去找你商談嗎？
　 B　是，好啊。

❹ A　明天您大概幾點來？
　 B　10時ごろ参ります。

午後(ごご)下午
お宅(たく)住家
申(もう)す 說話（「言う」的謙讓語）
結構(けっこう)だ 好、沒關係

お〜する/お〜いたす

做〜

意為「做〜」，屬於敬語中的謙讓語，以貶低自己來表示對對方的尊敬。「お〜いたす」是比「お〜する」更尊敬的講法，在「お」之後置入動詞「ます」形去掉「ます」。若「ください」之前為漢字，則前面的「お」要改成「ご」。

 222.MP3　 222J.MP3

STEP 1

❶ 收到您的一千元。　　千円お**預かり**しました。

❷ 招待您參加婚宴。　　披露宴にご**招待**します。

❸ 已寄出總會的說明信件。　　総会の案内メールをお**送り**しました。

❹ 為您介紹本地的特產物。　　この地方の特産品をご**紹介**いたします。

❺ 建議您要定期更換密碼。　　定期的なパスワードの変更をお**勧め**いたします。

TIPS

尊敬副詞
- さっき（剛剛）→ 先(さき)ほど
- あとで（下次）→ 後(のち)ほど
- すぐに（馬上）→ 至急(しきゅう)
- この間(あいだ)（先前）→ 先日(せんじつ)
- すごく（非常）→ 大変(たいへん)
- とても（非常）→ 非常(ひじょう)に
- 本当(ほんとう)に（真正地）→ 誠(まこと)に

STEP 2

❶ A　講演会の講師はどなたですか。
　 B　漫画家の田中先生をお**呼び**することにしました。

❷ A　新製品のサンプルをお**送り**しますので、よろしくお願いします。
　 B　はい、ありがとうございます。

❸ A　ただ今林は会議中ですが。
　 B　それじゃ、後ほどこちらからお電話いたします。

❹ A　契約的事情日後會再聯繫您。
　 B　はい、お待ちしております。

❶ A　演講的講師是誰？
　 B　決定請來漫畫家的田中先生。

❷ A　我們會寄給您新產品樣品，再麻煩您。
　 B　好，謝謝。

❸ A　現在林先生正在開會中。
　 B　那麼，下次我再打電話給他。

❹ A　契約的件については後でご連絡いたします。
　 B　好的，我會等你聯絡的。

千円(せんえん) 一千元
披露宴(ひろうえん) 婚宴
招待(しょうたい)する 招待
特産品(とくさんひん) 特產物
定期的(ていきてき) 定期
勧(すす)める 勸說
講演会(こうえんかい) 演講
講師(こうし) 講師
漫画家(まんがか) 漫畫家
サンプル 樣品
後(のち)ほど 下次 (「後（あと）」的尊敬語)

動詞的敬語表現（丁寧語）07

～でございます

是～

意為「是～」，為向對方表達尊敬的丁寧語句型。

 223.MP3　 223J.MP3

STEP 1

❶ 總計兩千元。

合計二千円でございます。

❷ 我姓李，負責人事。

人事担当の李でございます。

❸ 小孩、小學生是免費。

お子様、小学生の方は無料でございます。

❹ 我是剛剛承蒙介紹的山口。

ただ今ご紹介いただきました山口でございます。

❺ 您好，我是朴市長。

おはようございます。市長の朴でございます。

TIPS

ござる

「ござる」為「ある」的丁寧語，「ございます」為「あります」的丁寧語。若想將「～である（是）」的丁寧語「～であります（是）」表現地更有禮貌，只要改為「～でございます」即可。也可以將「～ございます」理解為「～です」的丁寧語表現。

STEP 2

❶ A　紳士服売り場は何階ですか。
　 B　5階でございます。

❷ A　こちらがアンケート調査の結果でございます。
　 B　結果の集計、ご苦労だったね。

❸ A　これからの人生で今が一番若いんですよ。
　 B　まったくそのとおりでございます。

❹ A　はい、這裡是宣傳部。
　 B　あの、高木さんをお願いします。

❶ A　男士服裝在幾樓？
　 B　是5樓。

❷ A　這是問券調查的結果。
　 B　辛苦你統計結果了。

❸ A　在未來的人生之中，現在是最年輕的時候。
　 B　這句話真是說對了。

❹ A　是，廣報部でございます。
　 B　那個，請轉接給高木先生。

合計(ごうけい) 合計、總計
二千円(にせんえん) 兩千元
人事(じんじ) 人事
お子様(こさま) 小孩
小学生(しょうがくせい) 小學生
市長(しちょう) 市長
紳士服(しんしふく) 紳士服、男士服
集計(しゅうけい) 統計
ご苦労(くろう)だった 受苦
まったく 真正地
広報部(こうほうぶ) 宣傳部門

Unit 24

幫助你貼近母語人士的語感的語尾助詞

PATTERN
224

語尾助詞 01

〜ね

〜耶

意為「〜耶」、「〜啊」，加在句子的尾端，尋求對方同意或確定時會使用的語尾助詞。

🎧224.MP3　🎧224J.MP3

STEP 1

❶ 新娘很漂亮耶。　　花嫁さん、きれいだね。

❷ 很棒的庭院。　　すてきなお庭ですね。

❸ 令郎長大了好多啊。　　息子さん、大きくなりましたね。

❹ 下一次再去兜風吧。　　今度またドライブに行きましょうね。

❺ 金先生會去公司旅遊吧？　　金さんも社員旅行に行きますね？

TIPS

日本的狗
日本的狗以「秋田犬（あきたいぬ）」、「土佐犬（とさいぬ）」與「柴犬（しばいぬ）」聞名。這其中最有名氣的是日本電影「ハチ公物語 [はちこうものがたり]（八公犬物語）」裡的主角秋田犬。現在日本最常看到的小型犬則是柴犬。

STEP 2

❶ A 今日は先に帰るね。
　 B うん、じゃ、また明日。

❷ A 記念式は3時からですね？
　 B ええ、そうです。

❸ A 今日は外回りだよね？
　 B うん、3時頃戻るよ。

❹ A 土佐犬非常地大耶。
　 B はい、日本で一番大きい犬ですよ。

❶ A 今天要先走了。
　 B 嗯，那麼明天見囉。

❷ A 紀念典禮是3點開始吧？
　 B 是，沒錯。

❸ A 今天要出外勤吧？
　 B 嗯，大概三點會回來。

❹ A 土佐犬はすごく大きいですね。
　 B 是的，是日本最大的狗。

花嫁(はなよめ) 新娘
息子(むすこ)さん 令郎、你兒子
社員旅行(しゃいんりょこう) 員工旅遊
記念式(きねんしき) 紀念典禮
外回(そとまわ)り 外勤
土佐犬(とさけん) 土佐犬

274

PATTERN
225

語尾助詞 02

〜よ

是〜

 意為「是〜」，置於句子尾端，給予對方資訊、或是說明自己主張時會使用的語尾助詞。

STEP 1

❶ 中山先生是好人。　　　中山さんはいい人だよ。

❷ 這是課長的命令。　　　これは課長の命令だよ。

❸ 為什麼我會被裁掉啊。　どうして僕が首になるんだよ。

❹ 剪票口不在那邊。　　　改札口はそっちじゃありませんよ。

❺ 明天開始百貨公司打折。　明日からデパートのバーゲンセールですよ。

 225.MP3　 225J.MP3

TIPS

現代生活中常見的新造詞

・リモコン：遙控器
・財(ざい)テク：理財
・満(まん)タン：（油箱）加滿油
・朝(あさ)シャン：早上洗頭髮
・キャンセル待(ま)ち：等候取消
・バイト代(だい)：打工費
・フリーター：飛特族（以打工維持生計的人）

STEP 2

❶ A そのワンピース、とても似合うよ。
　 B ありがとう。

❷ A ここの計算、間違ってますよ。
　 B はい、もう一度確かめます。

❸ A あの、ハンカチ落としましたよ。
　 B 気がつきませんでした。ありがとうございます。

❹ A 這次我出錢。
　 B ごちそうさま！次は私が出すね。

❶ A 那件連身洋裝很適合你。
　 B 謝謝。

❷ A 這裡算錯了。
　 B 是，我會再次確認。

❸ A 那個，你手帕掉了。
　 B 沒發現欸，謝謝。

❹ A ここは僕が払うよ。
　 B 感謝招待！下次換我請。

命令(めいれい) 命令
首(くび)になる 裁員
改札口(かいさつぐち) 剪票口
間違(まちが)う 錯誤、出錯
気(き)がつく 察覺
ごちそうさま 感謝招待（吃完飯後的問候語）

語尾助詞 03

～よね

～吧？

意為「～吧？」、「～是吧？」，為確認某事實或是尋求對方同意時使用的語尾助詞。雖然與「ね」為類似的表現，但是這種講法給人較柔和的印象。

🎧 226.MP3 　🎧 226J.MP3

STEP 1

❶ 李先生是台南出身的吧？
李さんは台南出身ですよね。

❷ 給小狗飯了嗎？
ワンちゃんにえさやったよね。

❸ 會穿浴衣去煙火大會吧？
花火大会に浴衣着ていくよね。

❹ 醫院看診是到下午六點吧？
病院の診察は午後6時までだよね。

❺ 時裝秀好玩吧？
ファッションショー、楽しかったよね。

🔔 TIPS

動物的叫聲
・狗：ワンワン
・牛：モーモー
・雞：コケコッコー
・老鼠：チューチュー
・麻雀：チュンチュン
・豬：ブーブー
・狐狸：コンコン
・烏鴉：カーカー
・青蛙：ケロケロ
・貓咪：ニャーニャー

STEP 2

❶ A 今日は生ゴミを出す日だよね。
　B うん、そうだよ。

❷ A 今日の晩ごはん、すき焼きだよね。
　B そうよ、お肉も買ってきたよ。

❸ A 台北駅行きのバス乗り場はここですよね。
　B はい、そうです。

❹ A 銀行の窓口は4時までだよね。
　B そうだと思うよ。

❶ A 今天是要丟廚餘的日子吧？
　B 嗯，是的。

❷ A 今天晚餐是壽喜燒吧？
　B 是的，連肉都買回來了。

❸ A 往台北車站方向的巴士站是在這吧？
　B 是，沒錯。

❹ A 銀行的窗口是開到四點吧？
　B 是這樣的。

台南(たいなん) 台南
出身(しゅっしん) 出身
ワンちゃん 小狗
ファッションショー 時裝秀
生(なま)ゴミ 廚餘
すき焼(や)き 壽喜燒（牛肉鍋）
台北駅(たいぺいえき) 台北車站
窓口(まどぐち) 窗口

〜な(あ)

〜啊

意為「〜啊」、「〜哇」，為表示感嘆或是強調心情時使用的語尾助詞。亦可將「な」拉長變為「なあ」。

 227.MP3　 227J.MP3

STEP 1

❶ 山上的楓葉好美啊。　　山の紅葉はきれいだな。

❷ 明天放晴就好了啊。　　明日、晴れるといいなあ。

❸ 有好多毛毛蟲好噁心啊。　　毛虫がたくさんいて気持ち悪いな。

❹ 還是家裡煮的飯好吃啊。　　やっぱり家で食べるご飯はおいしいなあ。

❺ 居然可以被志願的大學錄取，好開心啊。　　希望の大学に合格するなんて、うれしいなあ。

STEP 2

❶ A 新入社員、どうだった？
　 B 超イケメンだったな。

❷ A 今週は忙しかったなあ。
　 B そうだったね。お疲れ様。

❸ A 困ったなあ、雨なのにかさがないよ。
　 B じゃ、駅まで送るよ。

❹ A どんな人がタイプなの？
　 B 喜歡活潑又可以溝通的人啊。

❶ A 新來員工如何？
　 B 長的超帥的。

❷ A 這週好忙啊〜。
　 B 是啊，辛苦了。

❸ A 怎麼辦，下雨了但是沒有雨傘。
　 B 那麼，我送你到車站。

❹ A 你的理想對象是怎麼樣的？
　 B 明るくて話が通じる人がいいなあ。

紅葉(もみじ) 楓葉
気持(きも)ち悪(わる)い 噁心、心情不好或不開心
〜なんて 居然〜
イケメン 帥哥（「イケてる（長得好看）」）＋「メン（MAN）」的合成語）
お疲(つか)れ様(さま) 辛苦你了

語尾助詞 05

〜の

是〜

有「是〜」、「〜吧」兩種意思，語氣柔和地說話、或是詢問時使用的語尾助詞。

228.MP3　228J.MP3

STEP 1

❶ 我是獨子。 　私は一人っ子なの。

❷ 這部連續劇的主題曲非常棒。 　このドラマの主題歌、すごくいいの。

❸ 為什麼和女朋友吵架了？ 　どうして彼女とけんかしたの？

❹ 桌上的資料是什麼？ 　つくえの上の資料は何なの？

❺ 午餐要在員工餐廳吃嗎？ 　お昼、社員食堂で食べるの？

TIPS

「の」的用法

以「ハウルの動く城（霍爾的移動城堡）」裡的台詞為例。

小さい時からカブは嫌いなの。
（從小就討厭蕪菁）
私は掃除するのが仕事なの。
（我的工作是打掃）
ばあちゃん、どこ行くの？
（奶奶去哪啊？）
なんで一人で立ってるの？
（為什麼一個人站著？）

STEP 2

❶ A 今日、面接なの？
　 B うん、これから行くの。

❷ A このクッキー、全部自分で作ったの？
　 B うん、そうだよ。

❸ A あら、中村さん、この辺に住んでるの？
　 B うん、先月こっちに引っ越したの。

❹ A 誰がそんなこと言ったの？
　 B それは内緒だよ。

❶ A 今天面試嗎？
　 B 嗯，現在要去了。

❷ A 這些餅乾全都是你做的嗎？
　 B 嗯，是的。

❸ A 哎呀，中村先生住在這附近嗎？
　 B 嗯，上個月搬過來的。

❹ A 誰說那種話的？
　 B 這是秘密。

一人(ひとり)っ子(こ) 獨子
主題歌(しゅだいか) 主題曲
けんかをする 吵架
社員食堂(しゃいんしょくどう) 員工餐廳
この辺(へん) 這附近
内緒(ないしょ) 秘密

語尾助詞 06

～さ

我說啊～

意為「我說啊～」、「～吧」，要加強語氣或是強調自己的主張時會使用的語尾助詞，話者突然說了某句話時有時也會使用。

229.MP3　229J.MP3

STEP 1

❶ 今天打工嗎？　　今日さ、バイトなの？

❷ 我啊，有喜歡的人了。　　僕さ、好きな人ができたよ。

❸ 哎呀，不用太在意啦。　　まあ、気にしないさ。

❹ 這個就結束啦。　　もうこれで終わりさ。

❺ 這種事情誰都會做。　　こんなの誰にもできるさ。

TIPS

「さ」的用法
以「時をかける少女（跳躍吧！時空少女）」裡的台詞為例。

　昨日さ！（昨天啊）
花火大会に浴衣着てさ。
（在煙火大會的時候穿著浴衣）
ねえ、千昭君てさ。
（跟你說，千昭）
交換留学制度とかさ。
（交換學生制度什麼的啊）

STEP 2

❶ A あのさ、この漢字、どう読むの？
　 B 「スシ」だよ。

❷ A バレーボール大会でさ、うちのクラスが勝ったんだ。
　 B さすが1組だね。

❸ A 今度の企画、通るかな？
　 B 大丈夫さ。

❹ A 昨天啊，我買了這件牛仔褲。
　 B いいね。

❶ A 問你，這漢字怎麼念？
　 B 「壽司」啊。

❷ A 說到排球比賽啊，我們班贏了。
　 B 不愧是1班。

❸ A 這次企劃會通過嗎？
　 B 不會有問題的。

❹ A 昨日さ、このジーパン、買ったんだ。
　 B 真好。

バレーボール 排球
1組(いちくみ) 1班
通(とお)る 通過
ジーパン 牛仔褲

PATTERN
230

語尾助詞 07

～もん

～啦

意為「～啦」或「～啊」，女性或小孩帶撒嬌地表達自己想法時的語尾助詞。

 230.MP3　 230J.MP3

STEP 1

❶ 我要用一己之力作書架啦。
自分の力で本棚、作るんだもん。

❷ 沒有男朋友也不會孤單啦。
彼氏がいなくても寂しくないもん。

❸ 奧運很有趣啦。
オリンピックって、面白いんだもん。

❹ 我想要當電影導演啦。
私は映画監督を目指しているんだもん。

❺ 因為我喜歡那個女生啦。
だって、彼女のことが好きなんだもん。

STEP 2

❶ A ユリ、まだ寝てんの？
　 B だって、今日は創立記念日で休みだもん。

❷ A 僕、ドイツに留学するんだ。
　 B そっか、ドイツ語、上手だもんね。

❸ A エミちゃん、家に帰らないの？
　 B だって、帰っても誰もいないもん。

❹ A どうして一日中歌ばかり歌ってるの？
　 B だって、我要成為歌手啦。

❶ A 由里，你還在睡啊？
　 B 因為今天是創立紀念日所以休息啊。

❷ A 我要去德國留學。
　 B 原來啊，因為你德文很好啊。

❸ A 惠美，不回家嗎？
　 B 因為即使回家也沒人在啊。

❹ A 為什麼一整天都在唱歌？
　 B 因為啊，僕歌手になるんだもん。

💡 **TIPS**

～もん

「もん」時常拿來呼應「だって」或「ても」。

・だって～もん
（因為是～/我說啊）
だって、おいしいんだもん。
（因為好吃啊）

・～ても…もん
（即使～也～/我說啊）
つらくても泣かないもん。
（即使辛苦也不會哭啦）

日常會話發音變化

在日常會話中，「ら」行亦可省略發音成「ん」。

・わからない（不知道）→ わかんない

・たりない（不夠）→ たんない

・何してるの？（做什麼？）→ 何してんの？

・食べられない（無法吃）→ 食べらんない

「そうか」亦可發音為「そっか」。

力(ちから) 力量
本棚(ほんだな) 書櫃
映画監督(えいがかんとく) 電影導演
目指(めざ)す 以～為目標
だって 那個、即使、因為
ドイツ 德國

280

～じゃん

是～嘛？

意為「是～嘛？」，向對方確認已經知道的事實，或是要求同意時使用的語尾助詞。

 231.MP3 　 231J.MP3

STEP 1

❶ 那一定是謊話嘛。　　そんなの絶対うそじゃん。

❷ 那是向他告白的好機會嘛。　　彼に告白するいいチャンスじゃん。

❸ 唱歌或是饒舌都唱得很好嘛。　　歌もラップも、すごく上手じゃん。

❹ 學校成績這種東西不管怎樣都沒關係嘛？　　学校の成績なんてどうでもいいじゃん。

❺ 大家一起參加派對不是很有趣嘛？　　みんなでパーティーするのって楽しいじゃん。

STEP 2

❶ A　予選で落ちたね。
　 B　仕方ないじゃん。

❷ A　お？その帽子、かっこいいじゃん。
　 B　うん、これ僕のお気に入りなんだ。

❸ A　よお、久しぶりじゃん、元気だった？
　 B　うん、元気元気。そっちこそ元気？

❹ A　佐藤さんのこと、どう思う？
　 B　佐藤さん？很好的人嘛。

❶ A　預選賽就被淘汰了呢。
　 B　沒辦法的事嘛。

❷ A　喔？那頂帽子不錯看嘛。
　 B　嗯，我很喜歡這頂帽子。

❸ A　喂！好久不見啊，最近過得好嗎？
　 B　嗯，我很好。倒是你最近如何？

❹ A　你認為佐藤先生怎樣？
　 B　佐藤先生啊？やさしい人じゃん。

チャンス 機會、Chance

～なんて ～之類的

どうでもいい 不管怎樣都好、無所謂

予選(よせん) 預選

仕方(しかた)がない 沒辦法的事

お気(き)に入(い)り 中意的、喜歡的

〜だって

聽說〜

意為「聽說」，轉達從別人聽來的訊息時使用的語尾助詞。

🎧 232.MP3　　🎧 232J.MP3

STEP 1

❶ 聽說那兩人要結婚了。	あの二人、結婚するんだって。
❷ 聽說明天開始又會變冷。	明日からまた寒くなるんだって。
❸ 聽說那部電影很有趣。	あの映画はとても面白いんだって。
❹ 聽說遠藤先生成為了記者。	遠藤さんは記者になったんだって。
❺ 聽說一個星期左右的話休假沒問題喔。	1週間ぐらいなら休んでも大丈夫だって。

> **TIPS**
>
> 常見用法
> ・名詞＋（なん）＋「だって」
> 　売り切れ（なん）だって。
> 　（聽說是賣完了）
> ・「な」形容詞＋（なん）＋「だって」
> 　大丈夫(なん)だって。
> 　（聽說沒關係）
> ・「い」形容詞基本形＋「ん」＋「だって」
> 　面白いんだって。
> 　（聽說很有趣）
> ・動詞普通體＋「ん」＋「だって」
> 　結婚するんだって。
> 　（聽說要結婚）

STEP 2

❶ A コンサートのチケット、売り切れだって。
　 B 残念だなあ。

❷ A 今日、台風が来るんだって。
　 B えっ！知らなかった。

❸ A エミもこのジーンズ、買ったの？
　 B うん、これ女性に大人気なんだって。

❹ A 聽說車站前面新開了一間拉麵店。
　 B あ、僕も知ってる。うわさで聞いたよ。

❶ A 聽說演唱會門票賣完了。 　 B 真可惜。		❸ A 惠美也買了這件牛仔褲嗎？ 　 B 嗯，聽說這件在女性之間很受歡迎。	
❷ A 聽說今天颱風會來。 　 B 什麼？沒聽說耶。		❹ A 駅前に新しいラーメン屋さんができたんだって。 　 B 啊，我也知道，我有聽說。	

記者(きしゃ) 記者
売(う)り切(き)れ 賣完
ジーンズ 牛仔褲
女性(じょせい) 女性
ラーメン屋(や)さん 拉麵店

PATTERN
233

語尾助詞 10

〜っけ

是〜嗎?

意為「是〜嗎?」、「是〜吧」，詢問忘掉的事情或是不是很清楚的事情或是想起以前的事情時使用的句型。

 233.MP3　 233J.MP3

STEP 1

❶ 筆記放在哪裡了?　　メモはどこに置いたっけ?

❷ 金先生家是在仁川嗎?　　金さんの家、仁川だっけ?

❸ 我有說過那種話嗎?　　俺、そんなこと言ったっけ?

❹ 這花叫什麼?　　これ、何ていう花でしたっけ?

❺ 小時候常常和妹妹吵架。　　子供の頃はよく妹とけんかしたっけ。

STEP 2

❶ A　私の言うこと、聞いてる?
　B　ごめん、何だっけ?

❷ A　ねえ、ユタカは何年生まれだっけ?
　B　平成5年生まれだよ。

❸ A　昨日、一緒に飲んだの、誰と誰だっけ?
　B　覚えてないの?渡辺君と鈴木さんだよ。

❹ A　期末考試是何時開始的啊?
　B　来週の月曜からだよ。

❶ A　有在聽我的話嗎?
　B　抱歉，你說什麼?

❷ A　欸，湯田先生是幾年生的啊?
　B　平成五年生的。

❸ A　昨天一起喝酒的是誰和誰?
　B　不記得了嗎?渡邊先生和鈴木先生啊。

❹ A　期末テストはいつからだっけ?
　B　下周一啊。

TIPS

日本的年號

標記日本年號時，比起西元，固有的年號更常被使用。年號會隨著天皇更換而更新，現在的年號「令和（れいわ）」從現任天皇於2019年即位時開始使用。

· 1868年〜1912年：明治（めいじ）
　明治20年 → 1887年
· 1912年〜1926年：大正（たいしょう）
　大正10年 → 1921年
· 1926年〜1989年：昭和（しょうわ）
　昭和40年 → 1965年
· 1989年〜2019年：平成（へいせい）
　平成20年 → 2008年
· 2019年〜現在：令和（れいわ）
　令和元年→2019年

仁川(インチョン)仁川（韓國的地名）

何年生(なんねんう)まれ 幾年生

平成(へいせい)平成（日本年號）

平成5年(へいせいごねん) 1993年

期末(きまつ)テスト 期末考試

月曜(げつよう)星期一

283

附錄

必背的動詞活用形

日本的動詞可以分成3類，第一類動詞（5段動詞）、第二類動詞（1段動詞）、第三類動詞（不規則動詞）。

第一類動詞 （5段動詞）	① 如同「行（い）く」、「読（よ）む」、「買（か）う」等，以「る」以外的「う段」結尾的動詞。 ② 如同「ある」、「うつる」、「（の）る」等以「る」結尾的動詞之中，「る」前面為「あ段」、「う段」、「お段」的動詞。
第二類動詞 （1段動詞）	如同「見（み）る」、「食（た）べる」，以「る」結尾的動詞中，「る」前面為「い段」或「え段」的動詞。
第三類動詞 （不規則動詞）	只有「する」、「（く）る」兩個動詞，其變化較不規則。

	最後的「う段」變為「い段」後，再加上「ます」。 喝 → 喝 飲（の）む(mu) → 飲み(mi)＋ます → 飲みます 寫 → 寫 書（か）く(ku) → 書き(ki)＋ます → 書きます	
第一類動詞 （5段動詞）	例外動詞	「帰（かえ）る」乍看之下是第二類動詞，但是實際活用時屬於第一類動詞。這種看起來像第二類動詞，但活用時則為第一類動詞的動詞稱為例外動詞。 回去 → 回去 帰（かえ）る → 帰ります 知道 → 知道 知（し）る → 知ります 跑 → 跑 走（はし）る → 走ります 需要 → 需要 要（い）る → 要ります 進入 → 進入 入（はい）る → 入ります
第二類動詞 （1段動詞）	將詞尾的「る」去除，加上「ます」。 看 → 看 見（み）＋る(×) → 見＋ます → 見ます 起床 → 起床 起（お）き＋る(×) → 起き＋ます → 起きます	
第三類動詞 （不規則動詞）	因為沒有固定規則，所以以下請背起來。 做 → 做 する → します 來 → 來 来（く）る → 来（き）ます	

第一類動詞 （5段動詞）	將詞尾的「う段」變為「あ段」後，加上「ない」。 喝 → 不喝　　　　　　飲(の)む(mu) → 飲ま(ma)＋ない → 飲まない 寫 → 不寫　　　　　　書(か)く(ku) → 書か(ka)＋ない → 書かない 但是以「う」結尾的動詞「ない」形，不會變化成「～あない」，而是「～わない」。 思考 → 不思考　　　　思(おも)う → 思わない 笑 → 不笑　　　　　　笑(わら)う → 笑わない 見面 → 不見面　　　　会(あ)う → 会わない 買 → 不買　　　　　　買(か)う → 買わない
第二類動詞 （1段動詞）	將詞尾的「る」去除再加上「ない」。 看 → 不看　　　　　　見(み)＋る(✕) → 見＋ない → 見ない 起床 → 不起床　　　　起(お)き＋る(✕) → 起き＋ない → 起きない
第三類動詞 （不規則動詞）	因為沒有固定規則，所以以下請背起來。 做 → 不做　　　　　　する → しない 來 → 不來　　　　　　来(く)る → 来(こ)ない

第一類動詞 （5段動詞）	隨著動詞最後的字不同，變化後的動詞可能使用「た」或是「だ」。	
	う	見面 → 見過面	会(あ)う → 会っ＋た → 会った
		買 → 已買	買(か)う → 買っ＋た → 買った
	く	寫 → 已寫	書(か)く → 書い＋た → 書いた
		游泳 → 已游泳	泳(およ)ぐ → 泳い＋だ → 泳いだ
	す	交出 → 已交出	出(だ)す → 出し＋た → 出した
		說話 → 已說話	話(はな)す → 話し＋た → 話した
	つ	站 → 已站	立(た)つ → 立っ＋た → 立った
		贏 → 已贏	勝(か)つ → 勝っ＋た → 勝った
	ぬ	死 → 已死	死(し)ぬ → 死ん＋だ → 死んだ
		*以「ぬ」結尾的動詞只有「死（し）ぬ」。	
	ぶ	玩 → 已玩	遊(あそ)ぶ → 遊ん＋だ → 遊んだ
		叫 → 已叫	呼(よ)ぶ → 呼ん＋だ → 呼んだ
	む	喝 → 已喝	飲(の)む → 飲ん＋だ → 飲んだ
		讀 → 已讀	読(よ)む → 読ん＋だ → 読んだ
	る	賣 → 已賣	売(う)る → 売っ＋た → 売った
		製作 → 已製作	作(つく)る → 作っ＋た → 作った

而，
若詞尾是「う」、「つ」、「る」→った　会った, 買った, 立った, 勝った, 売った, 作った
若詞尾是「く」→いた　書いた
若詞尾是「ぐ」→いだ　泳いだ
若詞尾是「す」→した　出した, 話した
若詞尾是「ぬ」、「ぶ」、「む」→んだ　死んだ, 遊んだ, 呼んだ, 飲んだ, 読んだ

例外動詞　去 → 已去　　行(い)く → 行いた(✕) → 行った(〇)

第二類動詞 （1段動詞）	將詞尾的「る」去除加上「た」。	
	看 → 已看	見(み)＋る(✕) → 見＋た → 見た
	起床 → 已起床	起(お)き＋る(✕) → 起き＋た → 起きた

第三類動詞 （不規則動詞）	因為沒有固定規則，所以以下請背起來。	
	做 → 已做	する → した
	來 → 已來	来(く)る → 来(き)た

第一類動詞 （5段動詞）	隨著動詞最後的字不同，變化後的動詞可能使用「て」或是「で」。 う　見面 → 見面後　　　　　　会(あ)う → 会っ＋て → 会って 　　　買 → 買後　　　　　　　　買(か)う → 買っ＋て → 買って く　寫 → 寫後　　　　　　　　書(か)く → 書い＋て → 書いて 　　　游泳 → 游泳後　　　　　　泳(およ)ぐ → 泳い＋で → 泳いで す　交出 → 交出後　　　　　　出(だ)す → 出し＋て → 出して 　　　說話 → 說話後　　　　　　話(はな)す → 話し＋て → 話して つ　站 → 站後　　　　　　　　立(た)つ → 立っ＋て → 立って 　　　贏 → 贏後　　　　　　　　勝(か)つ → 勝っ＋て → 勝って ぬ　死 → 死後　　　　　　　　死(し)ぬ → 死ん＋で → 死んで 　　　*以「ぬ」結尾的動詞只有「死（し）ぬ」。 ぶ　玩 → 玩後　　　　　　　　遊(あそ)ぶ → 遊ん＋で → 遊んで 　　　叫 → 叫後　　　　　　　　呼(よ)ぶ → 呼ん＋で → 呼んで む　喝 → 喝後　　　　　　　　飲(の)む → 飲ん＋で → 飲んで 　　　讀 → 讀後　　　　　　　　読(よ)む → 読ん＋で → 読んで る　賣 → 賣後　　　　　　　　売(う)る → 売っ＋て → 売って 　　　製作 → 製作後　　　　　　作(つく)る → 作っ＋て → 作って
	而， 若詞尾是「う」、「つ」、「る」→って　会って, 買って, 立って, 勝って, 売って, 作って 若詞尾是「く」→いて　　　　　　　　書いて 若詞尾是「ぐ」→いで　　　　　　　　泳いで 若詞尾是「す」→して　　　　　　　　出して, 話して 若詞尾是「ぬ」、「ぶ」、「む」→んで　死んで, 遊んで, 呼んで, 飲んで, 読んで 　例外動詞 去 → 去後　　　　　　　　行く → 行いて(×)→ 行って(○)
第二類動詞 （1段動詞）	詞尾去除「る」加上「て」。 看 → 看後　　　　　　　　　　　見(み)＋る(×)→ 見＋た → 見て 起床 → 起床後　　　　　　　　起(お)き＋る(×)→ 起き＋た → 起きて
第三類動詞 （不規則動詞）	因為沒有固定規則，所以以下請背起來。 做 → 做後　　　　　　　　　　する → して 來 → 來後　　　　　　　　　　来(く)る → 来(き)て

6 動詞「ば」形　　　　　　　　　　　　　　　　　　　　▶ PATTERN 176

第一類動詞 （5段動詞）	將詞尾的「う段」變為「え段」後，加上「ば」。 　喝 → 若喝　　　　　　　　　　飲(の)む(mu) → 飲め(me)＋ば → 飲めば 　寫 → 若寫　　　　　　　　　　書(か)く(ku) → 書け(ke)＋ば → 書けば
第二類動詞 （1段動詞）	將詞尾的「る」去除，再加上「れば」 　看 → 若看　　　　　　　　　　見(み)＋る(✕) → 見＋れば → 見れば 　起床 → 若起床　　　　　　　　起(お)き＋る(✕) → 起き＋れば → 起きれば
第三類動詞 （不規則動詞）	因為沒有固定規則，所以以下請背起來。 　做 → 若做　　　　　　　　　　する → すれば 　來 → 若來　　　　　　　　　　来(く)る → 来(く)れば

7 動詞「（よ）う」形　　　　　　　　　　　　　　　　　　▶ PATTERN 180

第一類動詞 （5段動詞）	將詞尾的「う段」變為「お段」後，加上「う」。 　喝 → 喝吧　　　　　　　　　　飲(の)む(mu) → 飲も(mo)＋う → 飲もう 　寫 → 寫吧　　　　　　　　　　書(か)く(ku) → 書こ(ko)＋う → 書こう
第二類動詞 （1段動詞）	將詞尾的「る」去除，再加上「よう」。 　看 → 看吧　　　　　　　　　　見(み)＋る(✕) → 見＋よう → 見よう 　起床 → 起床吧　　　　　　　　起(お)き＋る(✕) → 起き＋よう → 起きよう
第三類動詞 （不規則動詞）	因為沒有固定規則，所以以下請背起來。 　做 → 做吧　　　　　　　　　　する → しよう 　來 → 來吧　　　　　　　　　　来(く)る → 来(こ)よう

第一類動詞 （5段動詞）	將詞尾的「う段」變為「え段」後，加上「る」。 睡覺 → 可以睡覺　　　　　眠(ねむ)る → 眠れる 　　　　　　　　　　　　　⇒ 眠れない, 眠れて, 眠れた 買 → 可以買　　　　　　　買(か)う → 買える 　　　　　　　　　　　　　⇒ 買えない, 買えて, 買えた 說話 → 可以說話　　　　　話(はな)す → 話せる 　　　　　　　　　　　　　⇒ 話せない, 話せて, 話せた 讀 → 可以讀　　　　　　　読(よ)む → 読める 　　　　　　　　　　　　　⇒ 読めない, 読めて, 読めた 去 → 可以去　　　　　　　行(い)く → 行ける 　　　　　　　　　　　　　⇒ 行けない, 行けて, 行けた
第二類動詞 （1段動詞）	將詞尾的「る」去除，再加上「られる」。 停止 → 可以停止　　　　　やめる → やめられる 　　　　　　　　　　　　　⇒ やめられない, やめられて, やめられた 有 → 可以有　　　　　　　いる → いられる 　　　　　　　　　　　　　⇒ いられない, いられて, いられた 起床 → 可以起床　　　　　起(お)きる → 起きられる 　　　　　　　　　　　　　⇒ 起きられない, 起きられて, 起きられた 出來 → 可以出來　　　　　出(で)る → 出られる 　　　　　　　　　　　　　⇒ 出られない, 出られて, 出られた 相信 → 可以相信　　　　　信(しん)じる → 信じられる 　　　　　　　　　　　　　⇒ 信じられない, 信じられて, 信じられた
第三類動詞 （不規則動詞）	「する」變化為「できる」、「来（く）る」變為「来（こ）られる」即可。 贊成 → 可以贊成　　　　　賛成(さんせい)する → 賛成できる 　　　　　　　　　　　　　⇒ 賛成できない, 賛成できて, 賛成できた 忍耐 → 可以忍耐　　　　　我慢(がまん)する → 我慢できる 　　　　　　　　　　　　　⇒ 我慢できない, 我慢できて, 我慢できた 理解 → 可以理解　　　　　理解(りかい)する → 理解できる 　　　　　　　　　　　　　⇒ 理解できない, 理解できて, 理解できた 來 → 可以來　　　　　　　来(く)る → 来(こ)られる 　　　　　　　　　　　　　⇒ 来(こ)られない, 来(こ)られて, 来(こ)られた

第一類動詞 （5段動詞）	將詞尾的「う段」變為「あ段」後，加上「れる」。 生氣 → 被生氣　　　　　怒(おこ)る → 怒られる 　　　　　　　　　　　⇒ 怒られない, 怒られて, 怒られた 叫 → 被叫　　　　　　　呼(よ)ぶ → 呼ばれる 　　　　　　　　　　　⇒ 呼ばれない, 呼ばれて, 呼ばれた 執行 → 被執行　　　　　行(おこな)う → 行われる 　　　　　　　　　　　⇒ 行われない, 行われて, 行われた 讀 → 被讀　　　　　　　読(よ)む → 読まれる 　　　　　　　　　　　⇒ 読まれない, 読まれて, 読まれた 騙 → 被騙　　　　　　　だます → だまされる 　　　　　　　　　　　⇒ だまされない, だまされて, だまされた
第二類動詞 （1段動詞）	將詞尾的「る」去除，再加上「られる」。 看 → 被看見　　　　　　見(み)る → 見られる 　　　　　　　　　　　⇒ 見られない, 見られて, 見られた 認證 → 被認證　　　　　認(みと)める → 認められる 　　　　　　　　　　　⇒ 認められない, 認められて, 認められた 稱讚 → 被稱讚　　　　　誉(ほ)める → 誉められる 　　　　　　　　　　　⇒ 誉められない, 誉められて, 誉められた 忘記 → 被忘記　　　　　忘(わす)れる → 忘れられる 　　　　　　　　　　　⇒ 忘れられない, 忘れられて, 忘れられた 折磨 → 被折磨　　　　　いじめる → いじめられる 　　　　　　　　　　　⇒ いじめられない, いじめられて, いじめられた
第三類動詞 （不規則動詞）	「する」，則將「される」、「来（く）る」變為「来（こ）られる」即可。 介紹 → 被介紹　　　　　紹介(しょうかい)する → 紹介される 　　　　　　　　　　　⇒ 紹介されない, 紹介されて, 紹介された 發行 → 被發行　　　　　発売(はつばい)する → 発売される 　　　　　　　　　　　⇒ 発売されない, 発売されて, 発売された 提問 → 被問　　　　　　質問(しつもん)する → 質問される 　　　　　　　　　　　⇒ 質問されない, 質問されて, 質問された 展示 → 被展示　　　　　展示(てんじ)する → 展示される 　　　　　　　　　　　⇒ 展示されない, 展示されて, 展示された 來 → 被來　　　　　　　来(く)る → 来(こ)られる 　　　　　　　　　　　⇒ 来(こ)られない, 来(こ)られて, 来(こ)られた ＊「来る」的受身形主要用在表示「受到損害」。

第一類動詞 （5段動詞）	將詞尾的「う段」變為「あ段」後，加上「せる」。	
	讀 → 使讀	飲(の)む → 飲ませる
		⇒ 飲ませない, 飲ませて, 飲ませた
	去 → 使去	行(い)く → 行かせる
		⇒ 行かせない, 行かせて, 行かせた
	取 → 使取	取(と)る → 取らせる
		⇒ 取らせない, 取らせて, 取らせた
	製作 → 使製作	作(つく)る → 作らせる
		⇒ 作らせない, 作らせて, 作らせた
	笑 → 使笑	笑(わら)う → 笑わせる
		⇒ 笑わせない, 笑わせて, 笑わせた
第二類動詞 （1段動詞）	將詞尾的「る」去除，再加上「させる」。	
	看 → 使看見	見(み)る → 見させる
		⇒ 見させない, 見させて, 見させた
	忘記 → 使忘記	忘(わす)れる → 忘れさせる
		⇒ 忘れさせない, 忘れさせて, 忘れさせた
	吃 → 使吃	食(た)べる → 食べさせる
		⇒ 食べさせない, 食べさせて, 食べさせた
	停止 → 使停止	辞(や)める → 辞めさせる
		⇒ 辞めさせない, 辞めさせて, 辞めさせた
	背誦 → 使背誦	覚(おぼ)える → 覚えさせる
		⇒ 覚えさせない, 覚えさせて, 覚えさせた
第三類動詞 （不規則動詞）	「する」，則將「させる」、「来（く）る」變為「来（こ）させる」即可。	
	留學 → 使留學	留学(りゅうがく)する → 留学させる
		⇒ 留学させない, 留学させて, 留学させた
	做 → 使喚	する → させる
		⇒ させない, させて, させた
	實現 → 使實現	実現(じつげん)する → 実現させる
		⇒ 実現させない, 実現させて, 実現させた
	完成 → 使完成	完成(かんせい)する → 完成させる
		⇒ 完成させない, 完成させて, 完成させた
	來 → 使來	来(く)る → 来(こ)させる
		⇒ 来(こ)させない, 来(こ)させて, 来(こ)させた

第一類動詞 （5段動詞）	於使役形「あ段+せる」加上受動形「られる」後成為「あ段+せられる」，但較簡略的「あ段+される」更常見。	
	喝 → 被迫喝	飲(の)む → 飲ませられる = 飲まされる ⇒ 飲まされない, 飲まされて, 飲まされた
	去 → 被迫去	行(い)く → 行かせられる = 行かされる ⇒ 行かされない, 行かされて, 行かされた
	苦惱 → 被迫苦惱	悩(なや)む → 悩ませられる = 悩まされる ⇒ 悩まされない, 悩まされて, 悩まされた(受外部刺激)
	工作 → 被迫工作	働(はたら)く → 働かせられる = 働かされる ⇒ 働かされない, 働かされて, 働かされた
	唱歌 → 被迫唱歌	歌(うた)う → 歌わせられる = 歌わされる ⇒ 歌わされない, 歌わされて, 歌わされた
第二類動詞 （1段動詞）	使役型「させる」加上受動型「られる」成為「させられる」。	
	思考 → 被迫思考	考(かんが)える → 考えさせられる ⇒ 考えさせられない, 考えさせられて, 考えさせられた(受外部刺激)
	換衣服 → 被迫換衣服	着替(きが)える → 着替えさせられる ⇒ 着替えさせられない, 着替えさせられて, 着替えさせられた
	看 → 被迫看	見(み)る → 見させられる ⇒ 見させられない, 見させられて, 見させられた
	吃 → 被迫吃	食(た)べる → 食べさせられる ⇒ 食べさせられない, 食べさせられて, 食べさせられた
	停止 → 被迫停止	辞(や)める → 辞めさせられる ⇒ 辞めさせられない, 辞めさせられて, 辞めさせられた
第三類動詞 （不規則動詞）	「する」改成「させられる」、「来（く）る」改為「来（こ）させられる」即可。	
	做 → 被迫做	する → させられる ⇒ させられない, させられて, させられた
	感動 → 被迫感動	感動(かんどう)する → 感動させられる ⇒ 感動させられない, 感動させられて, 感動させられた(受外部刺激)
	念書 → 被迫念書	勉強(べんきょう)する → 勉強させられる ⇒ 勉強させられない, 勉強させられて, 勉強させられた
	參加 → 被迫參加	参加(さんか)する → 参加させられる ⇒ 参加させられない, 参加させられて, 参加させられた
	來 → 被迫來	来(く)る → 来(こ)させられる ⇒ 来(こ)させられない, 来(こ)させられて, 来(こ)させられた